少年绘

见江山

第二卷 人世间

JIAN
JIANG
SHAN

北京时代华文书局

第7章

佛寺之约　再蹈红尘

林鹿，见信如面。

今夜是除夕，我不当值，刚与手下兄弟们喝过酒，字写得乱，你凑合看。

有两件事想告诉你。第一件是好事，年底计算军功，我正式晋升为副尉，年俸又多一百两。但白雪关没有什么能花钱的地方，我们镇东军平时娱乐活动也少，无非喝酒赌钱。我来到这里后，除了刀法，进步最快的大概是酒量。

上次你写信问我，过年是否会与你们团圆，这肯定是不行的，因为魔族不过年。

第二件还是好事。一个月前，与我军对峙的赤魔部族拔营，暂退五十里。斥候回报，那位部戈魔将遭人刺杀，伤及魔元。万军千营之中，刺客竟顺利跑路了。我都替他们感到没面子。

应该是千仞，剑光像他。这里常年风雪天，夜空昏沉沉一片，感谢他“孤峰照月”，让我们见到一次类似月亮的东西。希望他没事常来。

这些年他始终不愿露面人前，但似乎过得不错，这就够了。

为防止泄露军机，这封信必须先在东镇抚司呆一个月，等到你手中，应是暖和的春天。希望那时已听到你们的平叛捷报。

至于顾二，他现在多半在你身边，可我懒得跟他说话，请你转告他，老娘一切都好。

徐冉亲笔。

除夕夜于白雪关西城防。

昏暗灯火下，徐冉收起炭笔与草纸。若没有好事发生，她不会写信给朋友。平日打生打死，哪个战场都一样，不提也罢。

银甲红披风的女将走出角楼，风雪如刮骨钢刀，击打甲胄发出刺耳声响。三四个小卒迎上前为她提灯照路，无论是否当值，三更天她总要上城墙巡视一周。

“兄弟们打起精神！”

这里是王朝版图尽头，苦寒之中最苦寒。

漆黑夜空下，镇东军的朱雀旗猎猎飞扬，延绵城墙如一条雄踞雪原的长龙。

短短一年，徐冉已经适应了白雪关的生活。

程千仞离开学院后，王朝风云激变。首辅立皇长子为太子，许多党争时期平白获罪的官员得到赦免，顾雪绛与徐冉这两个南渊学生混在其中，也不如何扎眼。翻案诏经由州府刺史传到他们手中，当年定罪快，后来翻案也快。某些大人物当然不会为冤案负责，推出几个替罪羊就算最大诚意了。

禁卫军中仍有顾雪绛旧部，趁此上奏提议为他复职。党争结束后，世家权力被削弱。明面上太子监国，实则首辅摄政，这对他们来说是好事。

然而个人命运与王朝气数并不相通，腊月那场大雪终成大灾，西南方百姓流离失所，数以万计的灾民涌入昌州南央城。

第二年西北又遭暴雨洪涝，万亩良田颗粒无收。

朝廷疲于赈灾时，魔族两大部落集结，三十万大军直压东境，白雪关数次告急请援。

人心惶惶，民间谣言四起。

安山王在琅州封地拥兵自立，开粮仓招揽流民，自称“受命于天”，光明正大打出反旗。

东征之战后，王朝积累已久的暗伤痼疾终于一并爆发，再不能粉饰太平。

南有天灾，东有魔族，西有反王。

内忧外患，烽烟四起。

南渊新院长远行的第二年，南北两院宣布闭院，所有学生提前毕业，各奔前程。

乱世多艰，乱世也造英雄。无数野心勃勃的年轻人，恨不得一展拳脚，实现胸中抱负。

顾雪绛官复原职不久，还未北上皇都，安山王便谋反了。一纸诏书下来，又封他个云麾将军，做神武大将军周磬山的副将，去往琅州平叛。

林渡之与徐冉随他参军，南渊许多学生像他们一样，才出学舍便上各方战场。

赴任路上，林渡之心情忐忑道：“我从没有做过军医，万一出什么差错……”

徐冉兴奋得成宿睡不着。

“神武大将军周磬山，我小时候就听过他的故事。神武军乃王朝最精锐之师，当年东征战无不胜，此去平叛，不出一月就能生擒安山王！”

顾雪绛却忧心忡忡道：“周老将军今年已经快两百岁了。按他的修为，寿元将尽。难道人族真到了无将可用的地步？安山王在琅州百年经营，此战难速决……”

事实证明，再深入人心的传奇，也难抵时光摧折。

三年之后，西边战事未平，顾雪绛在神武军中声望日隆，甚至有了一支自己旗号的铁骑。

林渡之成为受人爱戴的军医。唯有徐冉心生倦怠，自请调任白雪关。

“我宁愿去和魔族拼命，也不想再跟同胞厮杀。”

安国长公主治军严谨，镇东军油水少，升迁速度慢。很少有年轻军官愿意去那里，她的文书不到三日便批下来。

顾雪绛本想疏通门路，将她调去较为安全的朝光城。徐冉知道后与他大吵一场，还是来了白雪关。

此夜她站在城墙上眺望远方。

东境情势，根本不像她信中所写。

一月前，赤魔部族确实暂退五十里，而后更多魔族大军源源不断赶来，飞速安营扎寨。步兵、雪狼骑兵、攻城队以及十余丈高的攻城井阑，从城墙百里外，黑压压地蔓延到视野尽头。

城上守卫每天都在计数，眼看平原被一支又一支军队填满，最终五十万大军兵临白雪关。

雪狼的嘶鸣日夜回荡。

面对这种庞然大物，意志稍不坚定便会被压垮。

城墙长龙仿佛变作纸龙，只等巨人抬脚，“啪嗒”一声踩碎它。

徐冉心里清楚，将军写再多文书请求增援也没有用。

西边战事吃紧，这里不会有援军了。

或许为了减少损失，他们最终将退守朝光城。

朝光城乃大陆第一要塞，在那里坚守、反击都更合适。全看镇东军最高统帅，安国长公主如何作想。

五天前他们派出三支斥候小队，今天只活着回来一个人。

她的上峰，守关二十年的怀远将军，一位小乘境修行者，为此愁得成宿成宿睡不着，大把大把掉头发。

“忠烈之士鲜血铸造此关，失于我手，我便是千古罪人。”

徐冉倒不在意什么史书骂名。程府诸位，数她最心大。

她拍拍将军肩膀，又灌下一碗酒，说：“到时候您先走，城墙一破，别人只知道是我没守住。”

即使上面决定弃关，也要有人留下断后，为精锐主力转移争取时间。

城头寒风凛冽，遍布平原的浩荡魔族大军，像一只磨牙挫爪、伺机而动的巨兽，黑暗中依然透出可怕威压。

徐冉望着昏暗夜空，有时会想起南央城的月亮。

客栈大堂火盆烧得正旺，木炭烟气混杂着浓烈酒香。

小镇位于两州交界处，向来三不管，全镇只有一座客栈，兼做酒馆。眼下本镇的猎户、逃难的商旅、路过的修行者全挤在这里。南来北往的，各地方言混杂，人声鼎沸。

大家萍水相逢遇到一处，热闹地过个除夕，天明还要赶路。世道再艰难，总要过年节。

这里的说书人不比大酒楼的姿态文雅，胜在动作夸张，情绪到位。

"……话说那程千仞听罢冷笑一声，抄过酒碗，随手一泼，酒水化万千剔透剑芒，登时剑气狂涌，楼梯口五六人惨叫连连，跌下楼，屁滚尿流！"

"他这才慢慢开口，'神鬼辟易在此，诸位谁有命拿，只管来取，程千仞楼上恭候！'。话音刚落，满楼豪客鸦雀无声，愣了片刻才回过神，一齐向楼上攻去！"

他没有惊堂木，一拍粗瓷碗道：

"这便有了下一回'不改青山不解恨，夺日楼头会英豪'！"

"好！""好好好！"

酒馆客人们高声叫好喝彩，桌子拍得震天响。

"这一回爷听了八百遍，听不厌，哈哈哈哈。"

"我更喜欢只身闯雪原那段，此乃世间真英雄，大丈夫！"

恰逢客栈中有南渊学子今夜投宿，感怀颇多。

"若程院长还在，我院何至于此……"

偏有人喜欢唱反调，摇头道：

"别人要杀他，他不能等死，只能拔剑。什么'不改青山不解恨'，谬传罢了……就算他在有什么用？他不是救世主。一个自身难保的人，谁也救不了。"

那人本是自言自语，声音极低，然而修行者耳聪目明，瞬间抓住声音来源。

一位南渊学生霍然起身："你这人怎么回事？！不懂别瞎说！"

大家顺着他手指看去，那人坐在最角落的阴影里，被黑色斗篷的兜帽遮住半张脸。

面对众人凶神恶煞的怒瞪，他像被吓到一般，立刻很没出息地道歉：

"哦，对不住。"

众人嘁了一声，转身继续聊天，酒馆又热闹起来。

南渊学生也不好咄咄逼人，便悻悻坐下。

烈酒与火炉令人脸红耳热，外地商旅向本镇猎户吹嘘见识，修行者大多自矜身份，坐在大堂另一边，自成一圈高谈阔论。

人们暂时忘却世道艰辛，沉醉除夕夜的温暖。

“几位兄台明天往哪里去？”

“我们往西南边，越州慈恩寺。”

“失敬失敬，原来是参加燃灯法会的前辈。”

“哪里敢当，手里没有请柬，不过是山脚下瞎凑热闹，看个灯火罢了。”

这是满堂最了不起的话题，越来越多人围过来打听消息。

有人解释道：“正月十五上元节，慈恩寺举行燃灯法会，召集七大宗门，与上面那位……”他说着指了指天，“商定结盟条约，共同抵御魔族侵袭。”

皇帝老迈，太子形如虚设，上面那位，指的是摄政首辅。

“宗门与朝廷结盟？也是，剑阁封山后，地位远不如从前，这种大事当然轮到慈恩寺牵头。”

一年前，剑阁圣人未能如期出关，座下大弟子傅克己接任烟山山主，宣布封山。护山大阵开启，所有弟子不再下山，远离乱世风波。

修行界都说，单凭傅克己一人，撑不起第一宗门的场面。

一位散修道：“我还听说，慈恩寺抓到了宋觉非和宁复还，正好举行公审，庆祝大会举行……”

众人哗然，即使年岁久远，谁能忘记剑阁双璧？

另一人立刻接话：“宋觉非那魔头，当年杀出十方地狱，杀了多少苦陀长老，早与慈恩寺结仇。但这二人毕竟是剑阁弟子，难道剑阁坐视不理？任由慈恩寺去审？”

当下有人笑道：“哈！原来出家人也精于算计，剑阁不理，忍气吞声跌面子；剑阁参加，自破封山令，重新入局，各方倾轧。好一场燃灯法会，立刻改变修行界格局，慈恩寺彻底坐稳第一宗门的位置……”

“傅克己不可能一夜入圣，这个局面，他无法破解。不怪慈恩寺，世道本来就弱肉强食，以为‘封山’就能独善其身，还是太年轻了！”

在三不管的小镇，烈酒壮胆，人们说话肆无忌惮，可以大声评判往日不敢议论的人和事。商旅猎户们听不太明白，也跟着起哄，乱骂一通。

角落那位来路不明，全身裹在黑色斗篷里的人，依然孤零零地坐着，听众人指点江山。

他不喝酒，桌上只有一碗粗茶。

方才起身斥责他的南渊学子，同样没有加入这场讨论，而是低声问同伴：“师兄，你觉得慈恩寺想做什么？”

“你莫忘了，程院长的神鬼辟易剑，乃宁复还所赠。宁复还多少年音讯全无，赶在这个节骨眼，突然就抓住了？真有这么巧？我看他们除了想逼剑阁出手，还想引程院长现身救人。”

那学生震惊失色：“不，不会吧？”

被问话的师兄不答，看向酒馆角落。

他直觉认为，身穿黑斗篷的人刚才看了这边一眼，应该是隔着大半个喧嚣厅堂，听到了他们的谈话。

程千仞确实听清了，还为表示自己没有恶意，不再看那桌学生。

近两年他时常遇到南渊弟子，青山院武修大多从军，春波台的为自家奔忙，南山后院的去做谋士幕僚，离散大陆各地，总能碰到。

学生议论他，他就听着，遇上需要帮忙的，顺手帮一帮，大概是南渊校史上最没架子的院长。

大堂中间的散修们还在聊剑阁与慈恩寺：

“以傅克己天纵之才，若再给他二十年，说不定真能摸到圣人门槛，保住剑阁基业。”

程千仞苦笑，从今夜到燃灯法会，老傅只有十五天，哪来二十年。

又听话题猝不及防转到自己身上。

“是了，他继任山主后进境之快，就算再遇到…遇到那程千仞，也胜负难料！”

有人叹气：“六年过去，当年双院斗法崭露头角的年轻人，如今哪个不是一方人物？可惜程府雕栏玉砌犹在，程千仞却四海漂泊……”

程千仞默默喝茶。他知道就算自己立刻站起来，说这些年过得挺好，自由自在，心境开阔无束缚，恐怕也没人相信。

那位南渊学生担忧地问同行师兄：“程院长若听到宁复还的消息，会去慈恩寺吗？”

“你以为程院长像你一样傻，这点伎俩看不透？消息来的蹊跷，八成公审是假，引他出现是真。最名正言顺拿神鬼辟易的剑阁，封山避世去了，其他人想要神兵，没情理可讲，只能各凭本事。别的宗门或许不够本事，唯独慈恩寺，尚有一位圣人坐镇……”

他最后总结道：“放心吧，我们都能想到的事，院长当然想得更远。他不会去的。”

程千仞无奈地笑笑。

他站起身，茶水已经喝完，便该走了。

酒馆大门紧闭，猎户们手舞足蹈拼酒，门口堵得水泄不通。

他推开身后窗户跳出去。

寒风呼呼灌进脖子，窗边一桌大汉抄刀便骂，哐当一声，程千仞反手关上窗板，隔绝一溜儿脏话。

外面空气干燥冷冽，残留着鞭炮的硝烟味。镇上小路积雪未消，明月下闪着银光。

程千仞向镇外走去，酒馆的热闹渐渐听不真切。大约二更天，路边再没有灯火，枯枝上寒鸦被他脚步惊醒，扑棱棱飞了满天。

镇外荒野空旷而安静，夜色苍茫，很适合胡思乱想。

程千仞想起西市面馆。如果没遇见宁复还，便不会有神鬼辟易，不会修行。自己大概还在南央城算账买菜，平淡安稳地度过一生。

不管慈恩寺消息是真是假，他都乐意赴会。该来的躲不过，更何况宁复还付了他许多工钱，没道理伙计不管东家。

所以他去了，身无长物，只带着一把剑。

兴灵二百七十年，程千仞远行第六载。世上崇拜他与厌恨他的人一样多。

他的朋友在等他，他的敌人也在等他。

这个世界未有一刻忘记他。

三更天，顾雪绛挥退亲卫队，回到院中。

他隔壁房间一点烛火仍亮着，将那人的轮廓投照在窗纸上，煞是好看。

顾雪绛敲了敲窗框，问："还没睡？"

"吱呀"一声窗户开了，那人坐在书案前，抬眼问他："今夜不是有庆功宴吗，怎么回来这般早？"

"来陪家养小鹿过年。快起来给爷开门。"

林渡之见他喝多了没正经样子，神色冷漠道："你走错了，不开。"

顾雪绛单手一撑窗框，径直跳进屋来，铁甲铮铮作响，两步逼近案前。

林渡之吓了一跳，下意识后仰。

烛影摇曳，淡淡酒味、血腥气、肃杀刀意充斥一室。

医师微微皱眉："好端端的除夕夜，又杀人了？"

说话间，顾雪绛已熟门熟路地绕到屏风后，卸甲卸刀，念除尘诀换衣服，晃一圈出来，像变了个人，一身柔软白色里衣，松松垮垮披一件紫袍，青丝垂散。

他对林渡之笑笑没说话。

这一笑，血腥气淡了，带出几分风流少年的影子。

顾雪绛往美人榻上一瘫，光明正大地鸠占鹊巢。

黑暗里一点星火闪耀，烟丝燃烧，六年过去，他的烟还是没戒。

“我也不想，遇着点烦心事儿，唉，你这是在看什么？”

林渡之不在意被岔开话题，本就没指望这人回答。

“燃灯法会的请柬，今天下午一位慈恩寺弟子送来的。”

顾雪绛挑眉：“宗门与朝廷结盟，慈恩寺请你作甚？”

林渡之向他仔细解释：“正月十五，乃佛祖神变之日，佛门信徒举行燃灯法会纪念。慈恩寺贵为大陆第一佛寺，主修小乘佛法。而我师门避世已久，仅我一人行走世间，在他们看来，我就代表蓬莱岛宝华寺，是大乘佛法宣扬人。审判双璧也罢，结盟抗魔也罢，既然打着法会的名头，总要‘论法’。于情于理，我都不得不去。”

“好生麻烦，牵扯甚广，易生变故，现在世道又乱，你一个人，我不放心……”

顾二抽着烟，林渡之在他眼里，依然是说蓬莱话脸红的林鹿。

“我陪你走这一趟。我们坐神行云辇，来回不过三日工夫。”

上个月，神武军连收琅州三城，叛军后撤，守卫都城不出。

有人提议乘胜追击，再打一场清剿战，顾雪绛没有同意，久战易疲，赶上年关军队战意低落，不利于攻城。且手里三城还未完全平复，硬打下去必然元气大伤。他下令全军入城修整，补充粮草，以备初春最后大战。

两人又说了几句闲话，顾雪绛声音越来越低。

林渡之没等到下文，却见榻上人呼吸绵长，姿态放松。

就这样睡着了，毫无防备。

林便起身抽走他指间烟枪，抱来一张毛毯给人盖上。

顾将军熟睡中仍是皱眉，难掩疲惫。

林渡之去关窗户，但见明月当空，院中青松白雪相映，不由多看了一会儿。

这宅院原先住着城里最富庶的大户人家，顾雪绛拥兵入城那日，已经人去楼空。

顾将军从来不委屈自己，说住就住。

安静的雪夜，使林渡之五感更敏锐，他听见院门口守卫换班，城中一片混乱狂欢。

最早他看不惯，顾雪绛设法解释：

“我旗下军纪苛刻，又将他们练得杀性极重，每打一场胜仗，大家就需要发泄情绪。”

“你如果理解不了，就想想南渊的年终大考，考前学生们拼命读书，心情压抑，考完了总要去花楼赌场昏天黑地。”

林渡之只能沉默。

风度翩翩的禁卫军副统领花间雪绛不再有。神武军顾将军残暴凶名在外，可止小儿夜啼。

顾雪绛想要的东西太多了，要权力，要报仇，要王朝千秋，要魔族败亡人族兴旺。

拿刀一天就浴血拼杀一天，没有回头路。

林渡之想要的很少，万丈红尘，陪在朋友身边就够了。他决定先好好睡一觉。于是关上窗户，吹熄烛火。

明月照耀满目疮痍的大地，又一年除夕。

慈恩寺位于纵横大陆西北的云桂山脉中，山脉连绵千里，跨越三州，在越州地界又分出三条支脉，西支山势最险。慈恩寺未建时，那里猿猴难攀，飞鸟不渡，无名无姓。后来不知何时有了小庙，有了僧人，有了钟声。

传说十寂法师成圣那夜，云破月出，山顶金光笼罩，山下村镇如白昼降临，半边大陆都能望见光彩。

这座山从此被称为佛光山。

程千仞正往佛光山去。

正月十五是个大日子。佛门设燃灯法会，道家要过上元节，但在平民百姓眼里这些无甚区别。世道不宁，过节也草率，花海灯市没有，能在家吃碗元宵就很满足了。

节前三日，程千仞来到佛光山下的小镇。

同来凑热闹的散修不少，住满了客栈，都在等山上第一时间传出什么消息。

程千仞一路上听见他们各种讨论猜测，漫无边际地胡思乱想。

往前推百余年，那位皇帝东征凯旋，雄心万丈天下集权，觉得宗门碍眼，就废除“山门使者”，推行“居山令”，让七大宗门老实待在山里修行，不要伸手碰朝堂事。他一定想不到今日，风水轮流转，王朝四面楚歌，首辅还是要与宗门结盟。

参破大乘境如何，亚圣、圣人又如何，只要一日不成真仙，雄才伟略的帝王也抵不过生老病死，时运磋磨。

修行的终点在哪里？何等功业能真正千秋万载、永垂不朽？

许多念头匆匆闪过，程千仞却没有多做纠结。

世间无解问题纷纭，如果要等彻底想明白一切再去修行，那他永远不会修行了。

小镇居民眼睁睁地看着带兵器的修行者一日比一日多，赶忙封门闭户，更胆小谨慎的便收拾细软，暂时离开。

“神仙打架，小鬼遭殃，快走快走。”

事实上，真正的大人物不会途经这里，他们走安静的云桂山道，乘坐马车或飞行法器，直接入住慈恩寺后山客院，等待燃灯法会举行。

寺在崇山峻岭间，一众殿宇廊庑依山傍水而建，格局却未受限，反多几分峥嵘气势。

僧人们才下早课，伴着沉沉钟声离开讲法堂，向各佛殿各僧舍四散。一位杏黄色僧袍的老僧随人潮走出，不断有灰衣僧人向他合掌行礼。

他穿过佛殿间的重重飞廊，走过两山间的吊桥，身形隐没云雾间。

后山深处，一处幽僻禅房中传来念诵经文的声音。仿佛含有奇特韵律，使虫鸟不鸣，四野宁静祥和。

老僧候在门外，直到诵经声停歇，才隔门行礼。

木门开了，禅房窗明几净纤尘不染。

明黄帐幔后，一道苍老声音传来：“今日如何？”

杏黄僧袍的老僧恭敬答道：“一切如常，师父。”

帘幕后的声音沉默了。

老僧低眉垂眼，不再多言。

他是慈恩寺德高望重、境界高深的监院，掌管寺中大小事务。临近年关，便开始为今年的燃灯法会准备。

数十天来，各方参会者陆续上山，风平浪静，寺中气氛却依然肃穆紧张。

“一切如常”不是好答案。这意味着那人没有来。

他们还得继续等。

据说那人水性极好，尤其擅长水下闭气，多次在水中越境反杀，所以寺中飞瀑石潭皆有高人把守。连僧房斋堂的水井都封死了。

据说那人有一支木簪，是可以隐藏气息的法宝。他曾潜入魔族大营，深夜刺杀郜戈魔将，所以寺中阵法全开，入夜后加派人手换班巡防，二十四殿通宵灯火通明。

最重要的是，那人还有一把剑。

一柄外表不起眼，却名动天下的神兵。

对外宣称关押罪人的十方地狱，有四位大乘境法师主阵，圣人佛印压阵，除了雪域魔王，世间谁能硬闯？

天罗地网，守株待兔。

然而直到今日，程千仞一点消息都没有。

难道他真的不来了？还是他来不了？

帐幔后的方丈掐动念珠，沉沉吐出一个字：“等。”

若从山脚下攀登佛光山，走完千层石阶，便见慈恩寺的山门。高阔巍峨，顶天立地。

但石门之后又有台阶，层层叠叠，顺依山势没入云雾中，令人心生绝望。据说这是为了考验拜佛者是否虔诚坚毅。

正月里天寒地冻，两位小和尚裹着棉袍，背靠山门石柱，各折一根枯枝在地上写写画画。

没有慧根的外门弟子，就会轮值到把守山门这种无趣又无用的活计，仅比打扫云梯好一点点。

初时，他们听说燃灯法会的消息十分激动，以为能接引许多传奇人物，后来才知道，大人物走后山直接入寺，还有高阶弟子引路，哪里用攀爬这千阶云梯。

至于那些没名堂的散修，畏于佛寺威严，只敢站在山道下，远远看几眼。

两人再次陷入百无聊赖、自怨自艾中。

今天早晨好像有哪里不一样。

因为山道间走来一个人。

那人身穿天青色锦袍，面容二三十岁之间，单髻木簪，腰配旧剑，步履从容。临近山门十余丈内，依然没有停下的意思。

高瘦和尚来了精神，扔下树枝喝问道：“来者何人？”

矮胖和尚定睛一看，赶忙拉住他，这么冷的天，来者却轻袍缓带，一定不凡。

当即挺直腰背，迎上前宣了声佛号：“阿弥陀佛，借施主请柬一阅。”

“什么请柬，我好像没有。”青年男子愣怔一瞬，“但你们主持方丈应该愿意见我，要不然，劳烦二位通传一声？”

两个小和尚对视一眼，脸色变了又变。

这人是疯子还是来耍我们的？

二人神情由震惊到嘲讽，心想你从哪里冒出来的，算个什么东西，方丈何等人物，凭什么见你？

高瘦和尚讥笑道：“请教施主尊姓大名。”

“是我疏忽了。理该自报家门。”

男子有些尴尬。深吸一口气，朗声道：

“程千仞前来拜山——”

他声含真元，远远传开，回响连绵。

林间积雪簌簌落下，一群群鸟雀振翅惊飞，又惊起更多鸟雀，从山门外到深不可见的云雾中，黑压压地冲天而起。

一眼望去，仿佛整座佛光山抖了抖。

山岭间回声还没消散，两个小和尚震惊的嘴巴还没闭拢。

石阶上，一位身穿杏黄僧袍的老者凭空出现，他缩地成寸，转眼到男子面前，合掌行礼道：“程施主大驾光临，有失远迎，请随贫僧来。”

程千仞还礼，跟他登上山道。

石阶陡峭而平整，不沾半点残雪，落叶零星，可见日日有人打扫。

山野寂寥无声，只有二人脚步回响。

走了许久，老僧缓缓开口：“贫僧法号慧德，是寺中监院，了悟方丈座下亲传弟子。”

这意思很简单，即使你将来回到南渊做了院长，我也是慈恩寺未来方丈，由我亲自迎接你，不算寺中失礼。

可惜程千仞没有理解到位，略觉莫名其妙，应了一声，依旧四下打量。

他这些年四海游历，见过不少佛寺，有的在荒山野岭，小庙门里两三僧人苦修，不知哪天就悄没声息断了传承；有的在繁华市井，香火鼎盛，善男信女踏破门槛请方丈算卦解签，问完姻缘问仕途。

可都与慈恩寺不同，它们没有慈恩寺这种排场。

说“排场”显得庸俗，不衬出家人淡然超脱，程千仞看着越来越近的金殿飞廊，以及山林高远处，逐渐显露的巨大佛像，默默地把这两字换成了“恢弘大气”。

他本就俗人一个，实在没有更好的词。

老僧顺他目光看去，解释道：“那是敝寺接引大佛。由后山一座山峰雕成，意为‘接引上天’。”

“我听说过，佛像全身贴金，日出时有万丈霞光相映生辉。”

程千仞还听说，若天气晴朗，从大雄宝殿遥望后山，可见云海间金光璀璨的佛首，画面壮观雄奇，不是信徒也生三分敬畏。

他笑了笑，说：“可惜今天是个阴天。无缘得见。”

石阶将尽，到了内山门，渐渐有脚步声人声响动。

寺中没有香客，无人大声喧哗，二人走最宽阔的大道，一路行来，僧人们皆低眉垂眼，避让行礼。

正月十五未至，寺中已大兴灯火，殿外石灯塔成林，殿内长明灯千万，袅袅青烟升腾，与山雾笼罩大寺，更显其神秘渺远。

程千仞上山之前，心意已经足够平静，诵经声、莲花、香烛青烟，并没有让他思想更超脱。他琢磨着这里的地势阵法，眼前老僧的修为境界，暗叹慈恩寺底蕴果然深不可测。

慧德也打量着他。

终于明白师父为什么告诫自己，见到此人，不可心生动摇。

他年过七旬，程千仞虚岁二十六，论修为，他只比对方略高一线，论战力，他未必能胜神鬼辟易。面对此人，很容易陷入自我怀疑。

慧德还有一点想不通。

程千仞乃修行界最传奇人物之一，远行六载，若决意走进正山门，应该以南渊院长的身份，带着胡易知、楚岚川、南渊督查队，还有他的朋友、追随者们，浩浩荡荡地来。

若他依然不愿现身，应该赶在燃灯大会之前，潜入山上，去十方地狱一探虚实，像从前每次一样，隐匿踪迹，尽量不被人看到。

结果事情完全出乎意料，所有准备都白费。

那人一声大喝，不出半日，整片大陆都会知道他来了。

而他竟然还轻袍缓带，山寺赏花春游一般。

其实这不怪程千仞，他认为自己光明正大上山，黑斗篷不好再穿，反正有真元护体，只着斗篷里春衫也无妨。

大雄宝殿近在眼前，僧人们手捧香烛鲜花，往来匆忙而有序。

慧德终于出言试探道："人言程施主性情狂傲，行事无忌，今日一见，才知传言多有不实之处。"

"大师深山修行，怎么也听信传言。"程千仞摸摸鼻子，"我觉得自己脾气挺好的。"

除了林渡之，顾二、徐冉哪个有他好脾气。

他客气地问："敢问大师，方丈请你引我去哪里？"

慧德感觉此人没有想象中难对付，笑得皱纹舒展："自然是后山客院。我已命弟子准备客房。"

程千仞停下脚步："不对。"

老僧回身，忽然心生寒意："哪里不对？"

"你们似乎弄错了一件事。我不是来参加燃灯法会的，我是来找人的。"只见那人认真道，"我找宁复还。如果他在，就请他出来相见。如果他不在，我便下山。"

他就这样直白地挑明一切。

山风大作，佛殿前漫漫青烟，仿佛被一把无形之剑斩破，被逼露出本来面目。

慧德震惊无语。

自程千仞入寺，所遇僧侣看似随意行走，实则保持高度警惕，众僧很快回过神，迅速排列阵仗。

大雄宝殿前的广场，僧人如海潮涌来，越聚越多，一眼望不到边际。

慧德宣了声佛号，沉默不言。

脾气挺好的程千仞，右手握上剑柄。

"大师不说话，是想拦我吗？"

一刹那间，慧德察觉一道无形剑气直指心口，锋锐至极，令人遍体生寒。

他清晰地意识到，如果自己答一句"是"，此人真的会拔剑。

在天下信徒尊崇的神圣佛门，对监院拔剑。

这是什么行事章法？！

种种不解、愤怒涌上心头，他立刻默念经文，平心静气。

大雄宝殿前，群僧一片死寂。

程千仞泰然自若，浑不似身处重围，甚至因为没有得到回答，微微蹙眉，显出几分不耐烦。

"阿弥陀佛。"

一声佛号打破紧张至极、一触即发的气氛。

"程施主，此剑凶煞，不宜在佛前出鞘。"

众僧侣忙不迭地让路，行叩拜大礼，人群尽头，红色袈裟的老僧跨出殿门，缓步走来。

慧德敛眉合掌："师父。"

程千仞见众人做派，猜到来者身份，仍笑道："我没有破阵硬闯，是大师引我上山。佛要是真不乐意看到我，我也没办法。"

他说"引"，意思是"接引"，慧德听来，却是他们放出宁复还的消息引人现身，当即脸色一阵青白。

方丈亲自出面迎接，慈恩寺已经退让到如此地步，给了此人天大的面子，他竟还出言不逊!

了悟不嗔不怒，抬手示意众人起身。

“程施主万里远来，敝寺理应接风洗尘，还请随贫僧入殿一叙。”

程千仞打量着这人，年纪比慧德大许多，单看面容却更年轻。

十寂法师成圣后，于后山隐居，他的亲传弟子了悟继任方丈。了悟沉浸大乘圆满多年，谁也不知道他境界究竟多高，是否触碰到圣人门槛。

程千仞不喜欢与朋友以外的人聊天，无甚趣味，经不住对方执意想聊。

他对如临大敌的众僧挑眉一笑，随了悟走向大雄宝殿。

殿中青烟浮动，重重杏黄经幡漫垂，四面墙壁烛光璀璨，程千仞定睛细看，原是数不清的小洞，洞嵌金身佛像与明灯，万千小佛龛层层叠叠，没入高阔无边的殿顶。

了悟行止无声，只有他的脚步声回荡殿内，惊得四壁烛火摇晃，光影错乱。

大殿后设有一间待客禅房，陈设简单，小案几上已备好茶具，两杯清茶白雾氤氲。

程千仞松了口气，幸好不是棋盘，否则一下几个时辰，他可没林渡之的本事。

两人相对而坐。

“寺中诸多准备，只为引程施主一见。燃灯法会在即，各派掌门齐聚，商讨结盟，如果见不到程施主，未免可惜。施主既然来了，不妨多留两日，与我辈共求救世之法，止苦之道。”

程千仞笑道:“在下何德何能，值得贵寺如此费心。”

大乘境佛修果然不一样，这比跟慧德聊天舒服多了。但他的手掌没有离开剑柄，依然处于随时可以拔剑的状态。

因为对方说得好听叫请他来，说得不好听，就叫逼他来。

“请教大师，何为救世之法，止苦之道?”

“抵御魔族入侵，人族修行者皆有责任。特殊时期，只有团结一致，才可以早日结束乱世，还众生太平。”

程千仞不搭话，了悟法师叹息道:“说来容易，然而各派各行其道已久，人心难齐……”

“这便是传说中的神鬼辟易?许多血仇因它结下，许多人因它失去性命。贫僧听闻当年夺日楼一战，施主剑下杀人逾百，你年纪轻轻背负这么多，着实沉重了些。”

他话锋转折突兀，语气却像一位温和的长辈，很容易令人放松。

程千仞掂了掂旧剑道："三斤六两，不重。"

剑在鞘中发出沉沉嗡鸣，如野兽低吼。

了悟一怔。

他饮一口茶缓过神，接着说了很多话。最后道："施主还有什么不清楚、有异议的地方？"

程千仞深吸一口气，反问："这便是救世之法，止苦之道？"

老僧微笑："有疑虑但说无妨，我们详谈。"

程千仞摇头："没有。有缘再会罢。"

顾雪绛很擅长论法辩难，林渡之口不善谈，也能以笔代言。

程千仞自认这些方面有所欠缺，逻辑修辞一窍不通，远不如朋友们才华横溢。

所以他根本不会尝试与一位大乘境的佛修辩难。

你讲得非常有道理。

我无法反驳，但我就是不想听、不认同。

我说走就走。

了悟眼睁睁看着他起身，笑容凝滞，他本以为自己说服了此人，喊道：

"且慢！"

程千仞推开禅房小门，巍峨大殿中的情景出乎他的意料，他停下脚步。

身后了悟幽幽道："很多人想见你，你不想见他们吗？"

清晨，顾雪绛与林渡之后山漫步。

山林静谧，积雪未消，雾霭飘忽，二人行至一方断崖，视野忽而开阔，翻腾的云海间，巨大的佛首时隐时现。

林渡之心有所感，叩拜诵经。

顾雪绛退开几步，站在不远处看他。

待林渡之拜完起身，只见两位打扫后山的小沙弥匆匆赶来，捧着铜盆温水，软巾细绢请他净手。

"林师叔祖晨安。"

林渡之微微皱眉。

以他的修为，心念一动便身不沾尘，这寺里哪来那么多形式虚礼。

"不必劳烦，去忙吧。"

两僧观他神色，行礼告退，与顾雪绛擦身而过。

顾雪绛这次是陪林渡之来，不方便以军部身份参加燃灯法会。他自称是林渡之的随侍，一般没什么人搭理他。

两人继续散步，走过石塔林、吊桥、山岩边栈道。

寺中僧人们在做早课，钟声、诵经、木鱼声不绝于耳。置身于这种氛围，人难免会思考因果、命运之类的哲学话题，进而反省生平，追悔旧事。

住进慈恩寺后山的各宗门代表就受其感染，不管有没有信仰，路过佛堂大多会进去叩拜，看上去倒是一团和气，张口闭口都是为苍生祈愿的慈悲。

顾雪绛对此嗤之以鼻："共同抵御魔族，说得好听，其实谁也不想多出力，只要雪狼骑没打到家门口，就要先在家里争出个高下。"

林渡之从没见他拜过。

"那些人觉得拜佛祈愿，若如愿以偿，是佛慈悲，还要上香还愿；不能如愿，是自己不够诚心，也怪不得佛。"顾雪绛解释道，"但我想要什么就自己去抢，从来不指望谁慈悲。"

林渡之了解他，所以不多劝。

顾雪绛心思异于常人，他不认为杀业太重，必会不得善终，他始终相信自己是对的，因而道心通明，无所畏惧。

用他的话说，就是"我不信因果，则因果不沾身"。

后山辽阔，想避开其他住客很容易。

有一个问题，自入寺就困扰着顾雪绛。

"他们为什么叫你师叔祖？"

林渡之答道："按照佛门的辈分，我师父与十寂法师同辈，如今慈恩寺方丈是十寂法师的弟子，与我同辈。慧德监院是方丈弟子，便称我师叔，寺中大多数弟子辈分比监院更低……只好称我师叔祖。"

"好生厉害，你师父还收俗家弟子吗？看我怎么样？"

林渡之摇头："莫开玩笑，你一定不喜欢那里。"

"那得看宝华寺是什么样子，有没有比这尊更大的金佛？"

林深雾重，诵经声渐渐听不清了，只有二人踩过落叶积雪的"咯吱"声。

"我们没有金身大佛，没有金顶大殿，不在山中，自然也没有云梯，这样说来，好像我们那儿什么都没有……"

顾雪绛来了兴致问："那你们平时干什么？"

"我教小师弟看书识字，师父给村民医病，师兄们春天帮大家种地，秋天打果子。"

顾雪绛觉得不可思议道："就这样？"

"就这样啊。"

他叹息道："不摆高贵姿态，不伪善欺人，远离纷扰、没有争斗的世外桃源。确实是个很好的地方。"

林渡之听人夸自己家乡，十分高兴，说："师兄们话不多，但都是很温和亲善的人。"他忽而停下脚步，定定地看着眼前人。

"你若当真觉得好，愿意跟我一起去那里吗？"

顾雪绛一怔，笑道："你不想看星星了？这片大陆上，还有很多你没见过的东西。"

两人正相对无言，一声呼喊打破沉默，回音震荡山林，惊得鸟雀高飞：

"程千仞前来拜山——"

程千仞推开门就愣了。

大雄宝殿不知何时聚集了三四十人，有以慧德为首的僧人们。也有手拿拂尘的老道、腰佩宝剑的中年人、柳眉倒竖的老妇人，各门派服饰各异，好不热闹。

一眼望去，殿外也站满僧侣，黑压压一片。

寒冬昼短夜长。天色将暗，他才知原来与方丈谈了那么久。

程千仞走出禅房，所有目光盯着他。

"你们有事儿？"

"呵，想来就来，想走就走，程院长好大威风！"

这声"程院长"叫得阴阳怪气。

南渊学院的运行规则，在很多人眼中是非常荒谬的。决定一山之主或一派掌门，应该先看传承，再看修为资历。投票选举算是怎么回事？

异数令他们厌憎，以及忌惮。

"哦，这位是……"程千仞想起来了，"山海宗刘长老，幸会。"

他不再是轻狂少年，不会再像在太液池面对钟天瑜时，两句不合立刻拔剑。一般情况下，他都愿意心平气和地聊几句。

"你们聚在这里，不会打算杀了我吧？"

被慈恩寺邀请，赶来参加燃灯法会的各派掌门、大长老，俱是一派上位者的威严气势，但程千仞像讲笑话一样轻笑出声。

人群神色各异，没有人笑。

了悟从他身后走出来。

“阿弥陀佛，程施主哪里的话。在场各派，都与你师父宁复还结过血仇，他后来将此剑留给你，因为它，你与人又结仇怨，也是多有不得已。敝寺愿做个中间人调停化解一二，这柄剑，敝寺可代为保管，为它沐浴佛光，驱除凶煞之气。”

程千仞抱剑行走，被众人戒备地盯着。

“那我要不乐意呢？”

了悟道：“程施主不愿意，我们也无意伤你性命，只请你寺中暂住，听经洗尘，去去杀性。”

众人纷纷附和：“大师果然慈悲为怀。”

大殿四壁，万千佛龛的烛光照在他们脸上，光怪陆离。

凡事不能明说，一定要搬出“大义”讲道理。

程千仞都替他们累。

“你说得很对，只有一件事错了。”

了悟合掌道：“请赐教。”

程千仞：“宁复还不是我师父，他是我东家。从前我领他的工钱，替他算账、买菜、擦桌子……”

众人俱是一怔，不明白他为什么要说这些。了悟暗叹此人还算识时务，眼下与宁复还撇清关系，正好顺理成章地交出神鬼辟易。

程千仞话锋一转：“现在我接下他的剑，就为他扛血仇、断恩怨。”

“既然是宁复还给我的，谁想要，我就替谁问问他。”

一位拿拂尘的老道喝道：“好啊！你果然跟他有联系！与那大逆不道的杀师叛徒勾结！”

下一刻，他的喝问戛然而止，像被人掐住了脖子。

因为程千仞竟大步行至殿门口，对将暗未暗的夜空喊道：

“宁复还，你在不在？”

寒云辽阔，回音飘散。广场上的群僧手持长棍，神色漠然而戒备。

程千仞：“你要是来了，就出来见我——”

“程施主戏耍我等？！”

怒喝未落，殿外竟传来一声应答。

“来了来了！”

来的当然不是宁复还。

来的是一位身穿绛紫色鹤氅的贵公子，和一位神色冷淡的书生。

他们走得不快，转眼却越过人群，踏进殿门。群僧后知后觉，大惊失色。

程千仞朗声大笑，上前与这二人拥抱。

顾雪绛："我来晚了，大师都跟你说了什么？学来听听。"

程千仞："人心散了，队伍不好带啊。你看你的剑，无主宝物大家都想要，惹得这些年修行界腥风血雨，你也被追杀，不如这样，你把它贡献出来，做结盟会的彩头，抵御魔族之战，谁出力多就送给谁。一举三得，最公平了，我们都会记着你的好的。"

顾雪绛："哇！好有道理的狗屁。"

程千仞："狗屁！"

捧哏与逗哏揽肩大笑。

林渡之在一旁看着他俩，无奈地摇头。

三人不需多言，气氛默契。

六年来，他们在各自的战场上单枪匹马搏杀出路，时至今日，终于相聚。

顾雪绛低声道："宁复还不在这里。"

听见程千仞山下一喝，顾二猜测寺中高手一定都会往大雄宝殿聚集，不如趁机与林鹿去十方地狱一探，顺便探了藏经阁等重地。

"好。"程千仞转向怒火高涨的众人，"今夜我既然来了，宁复还与你们有何仇怨，只管找我了断。"

"放肆！"了悟方丈厉喝道，"你敢拔剑，就是与我慈恩寺为敌！贫僧若开启杀魔大阵，必惊扰后山隐居的圣人，不到万不得已，贫僧不愿逼你们上绝路。林师弟，你就任由他们在佛前不敬？难道宝华寺与歪门邪道同流合污？"

林渡之平静道："我还未剃度，也无法号，当不得大师一声师弟。"

了悟的师父便是圣人十寂法师。

程千仞嘟囔一句："都这么多人了，还有脸抬出圣人压我。"

三道尖锐破风声，自不同方位响起。

"铮铮铮——"

寒光闪烁，如漫天星辰抖落，神鬼辟易终于出鞘！

漫垂经幡被冲撞的剑气与真元绞碎，纷纷扬扬。袭来的法器顷刻报废，化作地上一摊微光碎片。

三位小门派长老先出手，大人物自矜身份，不会这么快有动作。

了悟心道，竟还是低估他了。

众人亦被快剑震慑，各怀心思，大殿一时静默。

剑气四溢，四壁烛火明灭缭乱。

程千仞挽了个剑花道："劝你们不要打算以多欺少，因为我也叫了帮手。"

林渡之："你说真的？"

"当然，所以我才会来啊。大家都一把年纪了，不能再冲动得像个学生是不是？"

顾雪绛抽出春水三分道："徐冉人在白雪关，万里之遥；我的顾旗铁骑无战事不得调动，否则就是公器私用。我们哪还有帮手啊？！"

前有广场群僧，后有各派掌门长老，他们旁若无人地商量着。

众人感到被戏耍的屈辱，了悟喝道："开阵！"

殿顶一柱金光直冲苍穹！

程千仞还在与顾二说话："有有有，他一定会来的——"

"那你让他快点，成吗？"顾雪绛喊道，"这赶上晚饭点儿，他不会吃饭去了吧！"

殿外广场，一众持棍武僧冲上前，意图与殿中僧人摆出合围之阵。春水三分刀背横扫，前排十余人倒飞而去，撞得后排的人七零八落。

林渡之毕竟出身佛门，和尚们还称他一声师叔祖，顾雪绛有点顾忌，不想在这里杀个尸横遍野、血流成河。

顾雪绛只好一边将林渡之拦在身后，一边插科打诨。

说话间，大雄宝殿、藏经阁、重重僧舍次第亮起，金光向后山巨佛蔓延。

隐在黑夜中，轮廓雄伟的佛像如沐朝霞，金身焕彩生辉，威严肃穆。

整座佛光山好似神迹降临！

方圆十里外，山脚下的村落一片兵荒马乱，有的村民奔跑躲藏，有的跪地叩拜。聚在镇上的散修们激动不已，议论纷纷。

杀魔大阵何等威势，大雄宝殿内，除过慈恩寺中的僧人，众人皆感到一阵心悸。

梁间经幡摇晃，脚下大地颤动。

程千仞刚削下一位老道的拂尘，忽觉真元运转一滞，阵法的寂灭金光将他当头笼罩，如影随形。淡淡光芒似万千根无形尖针，刺破皮肤、寒彻骨髓。

他心下一惊，匆忙逼出二十道护体剑气萦绕周身。

背后响起了悟的断喝："请教程施主剑法！"

老僧话音未落，手中禅杖飞掷，伴随刺耳破风声，一道金影直逼程千仞后心。

了悟此时出手自知违背道义，有失身份，本是不该。但不知为何，当他看向殿外夜色，心中生出强烈警兆，当即决定速战速决。

阵法威压每过一秒都会变得更强大，程千仞咬紧牙关，凌空跃起，长剑贯穿禅杖金环，手腕一转，剑轨如一轮弯月。高速旋转的禅杖，被直直飞甩出去，轰的一声砸穿佛前供奉的香案。

禅杖仿佛一个信号，殿中各派掌门长老不再等待，一齐祭出法器。

恰在此时，有人抬头惊叫道："那是什么东西？！"

只见苍茫夜空中，电光闪烁，厚重的云层被巨大的力量硬生生撕开，露出一角狰狞阴影，似巨龙在云端探头摆尾。

缝隙飞速扩大，巨龙显出全貌，竟是一艘大船！

飓风卷地，沙尘迷眼。云船突破阵法光罩，从天而降。

广场众僧衣袍飞扬，慌忙地四散奔逃。狂风似要将一切摧毁绞碎，殿顶的琉璃金瓦层层翻卷，金光消散无形。

"轰——"

轰鸣声震耳欲聋，六丈高的庞然大物落地，砸碎青砖，溅起满天石砾烟尘。

殿内众人下意识地后退。

了悟召回禅杖，惊道："来者何人？"

宝船有三层十二桅，舷壁极高，人在船下无比渺小，抬头望不到巨船全貌。

烟尘未散，三十余位白衣武者自甲板跃下，殿门外排开阵仗。他们腰配长剑，步履划一。

众白衣剑客分列两旁，迎一位身穿青墨色长袍的男子举步入殿。

那人背负长剑，眉眼漠寒，身形挺拔，如云海绝壁间的一株青松。

顾雪绛缓缓回神道："看人家这排场，潇洒。"

从杀魔大阵开启到天外云船降落，不过短短两息，但程千仞为阵法所迫，只觉每秒都无比痛苦漫长。

"老傅，你可终于来了！"

满堂哗然。

剑阁封山一年，今夜竟重新现世。

了悟以禅杖擂地："傅山主，你闯我山门，毁我殿宇，欺人太甚！"

僧人们聚在他身后，与一众剑阁弟子分庭抗礼。

傅克己没有说话，只向程千仞三人点头示意。

一位年纪稍长的剑阁弟子站出来，替他回答："神鬼辟易乃我澹山山主佩剑，贵寺竟拘我山主，讨我神兵，才是欺人太甚。"

程千仞知道傅克己不善言辞，所以才让别人对外交涉。

但在大殿众人看来，便是他狂傲霸道，不将慈恩寺方丈放在眼里。

了悟冷哼不言。

白云观观主拂尘一甩道："一派胡言，宁复还杀师叛山，难道还能做山主？"

山海宗长老附和道："剑阁澹山一脉哪来的山主？！"

那位剑阁弟子忽然转向程千仞行大礼，众白衣剑者随之单膝跪地，抱拳行礼，齐声道："我等护驾来迟，恭迎山主归山——"

"什么？"

"这怎么回事？"

殿内惊呼连连，而后一片死寂。

了悟心道不好，怪不得程千仞单剑拜山，原来是有恃无恐。

程千仞其实最受惊吓，却见傅克己一脸淡定。

只好硬着头皮，顺着对方的套路演道："咳，都起来罢。"

这下，就连顾雪绛和林渡之也震惊地看着他们。

了悟已然平静下来，剑阁再强，只来了三十余人。傅克己战力再高，也未到圣人境界。

傅克己这般张狂地打上门，后山隐居的师父不会坐视不管。

"傅山主，敝寺举行燃灯法会，是为与各大宗门商讨如何共同抵御魔族，你们以一己之私惊扰法会，蔑视苍生之利，难道就这样来了又走？如何给天下人交代？"

傅克己不言，只冷冷地看着他。

"你又要开阵？劝你三思啊。"顾雪绛笑道，"剑阁与慈恩寺，两个最强宗门，这一旦打起来，必然两败俱伤，谁去抵御魔族？既然佛门心怀苍生，诸位也都是为天下大义而来，那就忍一忍，退到一边，让我们快点回去罢了。"

慧德怒不可遏，脸皮涨红斥道："好大口气，凭什么不是你们退让？！"

顾雪绛点燃烟枪，抽了一口道："废话问题，我又不在乎天下苍生。"

你喜欢以大义逼我，我也以大义逼你。你奈我何？

他右手刀尖指地，左手擎着烟枪冷笑。

众人当即认清他的身份，进而产生许多可怕的联想。

为了西南平乱，朝廷启用了一批年轻将领，顾雪绛便是其中升迁最快、杀性最重的将星。这种刀下亡魂无数，凶名赫赫的人或许真的什么都不在乎。

傅克己看向紫衣公子，眼神有点无奈。

那位剑阁弟子道："剑阁今日便开山，烟山弟子已赶赴白雪关。下月初三是黄道吉日，正式举行开山大典，八方迎客，自会给天下交代！"

剑阁决意开山！

除慈恩寺外，其他门派掌门长老各有思量。瞬间许多人想清楚利弊，无声退后，做出两不相帮之态。

程千仞打量四周，若要突破重围，登船离开，这是最好的时机。

但傅克己没有出手。他微微侧身，说了今天第一句话："您可愿与我对阵？"

了悟正要回答，却发现他面对的是后山方向。

他竟然在对圣人说话！

话音刚落，众剑阁弟子阵型变幻，腰间佩剑铮然出鞘，如同一声。

剑锋冷寒，映照四壁烛火，流光溢彩。

他们周身气息发生微妙变化，合众为一，节节攀升。

有人惊呼道："澹山剑阵！"

剑阁作为修行界第一宗门，底蕴深不可测，自然不止一位圣人，两把神兵。

澹山剑阵，天下无双。

程千仞明白了傅克己的意思。

要走就光明正大地走，让慈恩寺送他们走。剑阁要么不来，要来就来最精锐的弟子，搬出最强大的手段。

剑阁举全门派之力，做好与圣人一战的准备。

慈恩寺僧侣何时受过这种屈辱，了悟抬手，示意他们不要妄动。

傅克己与后山对话，师父必然已知晓此方境况。

他心中寒意渐甚。

因为后山太安静了。

傅克己也在等。

对方不说话，不作为，看上去像一种无声的退让。

多荒谬，圣人怎会退让。

大殿空气近乎凝滞，甚至听不到喘息声。众人高度警惕，谁也不知道下一秒会发生什么。

圣人出山，风云变幻山崩地摧，澹山剑阵发动，万千剑气齐发。

分秒之间被无限拉长。

直到一位灰衣僧人，悄无声息地出现在大殿中。

正处于剑阁与慈恩寺之间。

了悟对那年轻僧人行礼："师兄。"

僧人淡淡扫他一眼，说：

"师父在梅庐，与客弈棋。"

他说完便走了，仿佛看不到这里的紧张气氛。

因为安静，所有人都听到了这句话，不由得震惊失语。

天下间谁配与圣人下棋？屈指可数。

这意味着，还有一位大人物已在慈恩寺中。

他们心中掠过许多猜想，有人猜出那人身份，却出于敬畏，不敢多说。

那人来了却不现身，是什么意思。难道只为下一盘棋？

了悟听得这一句，面色迅速苍白，身形微颤。

慧德搀扶着他。

傅克己平静道："走罢。"

顾雪绛笑了笑："那我们就不打扰十寂大师雅兴了。"

程千仞意识到那个人是谁，犹自愣怔。

剑阁弟子收剑回鞘，齐声道："请山主登船——"

巨船轰鸣，将破碎青砖碾作粉末，在飓风中猛然升起，留下神情各异的众人和一地狼藉，绝尘而去。

转瞬消失在苍茫夜色中。

程千仞一个人来，浩浩荡荡地走。

他站在甲板栏杆边，身旁云雾飞逝，大风呼啸。眼见宝船掠过慈恩寺后山上空。

荒山白雪寂寥，唯独一角姹紫嫣红，是深冬的梅花林。

梅林中有草庐，里面两个人在下棋。

程千仞略感心情复杂。

虽说与逐流了断，但他明白，只要在这世间行走，他们早晚都有相见的一日。

今日未见，总有一天要见。

所谓成熟，大概就是可以客观地面对从前避之不及的问题。

很少有人知道他与那个人有关系，准确点说，曾经有关系。所以朝歌阙是他留给自己的最后一张牌。

没人能猜到的底牌，绝境中的胜负手。

当然这需要一些运气，因为程千仞并不确定，当自己某天垂死挣扎，那人是否会出手管他。

胡思乱想只在一瞬，顾雪绛来到程千仞身边，拍拍他肩膀道："你和姓傅的，什么时候这么熟了？"

程千仞："剑阁封山后，我们见过一次。"

顾雪绛一开口，林渡之就害怕。傅克己风尘仆仆赶来帮忙，咱还坐着人家的船，可别再说人"不行"了。

林渡之便出声提醒道："现在，我们是一条床、船上的人。"

他心情紧张时，带点蓬莱口音，床、船不分。

顾二连连点头："我知道我知道。"

回头见傅克己双臂抱剑，冷脸看着他。

顾雪绛凑过去："这船好威风，以前可没听说剑阁还有这玩意儿。"

"邱北的手艺，工期一年零三个月。"

顾雪绛歇了心思道："那还是算了，等他再造，仗都打完了。到越州降一点啊，我和林鹿要下去。"

程千仞："就送到越州吧，这次算我欠你。"

下次你有事，我再陪你刀山火海闯一遭，平时我们各过各的，君子之交淡如水。

傅克己没有说话，只拍了拍手。

整齐脚步声响起，那些剑阁弟子自船舱涌出，再次跪地行礼：

"恭迎山主归山——"

程千仞彻底懵了："你……来真的？！你们快起来，都起来！"

傅克己低声道："我告诉他们，要迎回一位战力卓绝、地位不凡、受人崇敬的传奇人物，做澹山山主，让剑阁重新开山，他们才一起来救你。否则我只能一个人来，马也没有。"

他难得说长句，眉峰微挑，脸上写着"这么多弟子在看，给我一点面子"。

程千仞震惊地看着他，仿佛第一天认识此人。

"老傅，别人都说你是个剑痴，哪怕做了山主，也不懂算计，不通庶务……"

傅克己说道："神鬼辟易在，山主令牌也在，你做澹山山主，有何不可？"

程千仞顺着他目光，看向自己腰间，确定对方神色严肃，没有开玩笑。

这不是宁复还临走时送他的玉佩吗？还抵了八十两的债，结果是块不值钱的染玉！

当年顾二非要劝他，君子无故，玉不离身，他才没扔。

好他个酒鬼奸商宁复还，山主令也拿出来抵债。

程千仞立刻去解扣："抱歉，这就还给你们。"

傅克己厉声喝他名字。

程千仞一怔，明白了很多事，沉默良久，才道："你确定要我做山主？我一天剑阁剑法也没练过。"

剑阁分为烟山澹山两脉，傅克己以烟山山主的身份，调动澹山剑阵，本来说不过去。但如果是为了迎回另一位山主，那便合情合理，谁也挑不出差错。

名不正则言不顺，言不顺则事不成。只要程千仞做了澹山山主，一切问题迎刃而解，程千仞得神鬼辟易，剑阁重新开山，两全其美，再没有更名正言顺的事。

傅克己确实不懂太多谋算，他用最简单的方法破局——

我们交过手、比过剑，所以我信任你。

就这么简单。

"我确定。"

程千仞对上一众弟子期盼的眼神，说道："你们今天能来，我很感谢，但我真不觉得自己会是一位好山主。说得简单点，外面打架，我没问题；指导修行，我做不到。不要对我有太高期待。你们仔细想想，如果可以接受，再点头不迟。"

那位慈恩寺出言，负责交涉的弟子站在最前，立即单膝跪地，抱拳道："誓死追随山主。"

一根筋的剑阁弟子们，又哗啦啦跪倒一大片，喊道："我等誓死追随山主——"

傅克己："现在没有问题了？"

"我，我还是需要时间考虑一下……你们先起来罢。"

当年得知南渊院长选举一事，程千仞面对白雪星光，思考了整整一夜，才有了藏书楼上的果断离行。

事起仓促，剑阁弟子们或许也没想清楚。

傅克己打了个手势，带头的弟子走向船舱。

程千仞心中闪过糟糕预感。

下一刻，云船甲板内，忽响起一道机械僵硬、震耳欲聋的声音：

"我程千仞今日接任澹山山主，下月初三，剑阁开山，天下英雄，俱为见证。"

"我程千仞今日接任……"

这一句话反复回响，如魔音灌耳，传遍大地。

程千仞目瞪口呆，扑在栏杆边大喊："我不是，我没有！"

话音出口，转瞬消失在呼啸的狂风中。

顾雪绛曾说，傅克己会讲冷笑话。程千仞本来不信，今天第一次领教，根本笑不出来。

无与伦比的黑科技，令人窒息的操作。

傅克己："邱北折腾出来的玩意儿。第一次用。"

顾雪绛拍手笑道："妙啊。"

楼船所行之处，声音自云端飘落，回音久久不散。

慈恩寺中的僧侣和客人、佛光山下看热闹的散修们最先听到消息，进而整个修行界无人不晓。

程千仞单剑拜山时，谁也没料到事情会这样发展。

前有慈恩寺开阵，后有傅克己闯大雄宝殿，程千仞接任澹山山主。

剑阁就此开山，回到风起云涌的乱世。

一夜之间，天下格局生变。

然而现在，被人多角度揣测的新任山主，正在好声好气地与人商量：

"老傅，咱先把这个关了行吗？"

程千仞放出神识，也没探知到机关藏在哪里。

傅克己还是不说话。

遇见这种朋友你没办法，他一不怕你讲道理，二不怕你拔剑。

无所畏惧。

程千仞看向那位带头弟子。

弟子道："我只听山主的命令。"

程千仞深吸一口气："行，我命令你把它关了。"

声音立刻消失，整个世界终于清净了。

一众剑阁弟子身姿笔挺、两眼放光地看着他。

程千仞："大家今天辛苦了，时候不早，都回去休息吧。"

"谨遵山主号令！"

顾雪绛靠在栏杆边抽烟，墨发衣袂飘飞，很是潇洒：

"你们猜南渊学生现在怎么想。"

程千仞："我不猜！"

顾雪绛："那你们猜猜首辅大人是怎么想的。"

话题转变太快，从互损跳到商讨正事，程千仞怔了一瞬。

傅克己问顾雪绛：“朝廷是否决意与宗门结盟？”

这本是燃灯法会的主要目的。

说朝廷不在乎，首辅亲至，已是最大诚意；说在乎，却任由他们闯山拆殿，搅黄了法会。

顾雪绛毫不犹豫道：“结盟势在必行。我给你算一笔账，不说东境要对抗魔族的镇东军，单就西南战场平乱的神武军，打仗前有四十万，去年征召到七十万，今年还在征。这些青壮年男丁不能劳作，全靠后方供养，每月耗费十万两。”

“战事胶着，才误春种，又误秋收，粮食从哪里来？前有天灾，后有战事，赋税一减再减，钱从哪里来？更别提当年圣上东征、修建安国大运河等大工程，国库早就是个空壳子了。”

顾雪绛声音低了点：“首辅立太子后，就开始削弱大世家，一方面是维护朝局稳定，另一方面，是让他们割肉放血，毕竟国库穷啊……”

国库也有穷的时候，程千仞心里平衡多了。但人家没钱就理直气壮地伸手要，世家就像养肥再杀的猪，皇族的存钱罐。不像自己，没钱只能去赌。

程千仞总结道：“朝廷需要人、财、物，军部需要修行者。所以还需借助宗门的力量。”

顾雪绛：“不错！”

傅克己道：“但他不想让慈恩寺举行燃灯法会。”

这是陈述句。

程千仞：“或许他另有所图，已经跟十寂达成了某种协议。等剑阁开山，再跟我们剑阁谈？”

傅克己听见“我们剑阁”，破天荒笑了笑。顾雪绛一脸见鬼的样子。

几人互换消息，分别说出各自猜测。

程千仞不会脸大地认为，朝歌阙用一盘棋拖住圣人，是为了让他全身而退。

他心情有点烦躁，如果能直接上去问“逐流你到底要干啥，给哥说说呗”，那该多方便。

林渡之看着云海，蹙着眉不作声，不知在想什么。

顾雪绛清楚，他只关心何时可以不再打仗。

云船缓慢下降。

远处城池街道万家灯火，近处荒郊树木不断放大。船停在半空，比较危险的高度。顾雪绛挑眉。

傅克己冲他瞥一下头，示意他可以走了。

顾雪绛心道，行，不就是从前造谣你不行吗？这样报复爷。

他也没废话，一手抄刀，一手揽着林渡之，自船头纵身一跃："后会有期——"

声音飘散在风中。

甲板空荡荡，只剩两位山主。

程千仞："往后怎么打算？"

傅克己："准备开山大典。"

开山大典定在下月初三，意味着程千仞需要在十几天内，成为一个像模像样的山主。

这事不简单。

第8章

天地烛明 巍巍剑阁

程千仞初时学剑，便在南渊藏书楼读过剑阁剑法，后来因双院斗法对战傅克己，又上藏书楼钻研，深知剑阁剑路包罗万象，底蕴极深。算建派历史，剑阁远在慈恩寺前，还分为澹、烟两脉，人际关系怕是比慈恩寺更复杂。

楼船在云间飞掠，他一路上做了很多设想，比如怎样应对其他弟子心中的不服，前辈长老的考验刁难等等。

第一宗门又如何，我一人一剑，闯过刀山火海，龙潭虎穴，未必怕它。程千仞如是想到。

事实证明，他白想了。

全都白想了。

待宝船缓缓落地，已是半夜三更。但整个剑阁灯火通明。

船停在云顶大殿前的宽阔广场，数不清的人源源不断地从殿中涌出，分列广场两侧。

“恭迎山主归山——”

随之响起翩翩乐声，钟、鼓、铙、钹相合，道乐神圣肃穆。

程千仞震惊，低声道：“你排场真大。”

傅克己：“……我没有这种待遇。”

六七位长老带着亲传弟子迎上前，再次行大礼，程千仞与傅克己前呼后拥地走入大殿。

殿中亮如白昼，高高的玉阶上摆着两把宽大座椅。

待二人坐稳，一位长老上道：“启禀山主，到场一万八千四百六十三人，除去已前往白雪关的烟山弟子，全在这里。”

傅克己略点头，示意知道了。

程千仞一脸懵，传音问道：“他们干吗？”

道乐声停下，场中极静，一眼望去，殿内外秩序井然，站满了人，大半夜的，精神抖擞，目光灼灼。

“等你训话。”

“我哪有话说？！”

傅克己没再传音理他。

他只得轻咳一声，开口道："诸位，我名程千仞，自今夜起接任澹山山主。"

人群爆发出整齐热烈的掌声。

……这下他真没话说了。

程千仞想过被人背后说闲话，某种意义上讲，这些情况确实发生了。

"傅山主不负众望，不仅带回神剑，还把人带回来了！"

"程千仞少时成名，都说他性情狂傲，给他个南渊院长也不乐意当。现在他答应傅克己邀约，放弃自由自在、海阔天空的游历，一肩挑起重担，实乃义薄云天。"

剑阁从上到下，平时不讲太多礼数，为了让新山主感到欢迎热情，那天特意排练几遍，以达到气势恢弘的表演效果。

弟子们原本还编排了集体剑舞、单人诵经等节目，幸好被傅克己拦下："我们是正经宗门。"

不是杂耍班子。

这些事，程千仞全然不知。第二日天朗气清，他在两位弟子的陪同下，熟悉剑阁环境。

傅克己带去慈恩寺的剑阵，皆是澹山精英弟子、中坚力量，程千仞都已见过——

负责对外交涉，怼天怼地的弟子道号怀清；背后默默主持剑阵的弟子，道号怀明。

据傅克己说，前者头脑灵活，后者细心稳重，修为都算不错。澹山多年无主，长老们撒手不管，都是由他们主事。

但在程千仞看来，怀清活泼善言，像个导游，怀明腼腆内向，像个捧哏。

怀清："剑阁两大绝学，烟山铸剑术、澹山剑阵；两大胜景，烟山青松、澹山云瀑。我们此时所在，便是观云崖，最宜欣赏云瀑。"

怀明："是的。"

剑阁峥嵘而崔嵬。

大小山峰六十余，涧潭飞瀑不可计数。

峰峦雄伟壮阔，涧岩秀美幽邃，琼楼玉宇依山傍岩而建，有悬桥飞梯相连。

往来弟子皆身着白衣，腰配宝剑，行走于山水间，一派出世仙气。

程千仞一路行来，遇见的人都向他行礼问好，他一一点头回礼。

澹山与烟山合计六十余峰，若挨个细看，三天三夜也逛不完，怀清做了线路规划，先挑重要的、有名堂的介绍。

“那边便是玉虚观。”

程千仞凝神看去，那座孤峰与周边山势断绝，四周被云海遮蔽，使得峰顶道观好似漂浮在云间。

道观红墙灰瓦，朱漆斑驳，若在山腰，当显破败，偏它在云上，只显无尽孤寒。

他问道：“‘解签之地’玉虚观？”

“正是。”

“居山令”颁布之前，修行界宗门皆在朝堂中占据一席之地。

剑阁为宗门之首，历代帝王遇大事，必要来玉虚观求签，名为占卜天时吉凶，实则为获得某些支持。

“传说圣上东征前，来此解签，还借走过‘神鬼辟易’，是真的吗？”

怀清道：“解签自然是真，是否借剑，我不知道，那时我们这辈弟子还未入门……”

当年由澹山山主秋暝真人解签，但他已经被宁复还杀了。或许他向两位最疼爱的亲传弟子说过这件事，但剑阁双璧已经不复存在。

旧事封存，无可考证。

程千仞：“没事，我随便问问。”

他忽然想到，如今太子形同虚设，首辅当权摄政，如果朝歌阙来解签……

谁给他解，我给他解吗？！

太可怕了。

怀明：“您要进去看看吗？”

他摆摆手：“下次再看吧。”

他们离开观云崖，继续前行。

“这是隐仙岩。”

“这是悟道洞。”

“这是秋水潭。”

程千仞一边感受山间灵气变化，灵脉走向，一边听怀清怀明介绍，哪位圣人在哪成圣，哪个真仙在哪飞升。

思绪飘浮，感慨万千。

那些历史长河中，所谓的光辉与传奇，经过漫长时光镌刻在这里，不过一方石碑、一座草庐、一个名字。

按怀清安排，他们的终点是澹山后山，历任山主的住所。

昨夜时辰太晚了，程千仞宿在接待贵客的碧游宫。今天起，就正式入住后山。

通往后山有捷径，是一架长长的吊桥，桥那头隐没于云雾中，看不真切。

“秋暝山主的遗产很多，漫山遍野，都是您的了。”

提起这件事，怀清似乎有些难以启齿。

程千仞心想，那可能是个大洞府，堆满法器法宝，金光璀璨。

悬空吊桥走到一半，除了飞瀑水声，风过树林的沙沙声，还能听见“咯咯咯”的奇怪响动，嘈杂至极，像几百只野鸡扯着嗓子嚎叫。

程千仞心中闪过糟糕预感，比当时领教邱北的黑科技更糟糕。

然后他真的看到了鸡，漫山遍野的鸡。繁茂大树上、青青草地上，扑棱着翅膀跑跳打架，挺着肚子骄傲踱步，各个威风凛凛。

整座后山像一个巨大的野生养鸡场。

怀清解释道：“这是秋暝山主养的鸡，受澹山浓郁灵气滋养，肉质鲜美，或炖或烧，十里飘香。但很久没人吃过了……”

程千仞无语半晌，憋出一句话：“为什么没人吃？”

你们不吃！还要养这么多！

怀清解释道：“毕竟是山主私人遗产，按规矩要留给下一任山主。我们做弟子的不好随便动。原本仅有二四只，但山主仙逝多年，鸡生蛋、蛋生鸡、鸡又生蛋……”

怀明小声道：“现在他们都是您的鸡了。”

程千仞眼前一黑。

他扶额缓了缓道：“给大家吃吧，补补身体。”

怀清怀明感动不已。

程山主初来乍到第一件事，不是定规矩立威信，而是解决历史遗留问题，顺便给弟子们谋福利。

怀清由衷感叹：“您真是个好山主！”

程千仞：“……”

不，我本“辣鸡”，全靠同行衬托。

不过半个时辰，好消息传遍剑阁。

怀清：“山主说了，大吉大利，今晚吃鸡。”

澹山上下欢呼一片，看得烟山弟子好生羡慕。

程千仞后来才知道，这些弟子确实对“好山主”没什么要求，一是因为澹山多年无主，大家像没爹没娘的孩子，全是放养；二是因为前山主秋暝真人不太靠谱，平时只爱吃鸡和打牌，尤其精通六十四卦牌。那是一种由易经八卦演变而来的游戏，全门派没人打得过他。

他死之后，埋在他的院子后面，野鸡满地乱跑，无名坟头热热闹闹。

对，院子，没有宫没有殿。在绿草如茵的向阳山坡，冬天也晒着暖融融的日光。白墙灰瓦青砖，布置简单，院前用低矮篱笆围出一个菜园来。

菜园无人打理，瓜果蔬菜早都被鸡糟蹋了。

别的修仙者豢养异兽镇守灵脉、种植灵草打理药田，秋暝真人是什么好吃就养什么、种什么。

程千仞心想，在南渊藏书楼看你的剑诀，一副孤高冷淡姿态，你这人怎么回事啊。

两位澹山弟子远远止步。

怀明："那是前山主、和两位师兄的住处。"

怀清低声道："按秋暝真人遗愿，他长眠于此。这里平时无人打扰，我们便不过去了。"

程千仞微微蹙眉，澹山弟子敬重秋暝，提起曾经的"剑阁双璧"，却无怨愤之心，仍称他们为"两位师兄"。

一般大宗门的掌门长老仙逝后，牌位入宗祠、遗体封存水晶棺，棺椁下葬洞天福地，有宗门阵法护持。

秋暝大概与常人不同，连块石碑也没有。

他绕到院子后面，看着那个小土包出神。

千古恩怨情仇，一抔黄土罢了。

怀清见程千仞怔然，急忙解释："三里外是紫霄宫、云水观，都设有避尘阵和寒暑阵法，已收拾妥当，您住哪里都可以。"

按理说新山主要继承前任山主的一切遗产，包括府邸，但这院子也太简朴了些。传说程千仞在南央时，修建的程府占据半条街，是城里数一数二的高门大户。现在他来了剑阁，万不能让他住得不顺心。

"不必麻烦，我觉得这里就很好。"

两人还想再劝，却见程千仞笑了笑，说："今天辛苦你们了，回去歇息罢。"

怀清、怀明只得依言告退。

离秋暝真人的院子不远，山坡上还有三四间草庐，是宁复还、宋觉非的住处。庐边一株老槐，枯枝重重，若到夏日，应有繁茂绿荫遮天蔽日。

程千仞远望一眼，没有过去。

“东家，我懒得给你扫，等你哪天回来，自己收拾。”

他挽起袖子，把院里的鸡赶出去，掐诀除尘清理房间，给菜园翻土，又看门前的篱笆东倒西歪，干脆重扎一遍……

整座小院焕然一新。

夕阳西下，篱笆的影子一点点偏移。

大概是这里生活气息太重，某个瞬间，程千仞想到南央城柳烟路老巷，他与逐流的小院。

黄昏时分，两位客人踏着橘金色余晖来访。

程千仞看见傅克己身后的邱北，心情复杂。

邱北两年前来到剑阁，钻研烟山铸剑术，两耳不闻窗外事，并不知道慈恩寺上空发生过什么。

他慢吞吞地笑着打招呼：“好久不见。”

还送了程千仞一沓自己新做的符箓。

程千仞见他如此客气，也客气地问：“你们吃了吗？”

但傅克己是个实在人，答道：“没吃。”

他辟谷多年，怎么可能吃饭。

程千仞一噎，逮两只鸡进厨房，熬一锅热腾腾的鸡汤。

不愧是受天地灵气滋养长大的山鸡，不用调料，鸡肉本身鲜香味美。

他们围坐石桌边，邱北摸出刻刀，削了三双木筷。

吃鸡东篱下，悠然见南山。

吃饱喝足，该谈正事了。傅克己将各大宗门发来的道贺信摆在桌面。程千仞随手翻看，净是些没用的场面话，一贺他继任山主，二贺剑阁开山，最后展望未来，表达结盟抵抗魔族的决心。

道贺信言辞恳切热络，仿佛昨夜慈恩寺里不曾苦苦相逼，太阳重新升起时，过往恩怨烟消云散，大家沐浴在日光下，和气又喜庆。

傅克己：“开山大典之前，你能否掌握护山大阵和澹山剑阵？”

程千仞：“我会尽力。”

他差不多摸清了剑阁的做派：自家私下里怎么二百五都可以，对外一定要白衣如雪，使劲地装。开山大典八方来贺，马虎不得。

“但我练的不是剑阁剑诀，法不同源，短时间内未必能参透剑阵玄机。”

傅克己沉吟片刻，道："我听师父说，秋暝师叔写过许多札记，记录修行感悟。他仙逝之后，屋里的东西没人动过，你若能找到，或有进益。"

"好。"程千仞笑了笑，转向邱北，"有件事想请你帮忙，你还能再造云船吗？"

邱北慢吞吞地"哦"了一声："你想要什么样子的？"

"速度更快，甲板能跑马，船舱留出位置安装火炮和火铳。"

邱北恍然道："原来是花间雪绛想要。"他摆摆手，"下月给他画图，这月我还要打铁。"

人间活路三行苦，撑船打铁磨豆腐。

但邱北不认为苦，因为打铁是铸剑的基本功。

程千仞也觉得他这样挺好，好过研究某些黑科技广播。

他站起身掸掸衣袍道："老傅洗碗收拾桌子，完事儿就自己回去吧。"

傅克己怔怔地看着一地鸡骨头道："我是客人。"

程千仞："你是山主，只有邱北是客人。"

傅克己无言以对。

程千仞回屋翻箱倒柜，找秋暝真人的札记。

他不知道什么算"职业责任感"，但他确实有。

在江边捞尸时，同行们挟尸要价，只有他事先谈好价钱就下水。做账房先生时，该哪天算账就哪天去，风雨无阻。被选为南渊院长时情况特殊，他不愿给学院惹麻烦，不要权利只尽义务。

他不是品德崇高的热心肠，反而有些冷漠，路人的死活不关他的事，兰庭宴缺席，被人指着鼻子骂"辜负期待"，张口就能怼回去，一丝委屈都不吃。

但你给他一个鸡腿，真心对他好一点点，他便觉得有责任保护你全家。

现在成为澹山山主，吃了剑阁的鸡，就要为剑阁努力。

夜色已深，顾雪绛还未回来，林渡之披衣束发，出门去寻。

他近来心神不宁，自慈恩寺与顾雪绛对谈后，他们谈话总是不欢而散。

"你们将军呢？"

他走出院子，门口把守的亲卫队立刻行礼，为他提灯引路。

顾雪绛在处理什么军务，这些人不会主动对林渡之说，但只要被问起，也毫不隐瞒。

"有人将城中布防和粮草补给线泄露给敌军，将军正在处置叛徒。"

军营灯火通明，校场上，无数火把在寒风中燃烧着。

顾雪绛听人通报说林渡之来了，绕开血污去迎，冷肃面色微微缓和道："怎么没睡？"

二十余具尸体倒在地上，维持着被捆绑的姿势，男女老少都有。

说话间，副将手起刀落，又一颗人头落地。顾雪绛不得不拉着林渡之退后，他总怕林鹿溅到血。

林渡之这次没有退，挥开挡他视线的兵将，蹙眉去看。

这场处刑已进入尾声，最后一批受刑者被押至场间，十余人跪在那些尸体前。都被下了禁言，只能无声嘶喊，或颤抖着闭紧眼睛。

林渡之认出那叛将，本是安山王麾下将领，城中守军副尉。顾雪绛兵临城下时，他第一个开城门投诚迎接。

谁知他首鼠两端，于是仆从近卫、妻儿老小，一个也活不了。

有个小孩三四岁的模样，已经吓傻了，泪流满面。

"他们都要死？"

顾雪绛纠正道："是按军纪论处。"

林渡之心生不忍，劝道："那孩子还很小。什么都没有做，什么都还不懂。对战局、对你，不会有影响。"

顾雪绛走上前，抽出春水三分，用刀背抬起小孩下巴道：

"这个年纪该记事了，就算他不记得，以后免不了有人告诉他。我现在给他一刀，让他们一家团聚，好过他一辈子背负仇恨，永远痛苦。"

"我放过他，难道等他长大找我报仇？上苍有好生之德，我没有。"

顾雪绛有一套自己的逻辑，他认真跟你讲，你还会觉得他说得有点道理。

但林渡之心意坚定道："不，不是这样……"

顾雪绛收刀回鞘，温和地笑笑，忽然道："千仞，你怎么来了？"

林渡之下意识地回头。

冷光一闪，照亮夜色。

林渡之被人从身后揽着，遮住双目道："不要看。"

林渡之当即悚然一惊，狠狠推开顾雪绛。

有什么东西迎面飞来，他下意识地侧身闪避。

"啪。"

一颗人头骨碌碌滚动，沾满泥土。

副将提着刀，鲜血流淌一地。

孩童来不及发出一丝声音，已尸首分离。

春水三分犹在鞘中，这种处决，根本不用顾将军亲自动手。

林渡之看着眼前人冷漠的面容，觉得十分陌生。

他转身离开，往事一幕幕闪过，令人头晕目眩，好像世界在眼前旋转颠倒。不知走了多久，被石块绊倒，便跌坐巷口。

顾雪绛对众人吩咐了两句，孤身追上林渡之，俯身道："先回去休息吧。好好睡一觉。"

他将人背起来。林渡之失魂落魄，任由他摆弄。

月光明亮而冰冷，照在青石板上，像一层浅浅的白霜。

林渡之想起很多年前的春天，武脉尽废的顾雪绛，颓坐在一室烂漫春光里，静静看着他道："如果不能再拿刀，我为什么要活两百年？"

那时他不明白。

"生命可贵，你不愿活，我何必治你？"

原来分歧从一开始就存在。

林渡之开始说话。

"去年这时候，叛军占据琅州首邑，执意不降，你攻破城门后下令屠城，我在城头念了四十九天往生经，超度亡魂，你还记得吗？"

"当然。大法事结束，你神识虚脱，走不动路，我把你背下来的。就像现在这样，一路背回去。"

林渡之笑了笑："我们还在南央的时候，你和程三在暮云湖上杀了很多人，我用红莲业火烧了那座画舫，你还记得吗？"

"我不会忘。"

顾雪绛背着林渡之，走得很慢。

短短的小巷，像要走完漫长的一生。

他听见背上人声音微颤："顾雪绛，我有点累了。我不想再这样过下去。"

"在蓬莱岛，师父教了我十几年是非对错，我来到大陆，才发现这个世界只看输赢。"

林渡之直到现在，说话还带着一点软和的蓬莱口音：

"以后你要照顾好自己，按时吃药温养武脉，少抽点烟，抽烟伤肺腑。"

顾雪绛心往下沉。

原来徐冉是最聪明的人，早早离开他。

顾雪绛声音不由放轻，像怕打碎什么珍宝似的：

“我派人送你往南去，回文思街程府，回家。好不好？”

“不，我想自己走一走。去哪里都可以。这次不要你背了。”

顾雪绛有许多话想说。

走了也好，你跟在我身边，总是违背本心，境界停滞不前。

去求你自己的道吧。

去做你想做的事，去成为你想成为的人。

如果真有天下太平的一天，如果那天我还活着——

我再去寻你。

他最后却只说了一句话。

“渡之，我放过你了。”

程千仞找札记找得很不顺利。秋暝真人的住所看似陈设简单，实则机关遍布。

床头、书桌下、墙壁内、长案一角，所有能想到或想不到的地方，都布满暗格与夹层，慢慢摸索打开，劳神费力地取出三颗琉璃弹珠、一只旧纸鸢，一套木制六博棋、一副六十四卦牌……

这都什么乱七八糟的。

月影西顾，程千仞被磨得没脾气，瘫在椅子上稳定情绪，抬眼一扫，一排线装簿册摆在书架最显眼的地方，生怕别人看不见一样。它们大多以节气命名，如“清明杂记”“小寒遐思”“白露胡言乱语”“惊蛰颠三倒四”，程千仞霍然起身，整沓取出，只见每本封面写有开卷时间，那字迹飘逸如仙，独具风骨。

迫不及待地翻开一本，借着窗前月光细看，映入眼帘第一句话——

修道修道，吃饭睡觉。

他懵了十几秒，难过又好笑地想道：“原来你整天忙着吃饭睡觉，怪不得连徒弟都打不过，最后死在宁复还映雪剑下……”

接下来，吃鸡狂魔、手账达人、美好家居爱好者秋暝真人，详细地记录了他每天如何吃饭、如何睡觉。

春天采香椿，夏天睡凉席，秋天摘果子酿酒，冬天架炭炉烤白薯。还有开辟菜园、种植不同作物的心得体会。

这令程千仞想起林渡之，在程府时，林鹿最爱种花养鸟，把鹿鸣苑打理得生机勃勃。不知道他和顾二回去之后忙不忙，剑阁开山大典能否再相见。

这俩人，表面上是顾雪绛看护林渡之，但若没有林鹿管着顾二按时吃药少抽烟，顾二哪能滋润得活蹦乱跳。

程千仞收敛思绪，又耐着性子看札记，还是家长里短那一套。不由生出疑惑，这玩意儿真的对修行有益、对掌握剑阁剑阵有用处吗？

直到札记第二卷末尾，终于出现转机，那页写道——

岁寒，大雪，收得一弟子，姓宁名复还。

从此往后，吃饭睡觉写得少了，主要写宁复还练剑摔倒、识字困难、背书速度慢。

末了总结一句——我从未见过如此资质愚钝之人。为师心痛。

程千仞“噗嗤”笑出声。

秋暝第二年捡来宋觉非入门，“小觉早慧聪颖，但幼时孤苦，使得性情偏激，需仔细教导”。札记愈发有趣，幼年、少年时的剑阁双璧跃然纸上，他们一起练剑修行，又互相坑害，吵吵闹闹，一天天长大。

程千仞心绪随他笔锋起伏，时而微笑时而皱眉。

复还与觉非剑法初成，明日便要下山游历，我告诫复还“你师弟固然偏执，你说他好勇斗狠，睚眦必报，但他年纪尚轻，一切都来得及。我们不能指责他，也不必教他如何做，只要以诚待之，以他慧根悟性，必不会入歧途。”愿复还能听进我的话，愿他们诸事顺利。

这卷到此戛然而止，后面被人撕毁，没了下文，程千仞一时怔然。

不对劲。

宁复还明显更受秋暝看重，是板上钉钉的未来山主，澹山是他的，神鬼辟易是他的，满山的鸡也是他的。但他杀了师父，这一切都没了，他图什么？

桀骜不驯、性情狂妄那是传说中、世人口中的宁复还。

自己认识的面馆老板，没事就瘫着，有钱就去喝假酒，不刮胡子、懒得算账。

一种荒谬疯狂的猜测在程千仞脑海一闪而过。

他想见东家，亲口求证。

往事难追，他按捺心思换下一本，看开卷时间在收徒之前，与“吃饭睡觉”卷同期。或许那时秋暝闲来无事，修道孤独，只能写手账打发时光。

卷首写着“齐万物，达生死”，总算有点正经心得的样子。

夜已深，禽鸟入眠，空山寂寂，月光清澈如水。

昨夜落了一场雨，窗下海棠凋零。花草能感知到风雨，却无法认识风雨是如何形成，因何而来。正如天道对于修行者的限制，是无形、无意识又真实存在的，而我们很难看清它的全貌。

春风育物，朔雪杀生，天命是天地的运转，我曾尝试通过精确的计算窥探它……

这卷中，秋暝记录观察万物变化的过程，讨论生与死，有序与无序。

南渊时的程千仞或许对这些不感兴趣，但他近几年漂泊四海，阅历丰富，心境开阔，再看便觉有趣。

仿佛与秋暝对话，听前辈解惑，不觉天光破晓。

往后几日，程千仞不眠不休，精神集中地读书。

秋暝研究过许多剑诀，偶尔记下几句感悟。剑阁的收藏浩如烟海，不局限于本派先贤开创的剑法，程千仞读到这卷札记后，便去观云崖下藏经洞看剑谱拓本，很受启发。

他从前没有师父引导，全靠自己探索，现在对着学霸笔记温故知新，自认是难得的际遇。

直到两位澹山弟子来后山小院寻他，程千仞才如梦初醒，意识到时间的流逝。距离下月初二开山大典，只剩十天了。

怀清："山主，本不该打扰您，但是我们有重要消息要告诉您。"

怀明小声补充道："坏消息。"

程千仞看他们表情，想了想，问："魔族大军开始攻打白雪关了？"

"山主料事如神！"

程千仞曾深入魔军营地，刺杀一位魔将，那时白雪关外已有十万魔族大军，各部落还在源源不断地集结。

出于自古以来的仇恨、恐惧，世人皆知魔族丑恶，却很少了解他们的习性、文化、语言。除了长期与之作战的镇东军，只有少数人族修行强者，会主动接触，并尝试杀死他们。

程千仞孤身潜入雪域数月，观察魔族各部动向，隐约猜到一种可能，大魔王苏醒了。

雪域最高处有一座华丽宫殿，里面沉睡的不是美人，而是魔王。

世间最强者，天空下永生不死的生命存在，魔族的精神信仰。

他多次出现在人族史书中，传说故事里，却只有一个浓重阴影，神秘而可怕。

程千仞："我们有多少人在白雪关战场？"

怀清："一千二百余人，都是烟山精锐。傅山主请您去云顶大殿议事。"

程千仞还未出门，傅克己先找来，挥退两位弟子，开门见山地说："第二个坏消息。"

程千仞："这么急，比魔族可能攻破白雪关更坏？"

傅克己："青州刺史被杀，原家打出反旗，自立为王。西南战场的神武军腹背受敌。原下索发传讯符给邱北，希望邱北去青州。邱北说，原家已与安山王达成协议，若大业可成，平分天下。"

程千仞怔了片刻，隐隐有种"果然如此"的感觉。在南渊时，原下索交游广阔，曾对他拉拢示好。他深知此人野心谋略非同一般，原家在青州积粮、接纳流民、豢养私兵，更不是一日之功。

徐冉在白雪关，顾雪绛在西南战场。

他在剑阁。

魔族来势汹汹，为了保存镇东军主力，在地理位置更好、防御体系更坚固的朝光城展开反击，白雪关很可能被战略性放弃。守卫皇都的禁卫军不能动，各地守军战力低弱，即使从中抽出兵力增援，也需要时间。

这种情况下，顾雪绛之前的胜利几乎没有意义。

百胜不足以扭转乾坤，竟到了如此地步。

程千仞想过很多事，却只说了一句话："我要突破。"

在鸡鸣声声的篱笆小院中，他语气平静而肯定。

傅克己摇头："太冒险。"

他知道程千仞想做什么，开山大典之前，十日之内突破，号令天下宗门。

"你还需要半年。"

程千仞："我没有半年。"

半年之后，剑阁凉了，他和朋友也凉了。

傅克己沉默片刻，道："你突破大乘之后，战力可与圣人相当？"

程千仞耸肩，说："我不知道，我试试呗。"

傅克己似乎有点生气道："你们这种天才，总是盲目自信。"

程千仞惊异："啊？！"

傅克己："当年在皇都，数花间雪绛天资最佳，进境最快，现在他未必能胜我。少年天才固然潇洒，可世间天才太少，多是像我这般的普通人……"

"但我一直在修自己的道，心意执着，最坏的结果，无非是大器晚成。"

傅克己久违的长句把程千仞震懵了。

他缓了缓道："老傅，你这话跟我说说就罢了，千万别出去说。我怕'普通人'想不开，投缳自尽横剑自刎。拜托你救人一命吧。"

傅克己面无表情，转身就走。他试图以自身为例，劝程千仞稳扎稳打，不要冒进，显然是失败了。

程千仞还不过瘾，追出院门怼他："当年南渊演武场，谁把我打得像狗一样，这也叫大器晚成？！晚你个头！你回来！"

傅克己一人去云顶大殿见众长老，他知道比起议事，程千仞更需要时间思考如何突破。

程千仞继续读秋暝札记，却只清净了一个晚上。

第二日辰时，山雾迷蒙，两位澹山弟子又来了。

"好消息！"怀清激动道，"终于有一个好消息。我们收到朝辞宫的拜山帖，三日后，首辅亲至澹山玉虚观求签。您准备一下？"

历代帝王遇大事，必要来玉虚观解签，比如圣上东征之前。这个节骨眼上，意味着朝廷依然承认剑阁第一宗门的地位，与宗门结盟，从剑阁而始。怀清自认只能想到这么多，总之是好事。

"……这是坏消息。"程千仞道，"我对解签算卦一窍不通。"

"您太谦虚了。"怀清明显不信，"胡易知先生的推演术臻至化境，天下闻名，我听说您在南渊学院时，曾随他学习。"

假的，都是假的，我跟胡易知三观不合，他的本事一点没学到手。

"谬传而已。"程千仞心绪不宁，抱臂走来走去，"非要山主解签？这个山主给你当吧！"

青州反王、魔族大军都没有让他惶惑焦虑，朝歌阙做到了。厉害。

怀清恳切道："您不要说笑，我们都等着您撑起剑阁的明天呢。"

程千仞："……"

我只能撑死剑阁的明天。

怀明小声道："实在不行，您就胡说吧。"

出了这种糟心事，程千仞一时间没心思回去读书，便请澹山弟子摆下剑阵，验证近日心得。

受召集的弟子很兴奋。毕竟这是程山主继任后，除了让大家尽快吃鸡外，下达的第一个正式命令。

他们从四面八方涌入澹山后山，不多时便在山坡草地列阵整齐，衣袂临风，远望像一片白色海洋。

怀清怀明入阵，站在某个特定位置。

怀清："傅山主带去慈恩寺的，是最精简的三十人剑阵，您已见过。现在这是百人大阵。"

程千仞看着一张张稍显陌生、神情激动的面庞，朗声道："辛苦大家了，开始罢。"

铮然一声，百余柄剑同时出鞘，雪亮剑光割裂晨雾。

阵型瞬息万变，如瀚海波涛起伏。

请阵不是为了看，程千仞拔剑，飞身没入惊涛骇浪中。

巨大压力扑面而来，劲气激荡，剑影纷繁。

这些弟子修为远不如他，却配合默契，从四面八方交替进攻，迫使他以快剑应对。

但他每秒刺出的每一剑，伤害都由十余人、甚至几十人共同承担化解，剑势便似泥牛入海，龙游浅滩，施展不开。

程千仞在阵中游走，尽力观察每位弟子的剑路，越看越觉精妙。

他四海游历时，见过闯过许多大阵，组成阵法的人修炼同种功法，乍一瞧十分整齐。但不管练得多好，修为总有强弱之分，他能瞬间找出最弱的一点攻击突破，使对方阵型溃不成军。

澹山剑阵不一样。弟子们平时修习不同剑诀，各有擅长，却用特殊的方式组合在一起，像最精密的榫卯结构，行动间天衣无缝，气息圆融，浑然一体。如铜墙铁壁坚不可摧。

"君子和而不同"。他只身转战，忽想起秋暝札记中，这般讲述澹山剑阵的真义。

原来如此。

如果能扩大规模，稍加改变，或许可以用于战场，这件事还需跟老傅商量……

"收阵！"

喝令如雷，傅克己不知何时到了，身后跟着两位剑阁长老。

百余人同时有序退散，步伐不乱，收放自如。

众弟子让出通路，一齐行礼，傅克己大步行来。

程千仞拍拍身上的草屑尘土，收剑回鞘，随意地招呼他："来了啊。"

傅克己皱眉打量四周，程千仞以一敌百，与剑阵僵持一个时辰，不曾受伤，也未伤人。倒显得自己多虑了。

程千仞跟他打过招呼，又点出几十个弟子，逐个说话，那些弟子神色激动，频频点头。

等过半个时辰，众弟子行礼告退，傅克己问道："你在指导他们？"

"我没练过剑阁剑法，不算指导，互相交流吧。"读了秋暝真人关于各种剑诀的感悟，程千仞自认获益匪浅。

傅克己沉默片刻道："你真是个好山主。"

程千仞："……我真不是。"

第二次了，魔咒一样的评价。可怕。

程千仞转向那两位长老："又出什么事了？"

"今早山门外来了三百余人，自称是南渊学子。我将人暂时安置在紫霄宫。但他们想见您。"

临近开山大典和解签日，剑阁上下应接不暇。傅克己知晓程千仞有意突破，一般的事不打扰他。怀清，怀明治理澹山经验丰富，安排得井井有条，未出什么差错。但正值多事之秋，总有些事要程千仞亲自决断。

比如投奔他的南渊学子。

院长远行的第二年，世道乱起来，南渊不等各方拉拢游说，便宣布停课闭院，学生们提前毕业，各奔前程。

那些青年才俊、天之骄子，告别书桌纸笔，带着闯荡天下的野心，投身军部朝廷，宗门世家，甚至反王叛军旗下。

只剩教习先生、执事、督查队，受学院庇护。程千仞曾在文思街花楼上，对顾雪绛说南渊中立的位置很好，退，安居一隅；进，天下大有可为。

也有一些学生不满意这种自由，认为胡易知副院长"不做选择、永远中立"的态度使学院"落魄"。如果程院长还在，以他的决断和魄力，将南渊的力量凝聚在一起，共创伟业，必然青史留名。

程千仞对这些情况不甚了解，他说："那我现在去，走吧。"

路上他还与傅克己商量了澹山剑阵和玉虚观解签的事。

紫霄宫未到，先听见争执声。

"已报知山主，还请诸位再等等。"

"谁知道你们有没有通传，我们见自己院长，凭什么让我们等？！"

原是南渊学生久等失去耐心，剑阁弟子对外又一贯冷脸，有几人便觉剑阁怠慢他们。

“山主。”

程千仞一行人入殿，众弟子齐声行礼。

“程院长来了！”

不用穿院服后，南渊学生们衣着各异。有的穿甲胄，有的穿锦袍，有的还是书生长衫。人群喧嚣，一拥而上。

程千仞：“大家先坐。你们是一起来的吗？发生什么了？”

学生们退开些，群情激动，没人愿意入座。

“我本就是南渊弟子，理应追随院长。”

“听说剑阁要与朝廷结盟，我也想为抵御魔族出一份力……”

“您既然回来了，请您回南央城重新开院，我们都在等您！”

程千仞坐下，揉揉眉心道：“一个个说。”

一位锦衣华服，仪表堂堂的学生表现得尤为积极，说：“我们从不同地方来，半路遇到，结伴同行。我得到消息，还有许多师兄师弟在赶来的路上，这几日便该陆续到了。”

他似乎有些威信，说话声音洪亮，其他人渐渐闭口不言。

程千仞原以为他们上山是寻求帮助，或者在外面摊上事儿了、受欺负了，找自己撑腰，这都没问题。但现在看情形不尽然。

他应了一声，那学生像受到莫大鼓励般，急急上前几步：“程院长，您早就该回来了，我南渊乃南方大陆第一学院，现在成了什么样子，谁不心痛！请您召集离散各地的同窗，让大家尽快团结起来。”

程千仞：“你们是来……”

“我们代表学院来投奔您。大丈夫生于乱世，所求无非建功立业，我等不甘人下，愿与君逐鹿中原，分而食之。”

人群骤然寂静，吸气声连连，程千仞身后的剑阁弟子们面面相觑。

锦衣学生挥袖，喝问众人：“你们难道怕了？怕什么！原下索算哪门子英雄，也敢称‘青州王’，难道程院长不配称‘云阳王’？”

南央城旧称‘云阳’。此言已是大逆。

如何聚集南渊力量、联合几大宗门，如何与朝廷谈判，签订条约。魔族之危解决后，当封程千仞为异姓王，使南央和昌州归属南渊学院自治。他侃侃而谈，声音在高阔殿宇中回响。

言辞极富煽动性，一些学生目光变得狂热，渐渐站在他身后，稍清醒些的，被他们吓住，打量别人神色，不敢发表意见。

“说完了？”程千仞问。

“请院长尽早决断，勿失良机！”

“第一，你们几个，并不能代表南渊学院。南渊就在那里，它不会被任何人代表，包括我。”程千仞淡淡道，“第二，世道不宁，我们应使它安宁，而不是更乱。我有意联合宗门与朝廷，共抗魔族，却不是为了称王。我年轻时行事不周全，或许使你对我有所误解……你们不该来这里，且下山罢，自去招兵买马，逐鹿中原。”

程千仞的话不亚于一盆冷水当头浇下，那位学生怔了怔，声音颤抖道：“如果不是为了你，谁愿意千里迢迢来到这儿，你怎能辜负众望？！你不愿为南渊负责，不愿为南渊搏利，这个院长不做也罢！”

另一人上前搀扶他，同仇敌忾，伸手指着程千仞：“从前我崇敬你，现在鄙薄你，我要告诉天下人，你徒负虚名，根本不配受人敬爱！”

“放肆！”有剑阁弟子听不下去，豁然拔剑。

其余弟子见状一齐拔剑，怒目而视。

程千仞抬手止住，只是笑了笑：“哦。随便。”

他示意怀清送客，起身离开大殿。

山风凛冽，吹散迷蒙雾气。

程千仞想起很多年前，因为兰庭宴缺席，在学院面对比这更激烈的责问，他那时年轻气盛，一个人怼得一群人哑口无言。可惜现在没闲心也没时间，随他们去吧。

傅克己与他一道离开：“你就这样走了？不怕那些人污蔑你名声？”他自小背负剑阁少山主重担，万事以剑阁名誉为先。

“我不是小人，也不是君子；不是恶贼，也不是圣贤。我只是个普通人。我知道我是谁，问心无愧，就够了。”

“我不靠他们所谓的‘期待’过活，谁也不能用虚名把我架在半空。以大义、以期待，逼我就范。”

“如果有人一定要逼你解释呢？”

程千仞：“那我还会一句话。”

傅克己认真求教：“什么话？”

程千仞平静道："你算什么东西？"

傅克己震惊无语。

他们早已不是两院学生、毛头小子，是执掌一方的山主，程千仞怎么还这样……

过了一会，怀清从后面追上来："程山主。我已送那几位道友下山了，其他人不愿离开，说自己不是那样想的。一共二百六十人，怀明安置他们入住紫霄宫、碧游宫。"

程千仞转向傅克己道："你看，大部分还是正常人。就算不是能怎样。"

傅克己又被震了一下，问："你最近，心情很不好？"

程千仞笑笑没说话。

朝歌阙要来解签，我心情能好吗？

受秋暝真人影响，他心意不安时，会不由自主地念叨"修道修道，吃饭睡觉"，多念几遍，有益平心静气，戒骄戒躁。

吃饭时专心吃饭，睡觉时专心睡觉，脑子不要乱想别的事。虽然他不需要吃饭睡觉，读书练剑也是一样。

程千仞今夜读完《小寒遐思》，在这卷记录剑诀感悟的札记末尾，出乎意料地看到他修习的"见江山"。但秋暝只写了两句话——

第一句是"集百家之大成"，第二句他没有看懂——见江山，高峰当见，不当攀。

他推门而出，借庭中月色练剑通宵。

看不懂就暂且放过，札记已不剩几卷，第二夜程千仞翻开《白露胡言乱语》，惊觉这卷与其他大不同，秋暝写了他生平见过，值得一记的人。笔下不乏大人物，比如皇帝陛下——

他来玉虚观求签，我说他此行东征必凯旋，他却还要追问以后，我那时年轻，不懂人心，直言他少年得志，中年辉煌，晚年落魄。他看上去很不高兴，拂袖走了。

人总是这样，自己命不好，却怪罪算命先生。

程千仞无端怅然，接着往后翻。

秋暝又写他师父，一位几百年前破碎虚空，离开此方世界的真仙——

师父远行前，带我驾云游历大陆，来到雪域深处上空。我们遇到一位少年。他坐在高耸入云的黑塔顶端，一双浅金色眼睛，神色天真，面容与我差不多年纪。他看了师父一眼，他们没有说话。我上前与他聊天，问他坐在这里干什么？冷不冷？他说不冷，他在等一朵昙花开放。

程千仞不明所以。

"直到重返剑阁，师父离世，我才意识到那个人……或者不该说是人，他是魔王。师父去见他，是为尝试杀他。这个认知使我脊背发寒，从那之后我开始思考，魔王是否可能被杀死？”

时隔百年，程千仞读到此处，同样脊背发寒。

秋暝竟然见过魔王。

这个世界的人，有种观念根深蒂固——魔王永生不死。

江海有潮汐，明月有盈缺，魔王的力量源于天地，必然也有强弱循环。杀他，要在他最弱之时。

魔王与天地共生，人力不可及，杀他，要借天地之力。

秋暝写了许多分析假想，最后只留下一句抽象、意味不明的话——向天借三日春光。

这页札记惊世骇俗，给程千仞印象极深，当他坐在玉虚观，看着窗外茫茫云海，那句话仍在脑海里挥之不去。

程千仞身穿庄重的银白色礼服，广袖低垂，衣摆细绘剑阁云海与青松纹样，没有一丝褶皱。腰系宁复还送的山主令玉佩，墨发束在玉冠中。

外观萧索孤寒的玉虚观，早已一尘不染。怀清、怀明扶他坐在长案后，为他整理衣摆袖口，在案上摆放一排乌木签筒。然后点燃香炉，放下白色纱幔。

青烟袅袅，白纱朦胧，看着还真像那么回事。

程千仞没有解签的真本事，他们只好在仪轨方面多下功夫，一行人从四更天折腾到破晓。

怀明指着那排签筒道：“多摆几个装样子，签文实在凑不够，我抄写了些诗句混进去。所以右边三个，您千万别动。”

程千仞心不在焉地应和：“哦哦，我知道了。”

怀清：“那我们走啦，您稳住，不要弄乱礼服啊。”

辰时，朝辞宫的仪仗队临近，剑阁上下紧张戒备，傅克己带着一众长老弟子在山门外迎接。

不管程千仞如何一脸冷漠，朝歌阙还是来了。在庄严礼乐中，在众弟子好奇期盼中，来到剑阁解签之地。

玉虚观高远，程千仞只能通过隐约听到的乐声，估算典礼的进程和时间。

乐声消失后，不知过去多久，老旧木门发出“吱呀”响声，一帘白色纱幔被山风吹动。

就像悬在头顶的利剑终将落下，那个人来了。

帐幔后，朦胧的影子一步步走近。

朝歌阙面覆青铜恶鬼面具，黑色长袍曳地，广袖下伸出一只兰花般剔透的手，拄着一柄墨色权杖。程千仞知道那是朝辞剑。

“笃笃笃。”

随他走动，权杖敲击青砖，声响沉闷。

程千仞坐姿笔直，心脏无端地剧烈跳动。

那人端坐白纱外的蒲团上，朝辞剑平放身边。

然后便是长久沉默，无人言语。

程千仞隔着纱帐打量他。恍然发觉南渊一别，时隔多年，自己仍清晰记得他面具后的容颜。

然而以他们的关系，似乎没有寒暄的必要。

“你来算什么？”

朝歌阙：“算我心中所求之事，是否能如愿以偿。”

还是熟悉的低沉声音。想来面容也无甚变化。

程千仞抬手，纱帐分开，他推出一只签筒。

朝歌阙抽罢，递还给他。

程千仞接过那支签，缓声念道：“黄粱一梦，山水万重，人间总相逢……？！”

程千仞大骇。

对方平静的声音响起：“山主，您拿错签筒了罢，我不问姻缘。”

朝歌阙眼疾手快又抽一支，自己念道：“曾经沧海难为水，除却巫山不是云。”

朝歌阙再抽。

“愿我如星君如月，夜夜流光相皎洁。”

晴空霹雳。程千仞只觉全身血液都往头上涌。

这个怀明！

似乎是因为玉虚观只有他们两人，朝歌阙迟疑片刻，伸手卸下面具。

程千仞也不装了，一把打翻签筒，掀开帐幔：“你笑什么笑？！”

木签洒了满地。

笑笑笑！我让你笑！

程千仞憋着一口郁气连续几天，一时冲动去打签筒，忘了礼服广袖厚重，打翻一个，旁边“哐当哐当”全带倒了。

朝歌阙默默低头捡拾，态度耐心，动作自然。

程千仞怔了怔，对方这副宽厚做派，反倒显得他心胸狭隘，不顾大局。只好深吸一口气，走过去帮忙。

他仓促蹲下，踩到礼服的厚重下摆和垂地帐幔，“刺啦”一声脆响，白纱破碎。他急着起身，不料又撞翻玉案和香炉。

满地狼藉。

朝歌阙抬头看了他一眼，语气平静：“让我来。好吗？”

程千仞郁闷地盘腿坐在一边。他没穿过这么麻烦的衣服，才知道怀明怀清的各种叮嘱不是啰嗦。

朝歌阙拂袖，一切恢复原状，他道：“气息不稳，处事急躁，你在试图突破境界。”

程千仞没有反驳他的猜测道：“说正事。你来做什么，想要剑阁做什么？”

不解签不喝茶不下棋，我也不跟你云里雾里胡说八道，大家讲利益谈条件，说话的方式简单点。但他没有得到回答，朝歌阙直直地看着他，似要在他脸上看出这些年的变化。

“你神魂有异，突破大乘时，必受规则排斥。”

程千仞正被他打量得不自在，即将爆发，忽听此言，面色微变。下意识握紧长剑：“我不明白你在说什么。”

两人在东川相依为命的记忆重新鲜活起来。那时他刚穿越到这里，说话做事保留着上辈子的旧习。与他朝夕相处的人，一定能察觉蹊跷，但从前的程逐流认为哥哥做什么都是对的。

“我三年前突破小乘，万事顺利。”

程千仞说完就后悔了，这种解释毫无用处，只显得欲盖弥彰。

朝歌阙淡淡道：“三道关隘，三座险峰，你该知道小乘与大乘不同。”

程千仞沉默，目光落在窗外翻涌的云海。

修行如逆旅，古往今来人们付出代价，总结经验，三道关隘，指入道，破障，大乘，大乘最是凶险。

三座险峰，则指亚圣、圣人、真仙，突破每重境界如攀登险峰，难于上青天。

大乘是他修行路上的最后一道关隘，所以傅克己才劝他稳妥当先，不要冒进。

朝歌阙继续道：“这个过程中，你将坐照自观，明心见性，与天道建立联系。你见天地，天地也见你，将你心意、剑道、魂魄来路看得一清二楚。”

程千仞冷声道：“你吓唬我？入道和破障我都闯过来了，不怕它见。”

朝歌阙竟格外好脾气道："我不是来劝你放弃突破，相反，我可以帮你瞒天过海。因为下月我要做一件事，需要你帮忙。"

程千仞握剑的手微微颤抖。了断因果的是你，要互相帮忙的还是你，全都你说了算，就你操作多！

如果说你帮我，我帮你，也算两两抵消，因果干净。可这不是欺天瞒地，是骗自己吗？

朝歌阙见程千仞沉默，以为他另有顾虑，说："不用担心我做不到。护你突破，反正也不是第一次了，不难。我要你帮忙的事，不会与剑阁或南渊有牵扯，也容易。"

程千仞听得前半句，蓦然抬眼。

原来多年前，他在学院藏书楼破障，程逐流干预他心障幻境，不是单纯的恶趣味，而是怕他被天道察觉，受规则排斥。

这个认知让程千仞有点别扭。

程千仞一方面觉得恼怒，道："谁要你管，我连这点本事都没有吗？"，另一方面又生出"小白眼狼也没那么白眼狼"的诡异欣慰。

毕竟年纪大了，心境更开阔，火气去得快。心想这人虽然胡作非为，但办起正事还算靠谱，当年在南渊太液池断义，托付他照看自己的几位朋友，他也不着痕迹地做好了。

再往前算，已是一摊烂账算不清，不说也罢。

"你要我做什么？"

朝歌阙抽了支签，随手把玩道："一件容易、不牵扯他人、只有你能做到的事，暂时不能告诉你。你看上去很困惑？不愿意？"

程千仞微觉不悦，但他身上背着剑阁和投奔他的南渊学子，不再是潇洒的孤家寡人。

"我问你几个问题，你只回答能答的，不能答，就沉默。"

朝歌阙："三个。"

程千仞："五个！"

"一个。"

"行行行，三个就三个。"程千仞想了想，"你想亲自领兵赶赴白雪关，要我一起去？"

朝歌阙："不。"

"你要做一件关乎人族存亡的大事，暂时不能说，要我善后？"

朝歌阙："算是吧。"

程千仞想，魔族大军压境，如果朝歌阙不去守关，白雪关撑不过半个月。那件事一定很重要，比东征时几万人流血牺牲打下的白雪关重要。

"你已经决定弃关，让镇东军退守朝光城？那半个东川的村镇百姓怎么办。"

"这是两个问题。"朝歌阙道，"白雪关最终将被放弃，但不是现在。军队死守朝光城，百姓南迁。"

他将木签掷回签筒，站起身掸掸衣袍道："解签的时间到了，按照仪轨，我该离开玉虚观了。"

程千仞也仓促站起来道："哦，我要送你吗？还是该喊人进来？怎么做比较像回事？"

他看对方更熟悉这些规矩和弯弯绕绕，不自觉就问出口。

朝歌阙竟然又笑了："你去案后坐好，不要说话，衣冠整一整。等你的弟子来服侍。"

"哦哦好的。"

首辅重新戴上面具，拖着曳地长袍，拄着权杖走了，姿态庄严，目下无尘。

山主扶了扶头顶玉冠，抱着繁复衣摆坐回案后，摆正签筒和香炉位置。乖巧如"乖巧"本人。

不多时，怀清怀明进门。

程千仞扯出一个高深莫测的微笑。

谁知怀清大惊失色，一副大难临头的表情道："山主！您的礼服怎么乱了，有褶皱！"

怀明倒吸冷气："纱幔有破损！道祖在上，难道解签胡说被发现，你们拔剑打起来了？"

程千仞心虚，摸摸鼻子道："哪里乱了，没有没有，不存在。我跟胡易知学过一点，糊弄他绰绰有余的。"

肃穆礼乐声响起，朝辞宫的仪仗队浩浩荡荡下山。剑阁历史上，最荒诞的玉虚观解签，总算结束了。

"大家这几日忙碌辛苦，都回去歇息吧。"

程千仞打发了众弟子，回到澹山的后山小院，长舒一口气。

他推开房门，第一件事就是换身行头。

可是里外许多层，璎珞流苏和衣带纠缠在一起，难解难分。剑气割裂，真元震碎都不可行，礼服看上去很贵，逢年过节还得穿，程千仞一边自嘲穷惯了，一边认命地解死结，满头大汗。

窗边忽而响起一声轻笑。

程千仞抬眼一看，怒火蹭蹭窜上头，以前怎么没发现这人还有笑点低的毛病？

“笑什么笑！这很好笑吗？不会来搭把手啊？！”

你小时候还要我帮你穿衣服梳头发，我笑话过你吗？

本该离开剑阁的朝歌阙，不知何时出现在小屋花窗边，笑意浅淡。

朝歌阙一边向他走来，一边认真道：“你不要动了，越动越乱。”

程千仞泄气，沮丧地伸平双臂，任他动作，边道：“你行你上。”

“这套青松云海大袖长袍，配饰多，衣料娇贵，还未绣符文，穿上不能有大动作，像你打签筒，盘腿坐，都是不行的。”

朝歌阙行，他上了，他就要唠叨。

程千仞只能忍着拔剑冲动，心中后悔。两人距离太近，令他隐隐不安，甚至如芒在背。

动物尚且有领地意识，何况是攻击性强、防备心重的修行者。

幸好朝歌阙动作不慢，也没再嘲笑他。淡淡地说句好了，便去案边坐下，拿一本游记翻阅，像在自己家里一般自在。

程千仞将礼服一件件挂上床边木施，除去玉冠，彻底放松下来。

“噔噔。”

恰逢叩门声响起，程千仞起身：“有人来了，你暂且避一避。”

朝歌阙不说话。

“应该是傅克己，我解签之后忘记联系他，他定是要来问问情况的，或者来问我突破大乘的事。”

他和朝歌阙之间，不好向别人解释，解释也麻烦。

可直到打开房门，身后人仍旧毫无动静，程千仞回头道：“你就委屈一下……”

朝歌阙掩卷，看了他一眼，面色平静，但程千仞在他脸上看到了拒绝。

也难怪，屋里藏个大活人，这叫什么事儿啊。

“我不是让你藏，你身份贵重，没有见不得人的，对不对？我的意思是，你先避一避，能省很多麻烦……”

朝歌阙无动于衷。

敲门声再响。

算了，君子坦荡荡，互相伤害吧。程千仞一把拉开院门道："老傅，进来坐！"

"山主，我们忘了帮您收拾衣服！"

"您在等傅山主？他刚送走朝辞宫的仪仗队，正在云顶大殿与长老们议事。"

院门外是怀清怀明两人。看到程千仞已经换好一身便服，神色惊讶又崇拜。

"您真是什么都会，那就不打扰……"

程千仞汗颜，说："且慢，你们来得正好。我决定明日闭关，如果一切顺利，将在开山大典前出关，这期间澹山有什么事，都由你二人决定，觉得为难的，报与傅山主知晓，请他决断。"

怀清大喜道："恭喜山主又得突破机缘！"

"住进澹山的南渊弟子怎么样？你们相处如何？"

剑阁是远在深山的宗门，南渊是身处闹市的学院，环境、风气、文化差异甚大，两边弟子生活习惯不同，现在住一个屋檐下，结怨可不好。

怀明："我自幼上山，除了剑谱，没读过多少书，只是练剑，其他弟子差不多跟我一样。南渊的师兄弟们读书多，练什么的都有，大家正好互相切磋，取长补短，很有进益。"

论修道精深刻苦，剑阁弟子为最；论知识面开阔，见多识广，还是南渊学生优异。

主要原因是大家一起吃饭，各地烹饪方法百花齐放，使他们告别白水煮鸡的阶段。

但怀明没说。

怀清不知突然想到什么，道："山主，您从前真的学过算经科？"

程千仞莫名其妙道："是啊。"

南渊的修行者之间，有个玩不腻的老梗，茶余饭后闲聊，时不时就说"我认识一位算经班学生。"

他们说完相视一笑，笑得剑阁弟子一头雾水，面面相觑。后来才知道，那个算经班学生就是程千仞。

程千仞是南山后院算经科出身，据说算盘打得很快。这实在太突破固有认知了。就像大多数人想象不出宁复还拉面炒菜的样子。

程千仞不明白他们的纠结，问道："这样说来，山上什么问题都没有？"

情况了解清楚，他才好安心闭关。

怀清想了想："还真有一件，是弟子们最关心的民生问题。"

程千仞："说来听听。"

怀清严肃道："有道是'不违农时，谷不可胜食也；数罟不入洿池，鱼鳖不可胜食也。'虽然我们后山辽阔，野味数不胜数，但吃鸡也不能不加节制。还请山主下令，让贪嘴的弟子不要吃小鸡崽，也不要赶尽杀绝，这样才能年年有烧鸡，天天有鸡蛋。"

怀明大力点头。

程千仞懵了一会儿，脸色涨红道："咳，你说得对，按你们想法去办吧。"

吃鸡养鸡的事，平时当然可以讨论，但此时朝歌阙不知正在哪里听他们说话。

朝歌阙以后会怎么看待剑阁，怎么看待他这个山主大人？太没面子了。

怀明怀清却像得了大差事，昂首挺胸道："必不负山主信任！"

程千仞别过头去，不忍再看。

幸好傅克己和邱北及时叩门，两位澹山弟子告退。

邱北带来三张静气符篆，据说闭关突破前使用，有安定心神的功效。程千仞将他们迎进院中，这次吸取教训，没再客气地问"吃了吗"。

他想跟傅山主谈点正事，挽救一下面子。

傅克己不负期待，开门见山地问："今日解签如何？"

程千仞："不好说。首辅没有对剑阁提出要求，我不知道他具体想要做什么。"

这是真话，而且是说给屋里人听的。

他今天见到一个好脾气、笑点低的朝歌阙。

但他不信。

他更愿意相信一种合理解释，那人所做的一切都有目的。自打见面，便潜移默化地改变他们的相处方式，只为让自己放松戒备。

一想到那张完美无缺的脸上，每个笑容背后都隐藏深意，程千仞就心底生寒。

打翻签筒是冲动，换礼服时发火是试探。

朝歌阙越是伪装忍耐，意味着他要让自己善后的事越重要。

傅克己不知此中曲折，只道："但他亲自来了，这就是一种态度。剑阁，做好剑阁的事。"

他们坐在院中石桌边说话，短短数句，程千仞不自觉看了三次小屋花窗。

傅克己忍不住皱眉："你看什么？"

他进门察觉对方神色微异，放出神识感知，却毫无收获。

程千仞摸摸鼻子："没什么。"

说出来吓死你！

小心窗边突然出现一张人脸哦，剑阁恐怖故事怕不怕。

傅克己："你何时闭关？"

"明天。"

"那你今夜搬去隐仙岩，我和八位长老，轮流为你守关。"

程千仞知道隐仙岩是一处洞天福地，剑阁历史上许多成圣成仙的前辈，都曾在那里闭关。

"心领了。但我漂泊多年，惯来闲散，被人守着，反而不自在。"

"也罢。"傅克己不强求，起身告辞，"保重。"

他依然不赞成程千仞的这次突破。然而对方去意已决，他便只说句保重。

修行者的心意应该坚如磐石，一往无前。若他多次劝阻，不是关心，是不尊重。

邱北一直默默听他们说话，临别时才慢吞吞道："你不能陨落。你和花间雪绛在南渊客院答应过我，不要忘了。"

程千仞："我记得。"

那时顾雪绛刚拿回春水三分，去找邱北打造金针，一没钱二没势，只说了些关于未来的许诺。

他们说，邱北就信。少年人不理成人世界的规则，手中空空也敢上赌桌。

送别两位客人，程千仞收拾心情，推开房门，那人仍旧坐在案边翻书。好像从未变过。

明亮日光入户，落了他满身，像镀上一层浅淡光晕，将他通身威势无形弱化，竟显得温润柔和。

程千仞想，这副模样若是被别人看见，只怕没人相信他是朝歌阙。

"谢谢。"

他为对方刚才隐藏气息道谢，朝歌阙淡淡地应了一声。

程千仞摸不准他意思，说："我要写封信，你能不能换个地方……"

去别的屋子？

秋暝故居陈设简朴，这间房只有一张长案，现在对方占了。程千仞原本想去里间，转念一想，凭什么，我的地方，要走也是他走。

有要求就大胆提，否则让他这一次，以后两人相处，不免下意识地落入退让、被动的一方。

程千仞满心警惕。

朝歌阙看他一眼，让出身边一半位置。

程千仞瞪着他。

朝歌阙不明所以道:“坐。”

程千仞搬了把椅子,“哐当”一声放在长案对面。

我是山主,这是我的山头,我怕你不成。

坐下之后铺开纸笔,提笔时冷静许多,暗笑自己幼稚。

因为玉虚观一番问答,程千仞思忖,朝廷安排东川百姓南迁需要时间,白雪关撑不了多久,说不准这个月就会开始动作。他便写信给胡易知,让他与院判早做准备,不必参加剑阁开山大典,仍旧坐镇南渊。可以开启南央的护城大阵,以稳定人心。院中许多学生如今与他同在剑阁,开山大典之后,他们将赶赴东境……

程千仞写完信,仔细折好,发传讯符至南渊藏书楼。

忽听身边人道:“你在这里过得不错。”

“剑阁很好。”

安稳的环境,浓郁的灵气,前辈的心得,程千仞从前修行道路上缺失的东西。在澹山尽数得到弥补。

因为进益迅速,他才有突破的念头和信心。

朝歌阙不再说话。

时间悄然流逝。

乌金西坠,落霞漫天,程千仞点了烛火。

那卷“白露胡言乱语”还未看完,令他震撼的“向天借三日春光”之后,秋暝又写过几个人物。

其中一位再次使程千仞心惊。

“我游历皇都时,见到了王朝的守护者。他对杀死魔王很有见解,与他交谈,获益匪浅。皇帝醉心权术功业,论修行境界,倒不如他。”

“那时我已不算年轻,看到了自己的极限。人就是这样脆弱的生命,若不能突破真仙,终会消散,但魔王永生。他也看到了自身极限。他说,他会有儿子继承他的伟大意志,守卫王朝。”

“话到这里我不愿再谈。此人老谋深算,阴沉狠厉,我向来不喜与这种人接触。我想,即使他有了儿子,也一定像他一样,不讨人喜欢。”

程千仞读到此处,悄悄地打量旁边人。

秋暝,你不愧是我澹山前辈,说得太对了。

这一眼被朝歌阙抓个正着。

“明日闭关，你有几分把握？”

程千仞定了定神道：“为何一定要谈把握，这卷札记中，写过一句修行感悟，我认为极有道理。”

他翻到那页，坚定道：“怒海行舟，险中求胜。”

朝歌阙毫不动容道：“哦，原来一分没有。”

程千仞摔书怒道：“三成！我有三成！你不想帮忙就回朝辞宫去！”

朝歌阙似乎不明白他为什么生气，说：“三成就三成。就算一成又如何。我在这里，难道护不住你？”

程千仞听见这句，俯身拾起书卷，心底一片冰冷。

完了，真的能忍。这也能忍。

以后还不算计死他？！

朝歌阙放下书，眉峰微蹙：“你不够平静。这不行。”

程千仞沉默片刻，深吸一口气。

“你我互不信任，非敌非友，还要共处一室，装作若无其事。我受不了。”

旧案上书册堆叠，一点烛火摇曳。

就像傅克己自称大器晚成的普通人，程千仞一直觉得自己脾气挺好。只是行事方法较为直接，与朋友，喝酒谈天吃面；是敌人，横眉冷对，说拔剑就拔剑。

在旁人眼中，那位南渊院长、剑阁山主，是当世修行界的传奇人物。

有人说他少年成名，性情狂傲，也有人说他潇洒豁达，刀山火海面不改色，身陷重围谈笑自若。

但无论是哪个程千仞，都与暴躁易怒不搭边。

“我不擅长揣测人心，我喜欢用简单的方法解决问题。我跟你不一样。”

既然开口，索性说得明白点。

“你对我的态度，令我不安，如何平静。”

灯花乍响，微弱烛光明灭，照亮他们面容。

难挨的幽暗寂静中，他发现朝歌阙通身气势变了。当即握紧剑柄，先发制人地站起身。

“哐！”

身后木凳发出沉重、刺耳的闷响。

对方依然坐着，只是抬眼看他，目光沉沉，令程千仞生出被俯视的错觉。

朝歌阙分明什么都没有做，他却感到如有实质的威仪与疏离，像浩瀚大海，表面风平浪静而已。

“你要突破，必须平静，必须相信我。”

程千仞听见那人冷淡、低沉的声音，反倒觉得舒服多了。

是的，没有什么比他赶在开山大典前突破更重要的事。

“你的疑问，我暂时不能回答，但我不会害你。”朝歌阙的语气缓和了些，“你会在开山大典当日知晓一切，不过几日工夫，等等又如何。我本意明天将你送入我的‘小世界’中，你在那里闭关，总可以瞒天过海。既然你不能平静，我建议你现在就进去。”

他伸出右手，掌心升起点点微光，似跳跃萤火，照得一室光怪陆离。

程千仞惊愕：“这……”

小世界又称“须弥芥子”，意为将巍峨的须弥山藏于细小的芥子之中。在大世界开辟一方空间，是真正的大神通。掌握这种神通的人，会将它作为最隐秘的底牌。

时空是最玄妙、最难捉摸的东西。道法典籍里关于“小世界”的记载极少。程千仞不曾想自己有缘见到。

“我的小世界中，时间流速缓慢，你可以慢慢平静心意。”

朝歌阙不再言语，因为相信对方会做出足够理智正确的选择。

程千仞太需要时间了。

时不我待，芸芸众生拼命奔跑，争分夺秒。没有人能拒绝更多的时间。

片刻之后，程千仞伸出手，食指微微抬起，试着触碰那团柔和光芒。

“哗啦！”

萤火微光化作刺眼明光扑面而来，炽烈如银河倒灌，一股巨大、沛然莫御的力量从指尖席卷全身。

一阵剧烈眩晕后，他晃了晃脑袋，觉得头脑发懵。

只是一瞬，书案没有了，小屋没有了。眼前是乳白色雾气，茫茫然，朝歌阙站在他身边。

他们在雾中行走，不见天地。

等程千仞缓过神，心中升起一丝微妙的失望感。

充满传奇色彩的“小世界”，居然一片荒芜，别说宫阁殿宇，连点花花草草都没有。

念头方起，他突然踩到什么软绵绵的东西，低头一看，竟有初生青草。

白雾倏忽散去，他眼睁睁地看着草地无边无际地蔓延开来，草叶上缀着晶莹露珠，泥土与花草的味道盈满肺腑。

他们脚边，一朵白色小花破土而出，细弱、惹人怜爱地在风中摇曳。

一切都变了。

生机勃勃的花木，孔雀蓝的晴空，柔软的云朵，温暖的日光。

程千仞目瞪口呆。

朝歌阙垂眸看着那朵花："在这里，你所思所想，皆会成真。"

程千仞有点尴尬："抱歉。"

就像去别人家做客，不经主人同意，改建了人家的后院，撸了人家的猫。把别人家当自己家。

朝歌阙是个大方的主人，没有计较，说："想象你从前最平静的时候。我暂且离开，不用顾虑我。"

程千仞眼看对方身形消失，放松下来，静心冥想。

我一生中最平静的日子，是在南央城。那时我还没有修为，你年龄还小，懂事又孝顺。朋友们靠摆摊卖画、收保护费为生。我在宁复还的面馆当伙计，生活虽然很忙很累，但过得有盼头，也知足……

他后来有许多纵情潇洒的好时光，但要说平静，到底是在柳烟路老巷最平静。

程千仞回到了小院。

矮墙破屋、树下桌椅，都是旧日模样。

他在那张和弟弟、朋友们吃饭的桌子边坐下。

初春，树荫繁茂，禽鸟唧唧喳喳。

这里时间流速缓慢，紧迫的压力和躁郁感消退。

忽听见有人说："忘记来路。"

程千仞站起身，开始洒扫庭院，打水生火，洗菜切菜。

吃饭、沐浴、睡觉，第二天开始练剑。

他没有用真元，单纯、认真地练剑。从日出到月落。

冬去春来、年复一年。

他感受不到疲累，渐渐感受不到时间流逝，进入某种空茫、玄妙的状态中。

仿佛只有他、只有手中的神鬼辟易是真实存在的。

"忘记剑。"那道声音说。

"忘记这套剑诀的传奇历史，忘记多少伟大人物修习过它，忘记师父的教导指引，忘记招式。把剑融入天地，将自己融入剑中。"

"练剑千万遍，然后忘记剑。"

程千仞闭关突破的消息，到底还是传了出去。

众弟子兴高采烈，杀鸡宰鸭。开山大典上，剑阁将有一位大乘强者坐镇，程山主精深剑术，论战力，或许可与圣人相当。加上澹山剑阵助威，如虎添翼。

南渊弟子更兴奋，说："这不是胡说，想当年程院长还是破障境，就能在太液池边，接下院判楚岚川的刀。厉不厉害？"

热闹气氛没有持续半日，在长老们的叹息声中，欢呼化作一片死寂。

他们突然意识到，这不是突破大乘，突破剑阁历史上、最年轻的大乘境界纪录。以程千仞的年纪，这是要突破人族修行速度的极限。

怀清后悔不迭："我不该告诉大家。"

怀明声音颤抖："山主天纵之才，能为常人不能之事，定然创造奇迹。"

距离下月初三开山大典，只有六天。

一众长老对此忧心忡忡："若是来不及……"

程千仞走了一招险棋，成，则号令天下宗门；败，则入万劫不复深渊。

傅克己抱着剑，平静道："那便来不及罢。"

"……我原来是个木匠，后来打仗了，三天两头征兵，村里又遭了涝，没收成，大家都去参军混饷银，我也跟着参军。排头兵，能活下来领双饷，打着打着，一起参军的，死得只剩我一个，我就升到百夫长了。我琢磨着，我这运气不错，说不准还能活，还能升。就不知道等我回去，我那婆娘还在不在。唉，现在少了两根指头，回去也当不成木匠了……林大夫，我听说您是个修行者，怎么跑到这鬼地方？"

林渡之："按时敷药，伤口避水。"

他多日未眠，眉眼间显出淡淡疲倦道："下一个。"

话多的百夫长连忙道谢，起身走了，一位面黄肌瘦、衣衫褴褛的老者坐下。

林渡之想，野心勃勃、改变世界的大人物太少，世上大多是这般普通人。乱世沉浮，被某些人一挥手、一句话之间决定生死命运。

他们不关心谁坐江山，只在乎自己能不能吃饱喝足。从前是裁缝、厨子、农民，打仗之后是灾民、流民、兵卒。

离开顾雪绛后，林渡之在世间行走，治病救人。不分男女老幼，是贫是富，不管他们属于哪支军队，站在什么立场。

他只是想救人，这就是他想做的事。

很多人说他慈悲心肠，叫他活菩萨。林渡之每次都认真地纠正对方，不要这么叫。

“林大夫，您是个修行者，那什么剑阁，什么开山大典，您去吗？”

“我不去。”

难民压低声音：“那就好，您可别去，小心伤着。听说又要乱了。到时候山上打起来，动静肯定不小。”

林渡之面露疑惑。

“您没听说吗？程千仞突破失败了。”

他抓药的手停下，摇头道：“我不信。”

说完继续抓药，不再言语。

程千仞出关，甚至比预定时间早一天。

初春夜空晴朗，明月如钩。

没有清光烟霞、瑞兽祥云、泠泠仙音。剑阁上空毫无动静。

天象未变，意味着程千仞突破失败。人们都这样说。

消息又被有心人宣扬，半日传遍大陆。他名声太盛，上至修行界，下至市井街边、村头井口，传得沸沸扬扬。

突破失败非同小可，不出意外，他将一辈子停留在小乘境。就算他得了机缘，能养好伤势，重塑道心，第二次冲击关隘，也是数十年之后的事了。

这些年他与多少人结仇结怨，再觅转机、再攀大道的希望渺茫。

一代天才人物，如明星冉冉升起，终似流星划过夜空，只剩一声叹息。

“贪功冒进，到底还是太年轻。”

抑或是怨毒、畅快的咒骂：“性情狂傲，目中无人者，得今日报应，咎由自取！”

程千仞虽然拒绝搬去隐仙岩，由剑阁诸位强者守关护法，但傅克己与一众长老不敢大意，始终关注着澹山后山。

修行者突破大乘时，沟通天地，必使风云变幻。或祥云化瑞兽，清光普照，或阴云汇聚，狂风卷地。人们远观天象，便知他心意是宁和还是暴戾，情况是凶是吉。

若不能沟通天地，天象自然不会变化。

“他出来了。你们可以去看他。如果他不愿出来见人，便趁早散了。”

即使考虑过突破失败的可能，傅克己仍一时间难以接受。想来程千仞一定更痛苦。顾忌对方的自尊心，他没有和剑阁弟子、南渊学生们一起去。

他决定单独去。

众弟子提着灯笼、举着火把，向澹山后山聚集。火光在山道上蜿蜒，如一条条星河。

山上春日来迟，夜间寒风呼啸，吹得他们的衣袍猎猎作响。

临近后山，人群中响起低低的啜泣声。

“突破失败必然损伤根基，山主为了剑阁，竟然走到这一步。不然以他的天资，稳扎稳打，早晚有一日超凡入圣，何至于此！苍天不公！”

程千仞出关了，尚不知山外人如何说他。

他推开窗户，眼看墨蓝苍穹，弯月如钩。视野尽头群山与天幕相接，山峦轮廓延绵起伏，笼着淡淡清辉，气象壮阔。

仿佛做了一场大梦。梦醒之后，眼中世界与原先看到的截然不同。神清气爽，豁然开朗。

他回头道：“谢谢你。”

这次突破如此顺利，水到渠成，瞒天过海，多亏朝歌阙帮忙。

“不客气，恭喜你更上一层楼。”

程千仞笑了笑，心防消解些许。

稍时，他听见外面动静，放出神识感知。

院门外来了些人，从四面八方越聚越多，却不敲门，只是等候。半夜匆匆赶来，不知出了什么急事。

“我先去看看。”

他这回没有让朝歌阙避一避。大概是笃信对方靠谱，不会被人察觉。

门打开，怀清怀明站在小院门口。

“山主。您出关了？”

或许夜里太冷，他听见两人声音颤抖，像要哭一样。

“您还好吗？”

程千仞笑道：“我很好，万事顺利。多谢你们关心，夜深露重，快回去吧。”

两人听见他笑，心想山主明明难受，还要装作若无其事，反来安慰他们。一时哭得更伤心了。

怀清哽咽道：“苍天不公！”

两人向一旁让开。

他们身后，人群站满山坡，一片灯笼火把在夜风中燃烧，如漫漫星海闪烁，直到视野尽头。

程千仞震惊。

怀清怀明一撩衣摆，单膝跪地，抱拳道："愿与山主共进退！"

众弟子齐声道："我等誓与山主共进退！"

声如洪钟，惊起林间飞鸟。

"起来，快起来。"

程千仞怔然，想起一行人闯出慈恩寺后云船上的情景。那时他不愿意做山主，如今却是心甘情愿，再不后悔。

悲壮气氛令人热血澎湃："安危谁与共，风雨敬同舟！"

他走入人群，看着那些坚毅面容，含泪眼眸，与他们握手，拍他们肩膀，泪湿眼眶……

不对，我成功突破了。

咱大家伙回去吃鸡啊，干吗大冷天半夜演这个。

"你们听我说，大家关心我，我非常感谢，我这次成功突破，必让开山大典顺利举行……"

弟子们还是呜呜地哭："我等誓死保护山主！"

程千仞："……"

他发现气氛收不住。

剑阁弟子某些方面特别一根筋，认准一件事很难改。

以前傅克己指着他说，让他做山主，弟子们就"哗啦"跪一片，不听他拒绝。现在他说自己突破成功，万事大吉，他们还是不信。

怀清抹去眼泪："不能再打扰山主了，您好好休息。"

怀明："务必保重身体。"

程千仞："……你们也好好休息。明天多吃点。"

他送别众人，回到小院，长舒一口气。

花窗里亮着一点暖黄色烛光。

程千仞突然庆幸，以他们的修为大可通宵看书或练剑，否则今晚谁睡主卧，谁睡偏房？

他关上房门，低沉的声音在身后响起："那个傅克己，你多小心他。"

程千仞怔了怔："什么意思？"

"他最初请你做山主，是为化解剑阁之危。"朝歌阙见他还不明白，耐心解释道，"如果你真的突破失败，将使剑阁陷入更糟的困境。他一心只有门派荣辱，如何不怨你？"

程千仞："你多虑了。老傅不是那种人。就算我失败，他也不会说什么，就像其他弟子，不会因此鄙薄我、责难我。他刚才没来，肯定因为有事要忙。"

朝歌阙沉默片刻，轻声嗤笑："你二人恰如剑阁双璧，肝胆相照。"

程千仞没仔细揣摩他语气，点点头："嗯！"

朝歌阙"哗啦"翻过一页书。

程千仞才反应过来，"剑阁双璧"可不是好词，看宁复还和宋觉非什么下场……但他以为，自己与朝歌阙关系已经缓和，于是没有多想。

后来傅克己与邱北来看他，已是第二日辰时，他们坐在小院说了些话。

同一时刻，山门开启，山下聚集的八方来客陆续上山，被安排住进客院。

时值乱世，众说纷纭。

剑阁烟山精锐弟子远赴白雪关，澹山山主程千仞突破失败，战力折损，傅克己独木难支。却早已宣布举行开山大典，开弓没有回头箭，覆水难收不外如是。

多方倾轧，风雨飘摇。强敌环伺，无人独当一面。

"法器、灵脉、宗门祖辈基业，经过这一遭，能不能守住？"

相比外界，剑阁里的气氛更显平静、肃穆。

每个人脸上不见惶恐，每件事按计划施行，有条不紊。不管客人们怀着怎样的心思上山，主人总该招待周全。

程千仞出关后，请教过朝歌阙如何穿戴那套厚重、繁复的礼服，好不容易学会，怀清怀明却带了一套崭新的给他。

"山主，这一身窄腰窄袖，绣满符文，结实又利落，打架不累赘。"

天色未明，朝歌阙为他整理衣领，抹去最后一道微小褶皱，说：

"安心，我就在这里。如果来了你应付不了的人，我会传音给你。"

"好。"程千仞点头，忽然回过神，无奈笑道，"我不紧张，也不害怕。"

哥是见过世面的人。

朝歌阙："行了，去吧。"

程千仞穿着一丝不苟的礼服出门了。

仪仗队数百人，有人持鹤羽扇翣、有人举华盖。多而不乱，旁而不杂。

开山大典，先要祭拜天地、再去宗祠祭拜山门前辈。他看到了秋暝真人的牌位，又想起院子篱笆边，天天路过的小土包。

程千仞只管跟着傅克己。傅山主上香他上香，傅山主鞠躬他鞠躬，然后听众人念诵道经、撞响古钟。

礼乐恢弘，仪式漫长。剑阁众人却没有丝毫急躁，因为仪典结束后，便该开始晚宴，招待来宾。宴会上，他们需要显得足够镇定、沉稳。

云顶大殿开阔，殿内列席整齐，高朋满座。

各派掌门长老互相见礼，低声寒暄，人们笑得一团和气，气氛热闹轻松。

“哐。”

殿门裹挟夜风打开。

众人向门外看，殿内招待宾客的剑阁弟子一齐行礼：“恭迎山主——”

程千仞与傅克己入殿，身后跟着十余位剑阁长老。

“你看他气息雄浑，不知灌了多少灵药强撑。”

“不过是强弩之末，能撑到几时。”

程千仞收回神识，不再听这些自以为隐秘的私语。

宾客打量着他，他也打量宾客，多半是“老朋友”。

白云观的四位老道，身穿灰色道袍，手拿拂尘。山海宗的五人身着深蓝色裋褐，头戴高冠。

穿杏黄僧衣拿禅杖的和尚们来自慈恩寺，为首高僧是监院慧德，他也熟悉得很。

还有清荷派的威严老妇、流霞派灵修、扶松派上人等等。

他的目光落在殿西第一排座席。

按宾客名单，那两方人马，应是代表两位反王来参加开山大典的。

青州王代表是一位白衫年轻人，坐在一众长老掌门之间，笑意从容，毫不显轻浮骄傲。程千仞觉得，此人性情像原下索几分，才得这般重用。

安山王代表是一位褐色绸衣老者，双目神光湛然，有皇族威仪，据说是王府大供奉。身边人对他低眉垂眼，尊敬至极。

程千仞多看了那老者一眼，他说不出哪里不对，却直觉不妙。此人或许有意收敛威压，隐藏境界。

朝歌阙想做什么，或者想让他做什么，是否将在这场晚宴有动作？今夜八方来客，变数太多，如何保证事必能成？

他进殿门短短几息，心思电转，将众人一览无余，已与傅克己走到大殿尽头，玉砌高阶前。

按仪轨和惯例，他二人端坐高阶上首座，剑阁弟子侍立阶下。宾客殿中饮酒祝词。

各居其位，方可宾主皆欢。

两位山主下一刻便要举步登阶。

“慢！”

程千仞心道果然，客人们干坐着等了半日，看似和乐，早已没了耐心。

他转过身。

“程山主年轻有为，应是剑阁历史上最年轻的山主罢。今天剑阁重新开山，大喜的日子，我们都来贺一贺你啊。”

手持拂尘的白云观老道行了一礼。

程千仞还礼，笑了笑：“观主客气。请坐。”

老道没有坐，只向一旁退开两步。

“山海宗也来贺程山主！”

陆续有人从座席间站起，走到大殿正中，站在程千仞面前。

大家说着祝词，程千仞依次还礼道谢。这副场面热闹喜庆，教人挑不出差错。

但它不该出现在这里。

殿内侍候的剑阁弟子面色凝重。傅克己微微皱眉。

这里是剑阁。

他们不该站在大殿中央。要说话，也该剑阁山主先开口。

程千仞似是知道傅克己想什么，回头看了他一眼，微微摇头。

老僧慧德最后一个道贺，与程千仞互相见礼，转而发问：

“开山大典的仪式已经完成，贺也贺过了。今天晚宴，大家都是为签订盟约，共同抵御魔族而来，是吗？”

众人闻琴音知雅意，纷纷应是。

“大师说得不错！”

“老朽特意带来门派中最善文辞笔墨的长老，好将今夜盛会，编入我派史册。”

气氛发生微妙变化。

白云观老道一扫拂尘道：“既然是共襄盛举，总不能变成剑阁的一言堂。”他指了指玉砌高阶，“同在殿中，两位山主何必坐得那么远？”

程千仞面色平静，怀清却忍不住喝道：“过去数百年，一贯如此，诸位今夜才觉得不习惯？”

“贫道在跟程山主说话，你算什么东西？”

怀清伶牙俐齿，正要回他“你又算什么东西，也配跟程山主说话？”，被程千仞一个手势拦下，当即低头退到一旁。

慧德见状笑道：“此一时，彼一时。”他笑声中带着扬眉吐气、报仇雪耻的意味，“从前的澹山山主胸怀磊落，德行高洁，诸位同道当然心甘情愿听他号令。至于程施主，年轻气盛嘛。”

“何止气盛，他凶恶嗜杀，这几年大家有目共睹，难道现在做了山主，从前事就一笔勾销，便可为天下表率？”

“怎么可能，就像当年宁复还杀师证道，难道现在还能回来做山主？有些事情，一旦做了，总要给个说法……”

宁复还算剑阁荣耀历史上的刺眼“污点”，这般情景，当然少不了提他一句。

在山主示意下，剑阁方面的沉默忍耐，像一种无声退让。使众人愈加有恃无恐，言辞犀利。

程千仞却有点失望，因为他们太没新意，说来说去，还是那一套。

若有人光明正大地喊一句“权威属于强者，你修为不够，不配制定规则”，这次沟通效率还能高点。

偏要翻出道德、大义以及旧账。

于是第二次听到宁复还时，程千仞淡淡道：“这关我什么事。”

慧德面色微变。

慈恩寺里，此人姿态张狂，态度强硬，放话“宁复还与人结下的恩怨，尽管找我了断。”

现在一开口就撇清关系，看来突破失败，果然使他修为大损，不得不服软。

谁知程千仞忽然笑了：“你们这么喜欢扯上他，不如我替你们问问他。”

众人惊诧，以至于一瞬间安静。

只见程千仞快走两步，对殿外苍茫夜空喊道：“宁复还，你在不在？”

一片哗然。

“嗤，老朽还当是什么，原来程山主故技重施，又用这一招胡搅蛮缠。”

那些参加过慈恩寺之战的人神色嘲讽。

剑阁弟子搞不清楚状况，面面相觑。

那边程千仞继续大喊："你要是来了，就出来见我！"

人们盯着他，嘲讽中带点戒备，像看神经病。

他在未明城的春风里问，春风不说话。被人写进市井话本，只留下一句"不改青山不解恨"。

他在慈恩寺的冬夜里问，冬夜不说话。恰逢顾二与林鹿进门，才不至于让他太尴尬。

直到今天，他对着剑阁莽莽群山，又问了一遍。

空山开阔，天地烛明。

一片雪花飘落。

落在殿顶金色的琉璃瓦上，顷刻消融，留下一点水迹，如晶莹露珠。

露水被风吹散，竟显出一道微小剑痕。像小姑娘浅浅的指甲印，没有人看到。

殿内气氛僵化，争执不断升温。话里话外，说程千仞一无德行，二无神通，如何承担天下之责。

"程山主不言不语，是什么意思……啊！"

说话的人是扶松派掌门，他恰好面向大殿外，忽觉一点凉意落在脸颊。紧接着刺痛袭来，一道血痕自他面庞划过。

洁白雪花中，竟有锋锐剑意。

细碎的破风声响起，密密麻麻。

是无形剑气纵横，割裂空气。

人们转头，眼睁睁看见夜空千万片雪花飘落！

时至初春，本不该下雪。

场间忽然彻底寂静。

众人屏息盯着那道黑影，天地间只有雪落的声音。

黑影从昏暗风雪中走来，踏进光明。

一瞬间，短促的尖叫声响起："啊！"

仿佛活见鬼。

那是一位容貌英俊的中年男子，胡茬青黑，布衣陈旧，姿态疏懒。

他像走了很远的路，欺山赶海，风尘仆仆，神色疲惫不耐。

"喊什么，这不是来了嘛。"

他对程千仞说道。

明亮、辉煌的映雪剑拿在他手上，剑尖指地。殿中幽幽烛光照着他的脸。

群雄惊惧，忙不迭后退。

案几翻倒，美酒泼洒，烛台掉落熄灭。

宁复还！

他没有死，剑阁风雨飘摇时，他又回来了，带着他的剑。

人如其名，生当复来还。

“东家……”

宁复还挑眉道：“怎么，你二人默许突破失败的谣言天下流传，不就是为了引我出现？”

程千仞没有否认：“我想见你。”

“见我干什么？看我又变帅了吗？”

宁复还说了句笑话，但程千仞没有笑。

于是宁复还也不笑了。他不笑时，显得冷漠孤寂，恰如其剑。

剑阁弟子面对昔日杀师叛山的叛徒，心情复杂。

“铮！”

几人率先拔剑。越来越多的人拔剑。

宁复还视线扫过场间道：“我不来，惦记我，我来了，又怕我。叶公好龙啊。”

程千仞摆摆手，示意众弟子退下。

他从没见过这样的宁复还，他开始觉得自己错了。

他突然意识到，不管这个人近几年是去卖汤面还是卖馄饨，当他回到群山之巅，剑还是那把剑，人还是那个人。

宁复还指了指高阶，问：“剑阁要坐最高的位置，谁不同意？”

扶松派掌门捂着流血的面颊，跌跌撞撞站起身：“凭什么，我不——”

硕大血花炸开！

一道雪亮的光芒当胸穿过，他话音戛然而至，喉头发出“咯咯”声响，轰然倒地，鲜血四溢。

没有人看见宁复还出手，只看到琉璃砖上的尸体和冰霜。

傅克己脸色苍白：“他控制了剑阁大阵。”

他在对程千仞说话，声音不高，然而全场死寂，每个人听得一清二楚。

想来也是，宁复还天资卓绝，未叛山时，最得秋暝倚重，他的本事手段、对大阵的掌控程度，远非如今的傅克己能比。

事情发生太快，很多人来不及思考，只听那人道：“你不同意，只能说明，你不适合做掌门。”

他对一位跌坐在尸体旁，颤抖着挪动后退的扶松派长老说：“我看你不错，你要是同意，你来当掌门。”

宁复还提着长剑在殿中巡视：“哪位掌门还不同意？哪位长老同意？哪位长老想做掌门？”

“大家别中了这邪魔的离间之计！”慧德以禅杖柱地，“我等敢上山赴宴，就不怕你，现在千千万万门派弟子聚在山下等候。难道你能杀了我们所有人？魔军压境，人族危难当前，你敢做千古罪人？”

众人警醒，对邪魔怒目而视。

“有种杀了我们所有人！你敢吗？”

宁复还看着他们，脸上浮现出一丝怜悯的笑意：

“为何如此愚蠢？我连自己师父都敢杀，你们说呢？”

喧嚣骤静，殿外风雪呼啸，殿内寒彻骨髓。

按正常人的思维，总该纸上和谈讲条件，权衡利弊。程千仞突破失败，剑阁式微，那便让出第一宗门的位置，贡献些法器神兵、割让几条灵石脉矿。

没人想来打打杀杀，拼个鱼死网破，两败俱伤。那样得不到大好处。

正常人如此，自古一贯如此。

但此时掌控局面的不是正常人，他是弑师证道的宁复还。

傅克己失去大阵控制权，摇头道：“你行事不正。”

宁复还冷眼看他：“剑阁一贯如此行事。当年什么地位？传到你们手里，落魄到这种地步！滚一边去，毛头小子，这没你说话的份儿！”

他又问了一遍：“现在，谁还不同意？”

低沉声音在空阔大殿回响。

“我不同意。”

“如果你真的要操控剑阁阵法，杀死每个反对你的人，那么，我不同意。”

宁复还眯着眼睛，看向出声的人。

所有人随他目光看去。

那人还在说话，简直不知死活。

“看来我只能对你拔剑了。我不动澹山剑阵，你不动护山大阵，映雪剑对神鬼辟易，怎么样？宁师兄，东家。”

形势陡转，众人震惊无语。

狂风卷雪，从一片漆黑的殿外灌进来，一座座金枝烛台火光摇曳。

众宾客神色各异，仇恨、恐惧、痛悔、猜疑交织成巨大的阴影罗网，将他们笼罩其中。

半个时辰前，如果他们知道程千仞突破成功，只会压下满腔怨愤不平，设法探究他的真实修为如何，突破是真是假。现在看见程千仞有意阻拦宁复还，却恨不得他立刻超凡入圣。

宁复还少时以桀骜不驯、离经叛道出名，却得师父宠爱，修行界敢怒不敢言。谁知后来他为了得证大道，竟能将养大他的师父一剑杀了，二十多年过去，他带着神鬼辟易亡命天涯，神挡杀神，映雪剑下白骨成堆。

比起这样一个无法无天的狂徒，程千仞出身南渊学院，起码讲道理，傅克己虽然冷傲，起码正派。

都是好人。

“这把剑，是我送给你的。”宁复还目光落在程千仞腰间，“这山主令也是我给你的。凭你，也配向我出手？”

他语气淡淡，并不如何震怒，却令众人心惊胆寒。

程千仞垂眼道：“赠剑之义，恩同再造。”

“程山主，万不可、万不可被这邪魔拿捏住，神兵通灵，能者居之！非他赠你，命中注定你该得此剑！”

喊话的人半边身子站在殿内金柱后，声音却慷慨无畏。

“是了，程山主乃天命所归！”

众人纷纷应和，慧德沉默，以示默认。慈恩寺里“德行有亏，不配神兵”的程院长不复存在，变成了大家寄托生命希望的程山主。

程千仞心中躁郁，气息节节攀升。

宁复还仿佛听到什么笑话，忽而仰头大笑。

苍茫夜空下，风雪更急，一道凛冽电光劈开昏昏大殿！

神鬼辟易出鞘！

跃动烛火被纵横剑气压下，场间漆黑一息。

就在这一瞬间，程千仞已纵身飞掠！

“铮！”

两剑相击，磅礴真元似汹涌浪潮，掀飞一排玉案，众人召出法器，仓皇抵挡。

须臾间烛光复明，却不见两人身形，只听头顶“轰”的一声巨响，瓦砾梁木炸裂，碎片簌簌，烟尘漫天。

高阔殿顶破开大洞，两道雪亮剑光追袭而去，消失在茫茫夜色中。

冷风呜咽，伴随白雪与星光从巨大缺口中倾泻下来，如银河垂落。

人们站在一地狼藉中，小心应付周遭残留剑气。雪花美丽，却使得人心惶惶。

有人醒过神，猛然回头道：“傅山主，我，敝派想下山。”

傅克己抱剑而立，一众剑阁弟子聚在他身后。

“剑阁大阵仍在宁复还手中，尔等生死在他一念之间。你可以试试。”他稍加停顿，补充道，“大家都会感谢你的。”

那人不再说话。没人愿意第一个尝试，以身犯险，为别人铺路试水。

傅克己目光落在殿西某角落。

纵使宁复还突然出现，形势激变，程千仞也没有一刻放松对那里的关注，甚至赶在拔剑之前，传音给他，嘱咐他留意。

代表反王的两方人马，不知何时退至人群背后，几乎没有动静传出。比起兵荒马乱的各大宗门，他们坐在角落阴影里，显得尤为镇定、低调。

远处时而传来闷雷般的爆炸声，应是剑气所至，山石崩摧，飞瀑倒灌。听着这些声音，众人更觉时间漫长，风寒彻骨。

“傅山主，您觉得，程山主会胜吗？”

“我们现在能做什么？”

傅克己微感不耐，吐出两个字：“祈祷。”

冰冷剑刃忽至颈边，一缕发丝断裂风中，宁复还歪头笑笑：“真想杀我？”

程千仞如梦初醒，怔怔地收剑道：“前夜才突破，剑既出鞘，控制不好。”

漫天交织的剑气倏忽消散。

他们站在崖边看云。

风骤雪急，茫茫云海被狂风吹动，从悬崖边坠落，向谷底俯冲，如天河倾泻，无声地在山石间激荡飞溅。

观云崖，剑阁最高处，手可摘星辰。

云瀑飞流，天地胜景。

“这里还是老样子。”宁复还感叹道，“你也长大了。”

他语气像一位远行归来的父亲，让程千仞起了一身鸡皮疙瘩，问：“你想干什么？”

程千仞以为，宁复还既然愿意现身，必知他用意。

然而对方一来就抢阵、杀人，使局面失控。

宁复还：“你站过这么高吗？”

程千仞稍加回忆：“我去过南渊藏书楼顶层，比这里高。”

他们遥望云顶大殿，奔涌夜云中，远处重阁殿宇不过是几丛光点。

“你站在这个位置，不能与人比谁的剑更快、谁的修为更高深，要比谁的目光更长远，谁的心意更坚定。”

程千仞：“我不太明白。”

“居高临下，人们怕你、敬你，不够。还要让他们感激你，觉得不能没有你。现在你回去，那些人会想，程千仞做山主太好了。他能赶走宁复还，有他在，那个邪魔就不会回来。你的敌人和朋友，从此都更信服你。你才算彻底坐稳了剑阁山主的位子。”宁复还语重心长，“杀人可以震慑人心，但今夜，你要主持结盟。”

程千仞知道他是对的。却见不得他一副苦心孤诣、舍己为人的慈父模样，没由来生出一点怒气：“如果这场戏演不下去，有人振臂一呼，不惜一死，你怎么办？”

“你去过藏书楼顶层，应是见过南央阵法。除了魔族居住的雪域，大陆上几处重要大阵，都有两用，一为御敌，二为自毁。只要我乐意，可以让剑阁千万条灵气线爆炸，山上山下全炸飞上天，一只鸡也活不了。他们在云顶大殿，他们的弟子在山下等候，活得长、见识广、牵挂多的人，总要为自家宗门想想。”

程千仞蹙眉回忆，除了大阵，胡易知还讲过连通其间的空间通道。自己四海游历时，估算出六处大阵，也设想过如线串珠，大陆阵法同时开启的情景……

只听宁复还笑道：“若有人太愚钝，想不到这一层，我真的会杀了所有反对我的人。你呢，你怎么办？”

“那我真的会拦你，不管付出什么代价。”程千仞知道他没有说笑，认真道，“你既已叛山，背锅的事轮不到你。如果一定要杀人，我来杀，不要操纵剑阁大阵；如果一定要做千古罪人，我来做。”

宁复还没说话。

程千仞以为他想不明白，补充道：“你可以理解为这是我作为山主的责任。”

宁复还忽然猛拍他肩膀，大笑：“哈哈哈哈，好伙计！当年雇你才三两银子，划算！”

“傻东家！”程千仞拂开他的手，“到底是谁杀师？”

宁复还笑意稍敛。

程千仞：“我读过秋暝真人的札记。”

宁复还：“来，我把一切告诉你。”

他们从崖边跃下，在山岭云雾间飞掠，来到澹山后山。

薄雪铺满山坡，宁复还看到旧日小院、篱笆、草庐、老槐树。

“你看。”

程千仞顺他指引来到树下，见树干上两排刀刻痕迹，一道比一道高，年岁久了，刻痕周边凸起。最上方几个刻字，依稀可辨认：

小非高一点。

往日场景浮现眼前，两个孩子挺胸抬头比身高，一位白衣道人在树干刻字。

宁复还抚摸刻痕，声音微哑。

“分明我更高，师父却说觉非高。小时候师父总偏宠师弟，我以为是他天资聪明，我较为愚笨的缘故。后来才知道，师弟幼时孤苦，没少受人欺负，他聪颖早慧，修行又肯下苦功，师父耐心教他，虽喜欢他进境神速，却也怕他心里有恨，偏激执拗，误入歧途……”

“师父教我们铸了两柄剑。一柄凛霜，一柄映雪，意在不畏艰险，守望相助，凌霜知劲节，负雪见贞心，可谓用心良苦。那年我们剑法初成，要下山游历，师父算了一卦，却不提解卦，只叮嘱我照看师弟。现在想来，是卦象不好，他才不说。”

程千仞渐渐听得入神。

两个少年佩剑下山，见世面，交朋友，剑斩不平。

“剑阁双璧”名扬四海。那是他们最好的时候——胸有沟壑，意气风发。

宋觉非自知性格有缺陷，习惯在外人面前伪装隐藏，加上宁复还背后替他收拾烂摊子、背黑锅。久而久之，世人皆知宋觉非君子仁义，高洁正直，宁复还洒脱不羁，离经叛道。

然而世事难料，早年欺辱过宋觉非的仇家怕遭报复，议定先下手为强，设局引宋觉非自投罗网，担心他不来，谎称抓了他师兄。

恰逢那夜宁复还在花街柳巷与朋友喝酒，酩酊大醉，宋觉非寻不到他人影，单剑赴约，中人圈套。苦战力竭，却撑着一口气临阵突破，仇家胆寒，放他离去。他不走，定要对方交出宁复还，更不信对方说辞，以为师兄已遭不测……

待宁复还赶去，已经迟了，宋觉非站在尸山血海中，双目赤红，以剑撑地，看见他叫了一声“师兄”，才肯闭眼倒下。

宁复还在满地尸体边蘸血留书：“天理循环报应不爽，宁复还讨债杀人。”

然后抱起师弟，日夜兼程赶回剑阁，跪在师父身前。

秋暝把过脉，一声叹息。

“你师弟已经走火入魔。我先为他梳理体内暴动的真元，保住他性命。你去门外看着，小非这件事，最好先不要让旁人知晓。”

宁复还连声答应。走火入魔的人危险至极，但从小到大，师父在他心中无所不能。

两天两夜之后，秋暝走出房门，脸色苍白，跌坐在台阶上。

宁复还忽然心生恐慌，跪倒在地。

秋暝只说了两句话：“他不记得，别告诉他，我不怪他，你也别怪他。好好过。”

话音方落，胸口剑伤再抑制不住，血流如注。他闭上眼，溘然长逝。

原来最后关头，宋觉非暴起发狂，秋暝全神贯注输送灵气，毫无防备，被他一剑穿心。

宁复还抱着师父遗体，茫然落泪，为什么会这样？

现在我该做什么？要不要杀了师弟，然后自杀？

最后他走进房间，擦掉凛霜剑上的血迹，为宋觉非整理发冠，换上干净的衣服。守着他醒来。

“师父说了，不怪你。你练剑时偷懒，是受我诱惑，你溜下山喝酒，也是受我怂恿。你在外面与人结怨，挨骂的也是我。你看，从小我就替你背锅，倒也不多这一次。

这次你来恨我，不要恨自己。”

宋觉非清醒后，果然不记得走火入魔，记忆停留在单剑赴约前。

“我要离开这里了。把澹山交到你手上，也没什么不放心的。”宁复还扶他起身喝水，淡淡道，“我刚才杀了师父。”

宋觉非怔怔地看着他，神色茫然道：

“你到底在说什么啊，师兄……”

“师父境界高深，高山仰止，我从小被他说资质愚钝。便觉得自己永远无法超越他。”宁复还面容冷漠，声色陡厉，“这等修行心障，如何突破？唯有，杀师证道！”

宋觉非推开他向外跑，院中鲜血和尸体撞入眼帘。

宁复还的声音在背后响起：

“师父没有还手，否则我也杀不了他。他愿意牺牲自己，助我得道。我们师徒求仁得仁，你就想开点吧，师弟。”

“我杀了你！”宋觉非豁然拔剑，双目通红，仰天长啸，“你不是人！我杀了你——”

宁复还杀师证道，将他师弟宋觉非刺激得走火入魔。

澹山一脉毁在他一人手里。

这个故事若要细讲，可以讲得很长。但由当事人口述，半炷香便说完前因后果。

程千仞看着树干刻痕：“你为他做了这么多，他一无所知，恨你怨你还想杀你。值得吗？我不懂。”

宁复还轻嗤一声：“你又没有师弟，懂个屁。当好你的山主。”

程千仞看他神色得意，仿佛在说“有些人表面风风光光，背地里连个师弟也没有。”不由得小声嘟囔：“我有弟弟，以前。”

宁复还笑笑，道：“我在你这个年纪，也想做个顶天立地的大英雄，大丈夫。后来发现，做英雄容易，看护好身边人，难。”

程千仞沉默。

他现在是澹山之主，熟读秋暝的札记，学了秋暝的道法，继承秋暝衣钵和满山遗产，如果宁复还真的杀了秋暝，他要向宁复还讨个说法。

反之，如果人不是宁复还杀的，他要替宁复还讨个说法。

当着天下宗门的面，解开真相，使其重回剑阁，不再受世人污蔑唾弃。

一切的前提是，他要见到宁复还。

他见到了，却觉得自己错了。宁复还既不在意声名，也不在意旧怨。杀师证道是虚妄，沉冤昭雪却多余。

这一场相见，不如不见。

程千仞心里有点难受，问道：“这些年你过得怎么样？”

“我师弟两次施展血遁，先双腿残废，后双目失明，用神识只能看见人影，看不清众生的五官面貌。我编了个假身份接近他，照顾他起居，给他烧暖炉、推轮椅、煮馄饨吃，没事就陪他一起骂骂宁复还。我来之前，还是他给我施针续武脉，叮嘱我早点回去……”

宁复还摆摆手："总的来说，我过得比你好。这事儿我就告诉你一个人，你别宣扬出去，要让他知道我就是宁复还，他得杀我祖宗十八辈。"

程千仞目瞪口呆，不知该说什么。

转念一想，宋觉非何等聪明，真能被宁复还骗住？

"吱呀"一声，短暂的沉默被打破。

两人回头，低矮篱笆间，小院木门无风自开。

宁复还陡然警醒："谁？！"

小院中有人，气息分毫不露，他竟也没察觉。

"没事没事。"程千仞赶忙去拦，他以为自己和宁复还站在这里说话，打扰到了朝歌阙，"我的一个……皇都来的朋友。"

木门"哐当"关上，门板震了震。

宁复还没计较，说："你心里有数就好。我走了。你回去吧。"

宋觉非一个双腿残废的盲人独自在家，他不放心。

程千仞微感不舍，东家不像其他朋友，只要在世间行走，总有相见一日。今夜一别，他们再见遥遥无期。

"这就走？还想向你再学点东西。"

宁复还拍他肩膀道："你不习惯当一个大人物，没关系，慢慢来。云顶大殿里那些人，说话动不动就是天下啊、江山啊、大义啊，实际连碗面都不会煮。你别学。不如我传你八字要诀！一定再无烦恼！"

程千仞突然生出不好的预感。南渊马场上，少年意气之争，顾雪绛便说过类似的话——八字要诀，百战百胜。

果然，宁复还说："问心无愧，老子高兴。"

说完他就走了，不知去向哪里，不知去做什么。

来时清风两袖，去时两袖清风。手握长剑，衣袂翻飞，消失在万家灯火不能照亮的夜色中。

风雪停歇，星河愈发明亮。

程千仞想起南央城小面馆，那个春寒料峭的晚上，他已记不清自己流了多少血，受过多重的伤。

只记得宋觉非坐在轮椅上叫宁复还"师兄"，墨发朱唇，容貌秾丽，艳极生哀。

他向云顶大殿方向走去，路过小院篱笆时，脚步一顿，抬手敲了敲门。

方才宁复还说“这事儿我就告诉你一个人”，朝歌阙应该是听到了，所以让门打开，示意他们这里还有别人。表达“我无意窃听你们说话，我原本就在”。

但东家大大咧咧不讲究，明显没体会到这层意思。

程千仞想了想说：“早点休息。”

只有四个字。

自与朝歌阙重逢，他说过抱歉，说过谢谢。此时此夜，百感交集，突然放下戒备，第一次说关心。

等候片刻，院里没有动静传出。程千仞暗笑，对方不用休息，是自己昏头，讲话毫无用处又不合时宜。

云顶大殿灯火通明，雪已经停了，压在众人心头、遮天盖地的大网被撕开，映雪剑带来的恐惧阴影终于渐渐消散。

程千仞在山海般的惊叹、感谢与赞美声中走向高阶，又成了力挽狂澜、气度沉稳的澹山山主。

事实上，当朝歌阙听见“我的一个皇都来的朋友”后，便不愿再听，动身离开小院。程千仞所说的那四个字，他不曾知道。

剑阁双璧的旧事充满悲剧色彩与宿命感，少年意气，中途折戟，最终逃不开天意，争不过命运，故事没有赢家，所有人一败涂地。

作为第二个听众，朝歌阙心绪平静，不像程千仞那样受触动。

一方面是他感情淡薄，习惯性保持理智；另一方面，他不喜欢这种故事。

宁复还与宋觉非已经隐退，属于他们的时代也早已过去。曾经沧海，尘埃落定，只要宁复还不再回来，这个世界便与他们再无干系。

但他还在世间，还要与天争命，不能因为任何人或事消磨志气，动摇心意。

今夜剑阁迎接八方来客，着实热闹，除了后山僻静，便是通往观云崖的山道最幽寂。

道边乱石嶙峋，密林遮蔽星光，黑魆魆一片，枯树下积雪未消。

愈向高处走去，山风愈寒。

朝歌阙站在崖畔。

这里是剑阁最高处，程千仞和宁复还方才来过。

星辰明亮，天地开阔，浮云不能遮蔽他的视线。他看到北方皇都的摘星台、南渊学院里的藏书楼、东边朝光城的连绵城墙、西边反王盘踞的未明城，还有慈恩寺的金身大佛。不免想起佛脚下的梅庐对弈，那场没下完的棋。

除过魔族居住的雪域，整片大陆，一座座雄伟的建筑拔地而起、星罗棋布。

他右手握着权杖，墨色衣袍浮在风中，像洁白云海之间覆下的一片阴云、一方夜色。

他看着人间。

“程山主，您可是杀了那邪魔？”

程千仞看向问话的人，神色冷淡。

众人默不作声，那人自知失言，低头后退。

傅克己打了个手势，众剑阁弟子上前来，地面上的碎瓦断梁被迅速清理干净，案几归位，烛台复明，殿顶的巨大缺口，则被盖上刻有防风阵法的黑布。转眼间，一切恢复开宴之初。

殿门紧闭，寒风吹不进，仿佛那个人也再不能跨进门槛。

庄严肃穆的道乐声响起来，众人入坐席间，气氛有种劫后余生的安宁喜乐。

程千仞笑笑：“这是剑阁起草的结盟书，请诸位过目。辛苦了。”

一个时辰前，他坐在这里，许多人尚不信服，现在人们看见他露出笑容，却觉得松了一口气，无比踏实、安心。

天下宗门结盟，挥师东去，说来豪气，实则繁琐，各门派规模不同，出多少人力、多少物料，不能等量齐观，加上符箓、丹药、阵法各有擅长，如何人尽其职，物尽其用？到了东境，是彻底服从军部指令，还是保留自调权利？

若将其中问题一一商榷，效仿南渊学院投票表决，半月也难定下结果，更易节外生枝。必须有人拍板定音，雷厉风行。

剑阁久居第一宗门，统筹大事经验丰富，傅克己与众长老反复商议，拿定一套章程。程千仞出关后，傅克己找他过目，他又试探性地拿给朝歌阙看，得了对方几句指点，才有今天的结盟书。

众人安静地传阅玉简，片刻后慈恩寺慧德率先表示没有异议，众掌门长老立下心血誓，请天道见证。

至此，盟约接近圆满。剑阁弟子们放松些许，这一夜快该过去了，不必再动刀兵。

但程千仞依然处于高度戒备、随时可以拔剑的状态。

玉简终于传到殿西，到了两方反王代表手里。

白衫年轻人笑了笑：“主上的意思很简单，事关人族生死存亡，个人成败不可争在一时，自盟约成立之日起，青州休战，愿供粮草千车、灵石十万，将魔族赶回雪域，我等再来逐鹿中原！”

他说罢自斟美酒，遥遥举杯，一饮而尽。

众人打量程千仞神色，只见他抚掌笑道：“好，青州王果然少年英雄，义薄云天！”

赞颂声、祝酒声才纷纷响起。

程千仞与傅克己对视一眼。

先前他们预料过几种可能性，原下索的决定不算意外——出钱不出人。原家豢养的私兵一小半是逃难去青州的流民，虽数目庞大，但论军纪战力远不如正规军，若魔族叩关时继续内战，言不正名不顺，极易影响士气。倒不如暂时蛰伏，勤勉练兵，以图长远。

便在众人共同举杯，气氛热烈时，忽然响起一声嗤笑：

“尔等愚昧庸人，竟敢称英雄。”

顺声音看去，绸衣老者坐在角落，威仪堂堂。

人们勃然变色；程千仞微微皱眉。

如果没有这句话，今夜诸事接近尾声，但这句话说出口，今夜或许刚刚开始。

他以为，前有青州原家主动休战，摆足了姿态，安山王即使不愿参与结盟，置身事外便罢了，明摆着出言反对，易遭天下人诟病。要争王位坐江山，怎可尽失人心？

慈恩寺老僧以禅杖击地：“何出此言？人族危难当头，难道你们王爷要不顾大局，逆势而行？不曾为天下苍生思量？”

绸衣老者淡淡瞥他一眼。不知慧德在他眼中看到了什么，骤然失语，脸色微白。

程千仞没有说话，于是殿内寂静。

老者起身，走向大殿中央。

他虽然年老，身形却不佝偻。甚至在烛光照耀下，生出几分高大、巍峨的意味。

“王爷胸怀包容天地、泽及众生。”老者负手而立，傲然道，“王爷反对，是因为东征本来就是错的！”

宾客哗然。

提起当今圣上，不论他现在老了如何糊涂，年轻时的功业没人能抹去。程千仞少时在南渊学习，东征中每个经典战役都被先生拿出来反复讲演。它是人族历史上的骄傲壮举，近百年深入人心，纵然宗门修行者自诩世外仙人，对皇权的敬畏不及世俗百姓，也没想过否定这一切。

此时突然有人站出来，说东征是错误，就像说太阳从西边升起，落在东边的海里。

老者环顾场间：“你们可还记得，东征之前，人族过着什么样的日子？”

那时没有白雪关，从朝光城到雪域边界一带，是混乱无主之地，魔族占据大半部分，天祈王朝以外的几个小部族各据一方。战争开始，各人族部落归顺天祈，共同抵抗魔族，得胜之后，王朝修筑白雪关城墙，使生活在东边的人族再不受魔族压迫奴役。

谁不知道历史。

“东川蛮荒贫瘠，民不开化，损兵折将打下来，可曾给王朝带来一分好处？最无用的地方，却要用最精锐的兵将去镇守，镇东军一年的军费，可抵皇都禁卫军三年，当年东征的总耗费，可以修五条安国大运河。国库的钱，还不是靠百姓缴纳赋税？什么千秋功业，民脂民膏罢了。王朝的眼光不该在东边，若要开疆拓土，南海有群岛，有鲛有珠，不比东川更好？”

老者缓步向前，程千仞觉得此人在与自己对话，顺着他问：“那东边怎么办？让它恢复从前的样子？”

“这次结盟抗魔的预计支出，和阵符师、铸造师的调动，足够我们延东川山脉走向建一堵擎天高墙，彻底隔绝魔族往来。”

程千仞：“看来王爷早有计划，舍弃白雪关容易，但魔族今天能打下白雪关城防，明天就有办法打下王爷的墙。”

席间响起不屑的质疑声。

老者缓缓笑了，皱纹舒展道：“但它们为什么要打？魔族也是智慧生物。看来你们不了解它们，雪域有不规则的寒潮，有时相隔三四十年，有时相隔一百年。那时低等魔族会感到极度饥饿，需要进食血肉。雪域却太寒冷，一只雪兔也没有。于是它们来到雪域边界以外，在东川一带肆虐，这便是东征之战前，人族的生活。”

傅克己沉声道：“你什么意思？”

老者似笑非笑：“什么意思，两位山主真的不明白？大道不称，大仁不仁。”

傅克己遍体生寒。

他想，原来安山王是个疯子。

延东川山脉建一堵墙，永远隔绝两边，墙西是太平盛世，墙东的人继续艰难生活，他们不会知道，自己所做的一切发展、抗争、繁衍，都是为了在雪域寒潮来临时，成为魔族的口粮。就像人们豢养牛羊，安山王想将数万人，交给魔族豢养。

须臾，越来越多人明白了老者的意思，震惊而不知所措。

“事若能成，王爷愿出最多力，更愿为人族身先士卒，前往雪域，与大魔王相谈。”

程千仞想，或许安山王认为，今夜派人来到这里，若能说服剑阁，说服天下宗门，就有条件逼迫王朝改变决策。看似是一堵更高的墙，实则是几位当权者联手画下的闭环，流传后世的史书里不会有罪人。

可惜他不了解朝歌阙。

面对等待回答的老者，程千仞不如傅克己那般惊怒，语气平静道：

“作为一个东川人，我有一万个不同意你的理由，有时间的话，我愿意慢慢讲给你听。但是今夜太晚了，我只有空对你说一句，滚！”

大殿死寂，很多人没反应过来。

程千仞自知失言，更正道：“请滚。”

殿西，安山王一派人马当即起身，手扶剑柄。剑阁弟子几乎同时上前，与其对峙。

老者脸色转青，强压怒意道：“王爷的诚意，不足以打动您？”

程千仞认真道：“我不这样认为。”

“可惜，王爷雄才伟略，却明珠蒙尘。”他说着可惜，声音冷漠，却不是替自己惋惜，“看来只有东川失守，镇东军牺牲殆尽，人族付出血的代价，你们才会明白，王爷才是对的。王爷与他皇兄，对这个世界的看法不同。圣上如日中天时，可以按自己意愿改变世界，左右苍生。现在王爷也可以。”

程千仞悚然一惊，不是因为此人言论惊世骇俗，而是此刻，他听到了朝歌阙的一声传音。

那道声音在耳畔响起：“杀了他。”

与此同时，老者周身气息暴涨！

程千仞动念之间，神鬼辟易自行出鞘，化作一道寒光在半空划过，直直冲向殿中人！

他出关以来尚未动过杀心，使这一剑如积水成渊生蛟龙，凝练得饱满至极，没有一丝气息泄露，甚至快到没有剑影。却眼睁睁地看着老者威压攀升，容貌、身形迅速变化，比神鬼辟易到得更快。

“如果来了你应付不了的人，我会传音给你。”

开山大典前，程千仞听朝歌阙这样说，没有放在心上。

他已经突破大乘，手里握着神鬼辟易，又有澹山剑阵、剑阁护山阵两张底牌，云顶大殿是他的主场。

来赴宴的掌门长老修为不如他，世间能胜过他的圣人或半圣，比如慈恩寺那位十寂法师，已经隐居多年或必须坐镇一方，都不会轻易出山。

但他忘了，风云变幻之际，朝歌阙尚且因为未知目的离开皇都，安山王为什么一定还在未明城？

一个极度骄傲自负的人，怎么会让别人转述他疯狂的想法？

既然目的相悖，做不成朋友，只能互为阻碍。

今夜若能杀死或者重伤剑阁修为最高的山主，宗门盟约必受极大影响。

当程千仞意识到来者身份，那一剑已被对方挥袖化解，他飞身殿中，凌空握剑。

手指触及剑柄时，安山王手掌向他天灵盖拍下！

一秒的时间被无限拉长。

他对上那双苍老、漠然的眼睛。

“开阵！”

傅克己看到程千仞出剑，毫不犹豫地发动剑阁护山大阵，殿内众人愣怔原地，在他们的时间里，老者依然负手立在阶下。

程千仞感受到了真正的境界差距。

强大的威压使空气凝滞，猛烈压迫着他的皮肤、骨骼、脏器。

原来这就是迈入圣人门槛之后，几乎超越时间的速度。

他的剑还没有握紧，剑阁阵法还没有彻底开启，他已经快要死了。

下一刹那，神鬼辟易可以刺进对方胸膛，阵法威压也会从天而降，轰下雷霆一击。

但一位半圣境界的绝世强者，不会给他一刹那、一动念的时间。

此刻就要立见生死！

安山王忽然变色，漠然情绪被震惊打破，毫不犹豫地收回手掌，身形冲破殿顶！

修行境界越高，对危险的到来感知越敏锐，他知道，哪怕只用一刹那，就可以杀死程千仞，却更清楚地明白，自己没有一刹那的时间。

程千仞压力骤减，眼看对方身形暴起，背后一道银光追袭，当即冲出大殿。

朝辞剑。

整个过程似乎复杂漫长，实则在朝歌阙话音刚落，他的剑就到了。

同一时刻，漫漫金光从殿顶亮起，飞速蔓延，直冲云霄，与九天星辰相接。

剑阁上空雷霆震怒，云层间传来声声巨响。

殿内众人仓惶起身，不知道为何转眼间地动山摇，剑阁竟然开阵了，有些人看出这里已经发生过一场战斗，心悸不已。

傅克己示意剑阁弟子维持秩序。他隐约猜到那人身份，全力催动大阵追击，一道道金光降下，迅疾如电，劈向山林、水潭、飞瀑，乱石飞溅，山崩云裂。

程千仞在云海间飞掠，放出神识，瞬间覆盖剑阁群山，识海一阵刺痛。他无法感知安山王和朝辞剑的位置，但他找到了朝歌阙，便向观云崖掠去。

朝歌阙早知安山王会来？如果说他留在剑阁多日，所有谋算落到今夜，是为了杀死此人，他为何只用朝辞剑，人还站在观云崖？

圣人境的战斗，刹那间决定生死，毫厘之差则一切落空。朝歌阙怎会不明白？

安山王离开未明城，不在万军之中，没有比现在更好的机会。

朝歌阙到底想做什么，又想要自己做什么？

无数个念头在他脑海闪过。

直到他看见那个人。

云海翻涌，朝歌阙坐在崖边，衣袂猎猎，风姿如仙，却显得有些孤独。

“陪我坐一会儿。”

程千仞心里有万般猜测、困惑、茫然，此刻忽又升起一种预感——朝歌阙要说的事情非常重要，错过不再有。

于是他走过去。

靠近之后，他发现身边人没有温度、呼吸，微微一惊。

朝歌阙解释道：“这是我的分神化身。”

程千仞心想，行吧，“小世界”之后的新操作，就欺负我没有。

两人并肩坐着。剑阁最高处，山风凛冽，星辰触手可及。

“来看星星。”

程千仞摸摸鼻子，委婉地提醒他：“没时间吧。”

“那就只看一颗。”

“哪一颗？”

夜色中，群鸦惊飞。绸衣老者已经掠出剑阁，离开大阵攻击范围，但他丝毫不敢放松，身形消失在飞瀑边，下一瞬又出现在百里之外的村庄内，那道流光始终追着他，像一道催命符。

他消失在鸡舍草垛边，出现在江面上。江水滔滔，风波如怒，朝辞剑分水破浪而至，他衣袖破损，略显狼狈。

他消失在江面，出现在某个小城。屋檐旧瓦凝着白霜，被踏上一个脚印。

老者唇边溢出鲜血，但眼神冷厉坚定。

从剑阁奔向西南方，取最短直线，踏千山、蹈万水。

只要及时赶回未明城，打开护城大阵，那把剑就进不来。他甚至可以借阵法反击。

朝歌阙伸手指了指："北边，藏在那片云背后的。"

程千仞摇头："我修为不足，看不到。"

"它闪着淡金色光芒，虽然还不明亮，但星云环绕，你觉得它像不像一颗帝星？"

我请你看星星，只看一颗好不好。

你看不到，我就讲给你听。

这似乎是个很美的故事。

程千仞却感到莫名其妙："既是帝星，怎么可能被浮云遮蔽？"

朝歌阙没有回答这个问题。

他的目光落在远方。

"今天晚上，你亲眼见证了圣人境神通，这是很难得的机缘，以后好好修行。如果王朝覆灭的命运不可转圜，我有责任为人族完成这件事。"

话音刚落，程千仞被他拍了下肩膀，向茫茫云海中望去，看见西南方向亮起一簇光点。

即使他修为不足以目极千万里，在朝歌阙指引下，也能感知其中蕴含的澎湃力量。

安山王回到了未明城，打开了护城大阵。

他震惊地发现，大陆不止一处光点。

所有事情串联成线，程千仞不可置信："你疯了！"

难道迈入圣人境的强者，都像安山王或朝歌阙，因为看得更远，力量更大，做法也更疯狂？

那人闷哼一声，向后倒去。

程千仞慌忙伸手，让人倒进他怀里。呼吸和温度突然恢复，本体归位，与分神化身合一。只见怀中人脸色迅速苍白，张嘴想再说什么，却汩汩流出鲜血，顷刻浸透前襟。

傅克己御敌时，启动剑阁阵法。玉虚观对谈之后，程千仞写信回南渊，胡易知显然是听取了他的意见。因为南央城大阵打开了。

梅庐一盘棋，于是慈恩寺也亮起来。北边皇都和东边朝光城的阵法，已在朝歌阙手中。

六座大阵，如线串珠，除雪域之外，整片大陆在今夜大放光明。

一剑西去，追袭三万里，重伤安山王；法身东行，到达雪域风暴中的黑塔顶端。

分神化身站在观云崖，指天上星星给程千仞看。

朝歌阙做了这么多事，为了今夜，他从前做过更多，说到底，却只做了一件事——

他要用整片大陆的力量，杀死大魔王。

魔王是世上最强者，与天地共生，从没有人尝试过杀死他。

程千仞想起那本惊世骇俗的秋暝札记。人力无法杀死魔王，借用天地之力，却不能让魔王察觉，必须让一切看起来自然、巧合。

当他意识这些，战斗已经结束了。

只剩下血人朝歌阙死死地握着他的手："玉虚观里，你答应过我的……"

"别说话，闭气、止血！"

朝歌阙最后说道："交给你了。"

程千仞回过神，这句话的意思是，我把我自己交给你了。

你要照顾我、保护我，使我不被敌人发现，不再受到伤害，直到我神志清醒，伤势恢复。

他忽然感到愤怒。气朝歌阙自作主张，如果他没有杀死魔王，必会被魔王所杀，王朝怎么办，人族怎么办？

更气自己对这一切无能为力，后知后觉。

寒冷至极的风，从东边吹向人间。像一声声呜咽。

白雪关外。正在和骑兵厮杀、势如破竹的魔族狼骑，忽然发出凄厉叫喊，丢弃铠甲、雪狼，向东边跪拜，他们不躲避刀剑，只顾哭嚎，任人砍杀。极度诡异的变化令镇东军骑兵将领慌神，竟先下令撤退。

魔族连营中，大军海潮般跪下，面朝东边，嚎啕大哭。他们像失去了至爱亲人、精神信仰，悲鸣声震彻云霄。

佛光山。隐居多年的十寂法师走出梅庐，向前殿走去，万千僧人跟随他身后，慈恩寺开始做一场大法事。

藏书楼里，胡易知来回踱步，君子失态道："我没有想到。我算不到。你说，这是真的吗？"

楚岚川怔怔地说："真的。"

夜已经很深了，许多境界高深的修行者正在打坐或夜读，寒冷的东风吹过庭院或桌案，他们震惊、狂喜，随即对朝辞宫方向行大礼。

修行界之外，大多数人尚不知道发生了什么，这只是初春的某个晚上，春寒料峭。失眠者、巡夜人、赶夜路的流民，只要抬起头，就看到夜空中星星格外明亮。

等太阳升起，消息传开，他们才会知道这件大事。

天色将明。

晨曦透过花窗，房间里点着安神香，却被刺鼻的药味，浓重的鲜血气味冲淡。

剑阁晚宴结束，尘埃落定。傅克己去找程千仞，只见他精神憔悴，正在救治一个重伤的人，拼命为伤者输送真元。便拿出剑阁最好的天材地宝，尽一份力。

天亮了，人终于脱离危险，有些事情也该问清楚。

傅克己："他是谁？"

程千仞揉揉眉心。

朝歌阙的事他不能说，却也不想编造谎言，欺骗朋友。于是他保持沉默。幸好对方一直戴着面具，没人认识这张脸。

傅克己面无表情地讲冷笑话："你不要告诉我，他是你失散多年的弟弟。"

程千仞："老傅，我……"

便在此时，帐幔里响起一声微弱呼喊："哥。"

朝歌阙受重伤后神魂虚弱，索性放弃争执身体。他想，程千仞或许不会管他死活，但决不会不管程逐流。

对程逐流而言，没有比程千仞身边更安全的地方。

对朝歌阙来说，没有人知道他与剑阁山主有旧，更想不到玉虚观解签之后，首辅会在剑阁停留至今。

于是他放心地陷入沉睡。

这个惊世之局，他算到最后，连自己也算计。

东境，白雪关。

夜色苍茫，朔雪纷飞，撕心裂肺的悲号声从雪域荒原传来，山呼海啸一般，徐冉甚至感到脚下城墙微微颤动。

她正在带兵清理城头，这里一个时辰前经历过一场激烈战斗，尸体密密麻麻堆了三四层，踩上去一片软烂的血肉。步兵、弓箭手与魔军攻城先锋队拼死搏杀，三次将敌人打下去。

自魔族大军向白雪关发起猛烈进攻，已经过去十天，起初他们平原作战，各部族魔军海潮般出动，不断推进战线，两天前的凌晨，二十座高大井阑推到城墙下，魔军先锋队冒着火铳扫射和密集箭雨企图攻城，尸体在高高城墙下垒起小山也不放弃。

徐冉负责城北防御，他们接到拼死守卫，尽力消耗敌人的命令。她不知道白雪关能撑多久，也没有时间去想。十天来她只休息过两个时辰，其余时间在战斗或者准备战斗。

今天夜里情势极为险峻，她的上峰，怀远将军带着一支五万人骑兵出城，原计划从南城门奔驰而出，自魔军步兵方阵侧边切入，以巨大冲击力使敌人阵形溃散，再从北城门回归。冲到城门外五里，却遭遇了魔军雪狼骑，那支雪狼骑来得极快，仿佛从天而降。雪狼凶残，不分敌我，将挡在面前的低等魔族通通踩死，只为切断镇东军骑兵后路。

赶上城头鏖战最激烈时，徐冉拿不出更多援军接应，她知道如果这支骑兵迟迟冲不回城门口，很可能在重围中拼杀殆尽。

那个时刻，谁也想不到，战局会在下一秒发生极为诡异的变化。魔族军队突然像断线木偶，停止征伐，只顾对东边跪拜嚎哭，任由刀枪砍杀。

白雪关得以喘息。

徐冉简单包扎过伤口，又上城头指挥清理战场，遥望平原上黑压压的魔族大军，听着那些冲天哭嚎，烦躁地皱眉道："他们到底鬼叫什么？"

同时，镇东军内部也发生躁动，许多在白雪关呆了二三十年的老将领，神色惊异而激动。他们常年耳濡目染，可以听懂几句魔族语。

很快有同僚来解答徐冉疑惑，在她耳边低声、快速地说了两句话。她瞪大眼睛，只觉得不可思议，十分荒谬。

“在喊吾王、驾崩……好像是，大魔王死了。”

死了？怎么可能？！

魔王的存在，是魔族的精神信仰。

即使对这个种族了解有限，徐冉也能感受到，低等魔族的情绪惊人的统一，战斗时他们无比狂热、悍不畏死，踩着同族的尸体拼命。精神信仰消亡时，又同样悲伤、失去理智。

人类的悲欢从不相通，魔族大概是通的，她这样想过。

“各营点兵！各营点兵！”

传令官远远奔来，徐冉心中一凛，迎上去问：“出了什么事？”

“元帅到了！”

白雪关一众将领集合，来不及下城迎接，只见关内大道上烟尘滚滚，身披金甲的战马一骑当先，黑披风冲破风雪，转瞬就到眼前。

镇东军最高指挥官翻身下马，大步走上城头，十余位副帅、副将跟在她身后。

白雪关副尉以上的军官站成一排，齐声道：“元帅好！”

徐冉站在较后位置，看到受伤的同僚们突然间精神抖擞。

这是她第一次见到安国长公主，传说中的王朝第一神将，没有三头六臂，只是身形比一般女子颀长高大而已。金甲黑披风，戴着铁面具，遮住上半张脸。只是安静站在那里，听自己上峰近前汇报战况，便生出渊渟岳峙、深不可测的气度。

“你们都是好样的，我为你们感到骄傲！”

她开口说道，声音威严，穿透远处魔军的哭号，响彻白雪关城防。

阵阵海潮般的欢呼响起，呼应着她。

徐冉想，或许魔王真的死了，以至于元帅亲自赶来，指挥战局。

白雪关没有朝光城那样的护城河，只有年年加盖修葺的延绵城墙，它像盘踞雪原的威武巨龙，是东征之战的胜利纪念，见证过一位帝王的强大、王朝的无上荣光。

直到一支又一支魔族兵涌上来，像密密麻麻的虫蚁，张牙舞爪要啃下这块硬骨头。

蚁多咬死象，龙也一样千疮百孔。

他们得到的命令是尽力消耗敌人，为了保存镇东军主力力量，在朝光城展开反击战。白雪关撑不下去，徐冉本以为，不出三日，必有弃关命令传来，她甚至做好了带人断后的准备。但是现在，一切都不一样了。

“魔王已死——”

安国长公主抬起手，震天欢呼声倏忽一收。她声音铿锵有力，令人生出战无不胜的豪情，她道：

“怀抱仇恨的魔军，势必进行疯狂反扑。最黑暗的夜色将要降临，我们必须挺过去，人族的光明才会到来。真正的战斗才刚刚开始，勇士们，家园在我们身后，亲人、同族看着我们，告诉我，你们是否畏惧？！”

兵将们热血狂涌，高举长枪短剑，发出山海般的呐喊：

“永不畏惧！”

“永不畏惧！”

安国长公主当年定下这四个字，作为镇东军战号，每逢出战，战士们喝烈酒，高喊“永不畏惧”。

徐冉来到这里之后渐渐明白，他们在人间最苦寒之地，忍受风雪肆虐，面对与自己截然不同的种族，低等魔族凶残嗜血，有的比人高大数倍，像一座移动的小山，有的獠牙外翻，皮肤坚硬如铁。高等魔族的战力，等于人族大修行者。

如果没有一颗无畏的心，怎么守得住东境？

随元帅一同从朝光城赶来的，还有镇东军最精锐的骑兵，他们骑着有异兽血统的战马，手持盾牌与马槊，身披重甲。

元帅命令城头守军休整，却决意抢占先机，在魔军陷入巨大悲恸，无力再战时，带领骑兵去收割，尽可能地重创敌军。

她来到白雪关不足一炷香工夫，便翻身上马，率兵出城。

气氛无比狂热，徐冉站在人群里，看着安国长公主飘扬的披风，心想原来人还可以这样活着。

剑阁，澹山后山。

天色将明，程千仞听见那声呼喊，愣怔一瞬，转身撩开帐幔。

床上的人没有醒，“哥哥”只是一声无意识的梦呓。

傅克己见他这副着急心切的模样，隐约想起很多年前，程千仞南渊初成名之时，人们似乎说起过，他家里虽无父母，却有幼弟。或许后来弟弟不在身边了，总之再没人提起。

一个身受重伤的人，出现在澹山后山，恰逢剑阁开山大典之后，这件事处处透着蹊跷。但现在它成了程千仞的家事。

傅克己:"既是家事,我不再问。"

程千仞想说不算家事,又拿不出更合理的说辞,只得道谢,算是默认。

剑阁修行者与人相处,不论关系多亲厚,也讲一种距离感,给对方留有私人空间,以示尊重。

就像昨夜宁复还明明发现小院有人,却对程千仞说,你心里有数就好。

他们开始聊正事。

傅克己:"这件事,你信吗?"

程千仞:"我信。"我就在旁边。

魔王与天地共生,他的死亡,甚至使天地灵气发生微妙的变化,修行者到达一定境界,冥冥中自有感知。

朝歌阙杀死魔王,这件事的意义远远超过王朝内战,关系到整个人族的存续。

程千仞:"不论别人怎么想,宗门联盟照旧,我们还是要去东境。"

傅克己点点头:"誓师大会定在后天上午,你准备几句致词。"

两人简单谈过,傅克己便告辞了,他还要去和剑阁长老们议事,安排协调各宗门。

程千仞又叫来怀清怀明,请澹山弟子与南渊学子明天在后山集会:"这些日子事情多,大家辛苦了,明天我和大家聊聊天。"

这两人显然已经听说过什么,关于魔王的死讯不敢相信,很想找人问个究竟,却欲言又止。

"山主,你看起来很累,好好休息。"

程千仞应了一声。

屋里只剩两个人,极为安静,程千仞再次听见一声"哥哥",正欲上前,帐幔里又传出那人睡梦中安稳的呼吸声。

他坐在案前,翻开一卷《秋暝札记》,企图让自己镇定下来,思绪更清晰些。

那颗星星到底是什么,朝歌阙去杀魔王,一定想过失败的可能,难道用分神化身指一颗星星让自己看,就是他所认为的最重要、生命最后要完成的事?

为什么他会说"如果王朝覆灭的命运不可转圜"?

安山王是否也看到了这种"命运",所以才想出荒谬无比的东线高墙计划?

程千仞思绪纷乱,万千疑问没有答案,札记上"向天借三日春光"撞进眼帘,读着读着,他竟看到秋暝一身白衣,站在小院篱笆外对他说:"魔王与天地共生,人力不可及,杀他,要借天地之力。"

天旋地转，光线倏忽一暗，他站在南渊学院藏书楼。榉木地板上嵌满铜制莲花灯台，光影交错如湖水波纹，身边胡易知笑道："除过魔族居住的雪域，整片大陆可以连做一个大阵。"

又看到朝歌阙在灯下读书："你的疑问，我暂时不能回答……你会在开山大典当日知晓一切。"

无数碎片画面洪流般涌入脑海，飞速闪过，程千仞头疼欲裂，只听有人一声声喊他"哥哥、哥哥！"

他悚然惊醒，瞪大眼睛，剧烈喘息。

一切烟消云散。天已经黑了，窗外空山寂静，虫鸟低声鸣叫。

不知谁点了案上灯台。一灯如豆，那人握着他的手，担忧道："你入障了。"说话的人竟是少年面容，"心思不静，怎么可以入定修行，太危险了。"

程千仞震惊之下一把甩开他的手："你、你！"

少年怔怔地看着他，又唤了声"哥"，眼泪"啪嗒""啪嗒"往下掉。

程千仞彻底被他哭懵了。

那人说话犹带少年稚气："哥哥，我是逐流啊，我终于又见到你了。"

程千仞喃喃自语："怎么回事？难道我还在迷障中？"

他激发一道剑气，去划自己胳膊，不料对方突然扑上前阻挡。剑气擦过雪白细嫩的手背，冒出一串殷红血珠。

程千仞慌了："朝歌阙，你干什么？！"

逐流红着眼眶，舔舔手背血迹，小模样特别惹人心疼。

"我不是朝歌阙。你是不是还惦记着他？"

程千仞狂躁地抓抓头发，他隐约意识到出大事了。

逐流来他身边坐下："你别急，我慢慢说给你听，从你将我送走之后说起……你当时说了很多难听的话，可我真的不想离开你，所以总是入你梦境，你还记得吧。"

程千仞被他勾起一点愧疚："嗯。"

"那是分魂术，我在朝辞宫修行，分出一缕魂魄去万里之外的南央城寻你，但修为不足，勉力施展，最终自食恶果，两魂不愿再合二为一，我被自己的分魂禁锢在识海深处。"他眼中闪过一丝嫌恶狠厉，又很快压下，仍做乖顺模样，"你在南央暮云湖杀人那夜，去见你的已经不是我了，是他。后来写信与你断绝关系，了却因果，抹掉你为我立的心血誓，又自作主张让你留在南渊学院，害你情绪失控被打伤的人也是他。

“若不是他这次身受重伤，不得已陷入沉睡，我可能再也见不到你了，哥，我真的好想你。”

程千仞艰难地理解道：“你们不是一个人？”

“我才是程逐流，我有作为‘人’的完整感情。谁知道他是什么东西。”

程千仞久久回不过神。

道祖在上，如果这不是一个玄幻的世界，他会认为是逐流童年受到强烈刺激，得精神疾病导致人格分裂了。

少年又讲了许多旧事，一面诉说思念，一面努力抹黑朝歌阙。

程千仞心里一团乱麻，只想借顾二的烟枪抽两口，这都什么事儿啊？

所以对方性情大变，是因为真的变成了两个人？以后还会再变吗？什么时候变？

程千仞：“那你的容貌怎么回事？”

“父亲死后，他为了戴上面具扮作父亲，以修为改形换貌。但他昨夜去雪域黑塔杀魔王，使我法身受损，境界跌落到炼气初期，恢复需要一段时间。所以露出了本来面貌，哥，我才十六岁。”

程千仞算算年纪，逐流确实应该长现在这样。

但这一切太突然了，他一时无法适应对方亲近，下意识地侧身避开少年的拥抱：“等等！”

逐流仰起脸，俊美的面容在烛光下熠熠生辉，他说：

“你果然与我生分了，你以前说过，一世人，两兄弟，难道是骗我？”

程千仞：“不，我……”

“如果我对哥哥真心有假，教我功法尽散，不得好死。”

程千仞急了：“我们是修行者，说出的话有天道感应，怎么能乱发誓！”

他没意识到，自己这句话，已经将对方当成了需要管教的小孩子。

逐流笑了笑。

程千仞：“你听我说，现在更重要的是，以后怎么办。魔王已死，时势生变，你什么时候回皇都主持大局？你布局杀魔王时，做了哪些善后安排？东境魔族、西南两反王、天下各宗门，你原本怎么打算的？你的修为最快多久能恢复？需要我如何帮忙？”

逐流安静听完，只用了一句话，就让程千仞几百个字白说。

他说：“你还是把我当作他。”

程千仞怔了怔。听见少年小声道:“我不是你弟弟吗……”

他被这句话击中，心里阵阵泛酸，一把将人揽进怀里，说:“是哥不好，你受苦了!”

逐流抱着哥哥的腰，满足地喟叹。

程千仞吃软不吃硬，他就装可怜，这一招可耻但有用。可怜完了还要认真回答问题，才更显得乖巧、讨人喜欢。

“不要为我担心，我有一个小世界，有很多时间修行。关于他杀魔王的事，我把知道的都告诉你。三年前，他察觉到魔王苏醒，就开始着手准备……”

要动大陆上所有的重要阵法，还不能被魔王知晓，最后一步完成之前，只能让一切看起来是巧合。

程千仞越听越惊骇。

谋局千日，苍生为子，只为这一件事。但它确实值得。

“我去慈恩寺赴约，也在他意料之中?”

“是，当时剑阁的处境，包括你会被选做山主，他都想到了。慈恩寺里，你在佛殿拔剑，冒犯佛宗威严，十寂已经对你起了杀意，但他正在和朝歌阙下棋。他持白子，朝歌阙持黑，中盘绞杀时，两人胜负难分，朝歌阙突然在棋盘外落下一子。然后说了一句话——大师，我的目光不在方寸得失。”

“就这句?”

“嗯，就这句。十寂再看棋局，看了一盏茶，说‘贫僧明白了’，便让人出去传话，放你与傅克己下山。”

程千仞陷入回忆和思考。

逐流话锋一转:“现在魔王已死，安山王重伤，原家私兵乌合之众，不成气候。他想要的都得到了，还利用了你，一个人心思这么深沉，实在可怕。我却不一样，我只想待在哥哥身边。你就让我再抱一会儿吧，这一刻我死了也甘愿。”

面对这么可怜的表达，程千仞有点不自在:“胡说什么?你身上还有伤，先休息吧。”他将人拉起来，引到床榻边。逐流却不肯放他离开，坚定道:“你这两天太累，之前才会入障，你也需要休息。”

“我去隔壁打坐。”

“哥，我不太舒服，半夜可能伤口疼。”

“……好吧。”

秋暝真人多简朴，屋里就一张床，程千仞弹指，一道剑气熄灭烛火，程逐流放下帐幔，两人并排躺着。

山间清冽的月光照进来，一片寂静的黑暗里，程千仞忽觉十分荒谬。

昨天早晨出门，还是朝歌阙为他整理大典礼服，今天晚上，就和弟弟睡在一张床上。这两人共用一具身体，却不是同一个人。

过了一会儿，他听见逐流轻声说：

“你当年送我走，是怕护不住我，我长大了，都明白的。但现在不一样，哥，你变得这么厉害，除了你，谁能保护我？”

没有哪个男人不喜欢被夸厉害。

旁人的吹嘘，程千仞不太往心里去，但听见弟弟这样说，突然激起作为家长、保护幼弟的诡异虚荣心。

“你放心，在你恢复之前，谁也不能伤害你！”

他心里愧疚，伸开手臂，拍拍少年后背。

程逐流一怔，立刻乖顺地说：“哥，我害怕。”

“不怕了，哥陪着你。睡吧。”

第二天清晨，程千仞醒得早，一觉睡醒神清气爽，帮弟弟掖好被子，去院中练剑。

不多时，怀清怀明来访，程千仞在院里与两人说话。

“都通知到了吗？”

“嗯，山主放心。”

程千仞练剑时穿着简单轻便，道：“好，我去加件外袍。”

他今天请了澹山弟子和南渊学子来后山集会，说是大家随便聊聊，也确实有许多话想说。

回屋穿上比较正式的外衣，一只手突然从床帐中伸出来，扯住他衣袖：“再睡会儿嘛。”

怀清怀明在院里，听见这句，齐齐惊呼。

程千仞心中紧张，一把扯回袖子：“你干什么？！”

逐流撩开帐幔钻出来，默不作声，泪凝于睫，很委屈的模样。

程千仞扬声对窗外喊道：“咳，你们先走吧。”

一边手忙脚乱把逐流塞回去，低声教育：“哥哥错了，不该凶你，哭什么，这也至于哭吗？我从前怎么教你的，男儿有泪不轻弹！怎么能哭哭啼啼？你已经十六岁了！”

逐流嗯了一声："我没哭啊，刚起床打了呵欠。哥你快去吧。"

程千仞真的怕了他，应道："好好好，我中午就回来。"

怀清离开后，忍不住激动心情，眉飞色舞，与相熟的弟子分享："悄悄告诉你们，山主房间里，藏了个大宝贝！"

一传十、十传百，集会正式开始前，整个澹山无人不知。

众人百思不得其解："神兵、法器？"

"不能说。"怀清守口如瓶，"我和怀明刚才亲耳听到，至于你们能不能听到，就随缘分了。"

大家好奇得要死，差点把怀清打一顿："到底是什么大宝贝！"

程千仞来到山坡，发现弟子们格外兴奋，个个看着他两眼放光。以为是魔王死去的消息传开了，人心受到鼓舞。

"今天大家随意些，都坐吧。"他率先盘膝坐在草地上，"开山大典几经波折，最终圆满成功，全靠大家风雨同舟，这很不容易。我们得互相感谢。但这只是一个开始，剑阁要面对的大考验，还在后面……"

他在南渊时做过很多场演讲，算轻车熟路。明天还要做誓师大会的致辞，今天却不一样，除了自己说话，他还想让大家说话，想了解剑阁弟子、南渊学子们现在的想法、对一些问题的看法。

聊天时间过得快，气氛放松，有说有笑。

不觉间日悬中天，程千仞突然惊道："你怎么来了？"

少年站在槐树下，手里提着三层食盒。

众人双眼放光，恍然大悟："啊——大宝贝！"

逐流羞怯地笑笑，迎上前："你早晨出门什么都没吃，中午还没回来，我想你一定饿了，就带了点吃的给你。"

弟子们高声起哄。

程千仞："不饿啊，我早辟谷啦。"

逐流一怔，自嘲道："我忘了。我还当是小时候，原来已经物是人非。"

程千仞懵懵的。弟弟，你这是搞哪一出啊。

逐流盘膝坐下，打开食盒，登时香气飘散。

"天啊，好香，是板栗烧鸡！"

"天天吃鸡，我从没闻到过这么香的！"

容貌俊美的少年好脾气地笑笑，说："做得比较多，各位师兄一起吃吧。"

弟子们快感动哭了。

逐流的厨艺是程千仞教的，但青出于蓝而胜于蓝。在南央时，程千仞买菜他做饭，加上徐冉、顾雪绛，家里四张吃饭的嘴，谁不说他做得好吃。

众弟子难得有机会看自家山主的热闹，一边吃鸡一边套逐流的话，问他叫什么名字、多大年纪、从哪里来、何时上山的。

程千仞怕弟弟被吓到，又怕有人起疑，使朝歌阙身份暴露，张口想替他答两句，却被一阵阵起哄。

谁知少年从容不迫，浅笑道："哥哥叫千仞，我叫逐流。哥哥说'一山一水，山水相依，是两个能长久的好名字'。我们虽没有血缘关系，但感情一直很好……可惜后来人事离分，阴差阳错，闹出许多误会。我昨日才寻到他身边。"

程千仞乍一听，老弟挺有分寸，不该说、不能说的都没有说，乐呵呵地点头道："没错没错。"

逐流只看着他笑。

没有血缘，感情深厚，不愿分离，万里来奔。

"好可怜。长得好看，做饭好吃，偏偏命苦。"

"你年纪小，还没有什么修为，一个人在这吃人的世道怎么活啊?！"

"幸好你又回到山主身边了。我们山主顶天立地，一定不会辜负你。"

"我们剑阁也是正经宗门，每天有鸡吃。"

程千仞："啊?"

有鸡吃就是正经宗门?！

他站起身："各位未免太激动了，今天演练剑阵了吗?"

奇怪，有什么好激动的。

弟子们纷纷起身告辞。

逐流的到来，使南渊学生尤为兴奋："程院长当初，少年风流，说点你们不知道的，南央城最风雅的花街是哪里，文思街，文思街最大的宅院是哪户，程府啊。就在明镜阁对面，温乐公主亲笔题写的门匾，开府时刺史也带人来贺……"

南渊人情怀浪漫，有道是"自古英雄配美人"，身边有倾国之色生死追随，才不愧为真正的英雄豪杰。

他们坚信，等乱世结束，学院重新开院授课，程千仞还要回去当院长。万不能在剑阁呆久了，染得一身清苦剑修习气，变得像傅克己一样沉默寡言、面无表情。

逐流不用刻意讨好，只需花一点微不足道的心思，就能使所有人喜欢他。

除了傅克己。

作为剑阁烟山山主，程千仞的老朋友，他直觉对方这位突然出现的弟弟，是个很危险、很不简单的人。

“你真打算带他一起去东境？”

程千仞：“嗯，他没什么修为，我得照顾好他。”

傅克己讲话直来直去：“未必，你当局者迷。我对他拔剑，也难伤他毫发。”

程千仞：“你不用对他拔剑啊。”

“你不信？”

程千仞：“其实我……”

傅克己剑眉一挑，长腿迈过小院低矮篱笆，径直向逐流走去。

初春时节，深山春意来迟，山桃只生出嫩弱可怜的花苞，被傅克己路过，随手折下一截细枝。

逐流正在小院石桌边摆盘，桌上两素一荤，一道汤、一瓶花。菜是贴胃的家常菜，花是后山的白梅花。

夕阳西下，晚霞布满西天，橘金色光芒落了他满身，使他显得柔软无害。

他相信程千仞在外奔忙一天，与人相谈宗门结盟和天下大事，回家看到这幅画面，一定会勾起往日美好回忆，感到温情妥帖。

但第一个来的不是哥哥。

逐流嘴甜地喊了声“傅师兄”，笑道：“刚做了晚饭，然而您就上门做客，若不嫌弃，一起吃吧。”

全然一副主人做派。

傅克己仿佛没有听到，毫无预兆地抬手，将桃枝掷出。

“嗖！”

破风声锐利，细枝裹挟剑气，眨眼间逼近逐流眉心，却像被一道无形力量包裹，陡然静止。

逐流抬手拈来虚空中的桃枝，侧身插进长颈青瓷瓶中。剑气被他尽数化解，颤巍巍的花苞没有半分损伤。

盛放白梅中混着一支山桃，别有意趣。

“傅师兄，来吃饭而已，带什么东西。”

傅克己闷哼一声，退了两步，被赶来的程千仞一把扶住，才站稳身形。

“老傅，没事吧？”

傅克己摇摇头，当着逐流的面，很耿直地说：“我没事，可见他虽然骗了你，但应该没有恶意。”

程千仞一怔：“多谢。”

傅克己拍拍他肩膀，转身离开：“保重。”

程千仞心里叹气，这人就是这样，一旦发现朋友身边潜藏危险，不怕得罪人，也不怕出力不讨好。

他说多谢，是谢对方这份情义。但他忘了逐流此时的心情，还替傅克己解释了一句：

“老傅没有恶意，只是担心我，我们吃饭吧，饭后再说。”

少年为他布菜，程千仞觉得不适应：“我自己来就行。”

逐流心思电转，面上不动声色。一顿饭吃得食不知味。

要摊牌吗？

要不要先发制人，把哥哥锁进小世界，明天的抵御魔族誓师大会，自己扮作哥哥的样子替他去参加？

饭后，逐流起身收拾碗筷，却被一只手拦住：“我来吧。洗碗不做饭，做饭不洗碗，都忘了？”

他愣怔片刻，看见哥哥包容的笑意，眼泪簌簌落下：“对不起，我不该骗你。哥，你有许多朋友。你与他们关系亲厚，肝胆相照。我却不一样……”

逐流抬眼，一字一顿说道：“我只有你。”

“傻，我们是家人啊。”程千仞将少年抱进怀里擦眼泪，叹气道，“哥不会不管你，当年送你走，害得你心里没有安全感，才学了这些手段，我知道小流是好孩子。别哭，男子汉大丈夫……”

程千仞吃饭的时候想，朝歌阙行事沉稳，但什么都瞒着他；逐流做事看似任性无理，却总能达成自己的目的。

朝歌阙是真黑，逐流是假软，哪个都不是省油的灯。

即使逐流再三强调，程千仞也很难将他们分开看。这更像一个人有两件衣服，平时穿黑衣，偶然换上白衣，就说穿黑衣的不是自己？哪有这种说法？

是我弟弟后来受刺激性情大变？还是我回忆中的错觉，误以为他懂事乖巧，其实从不了解他，他本来就是这样？

程千仞曾经以为自己养孩子挺成功的，顾雪绛来家里吃饭，都会问他如何才能教出逐流这样的小孩。

现在旧事难追，一摊烂账，他决定还是自己背这个锅。

程千仞："以前我时常想象，你长大之后的样子。"

到了南央，日子安定下来，人就容易胡思乱想。

"想你怎么求学，毕业了做什么谋生，娶什么样的姑娘，生什么样的孩子。"他自嘲一笑，"你天资不凡，注定展翅高飞，我虽然不舍得，也得放手。那时候我人穷没本事，就是这样想的。"

"我只想你好好长大。"

逐流不哭了，把头埋进程千仞怀里。

这是我哥哥。哥哥太好了。

他觉得自己拥有一件绝世珍宝，想向全世界炫耀，又怕别人觊觎，恨不得藏起来。

气氛正好，两人一起收拾碗筷，洒扫庭院，配合默契，家庭和睦，仿佛回到过去好时光。

直到夜幕降临，星河初照。程千仞将青瓷花瓶拿进屋里，放在书案一角，看着那枝山桃。

逐流以为他想到了傅克己，随口引开话题："今年春天来得迟些，往年这时候，花都开了。为了杀魔王，耗费天地间生机……"

程千仞微怔，喃喃自语：

"向天借三日春光，你做到了，可你拿什么还。"

逐流心里后悔，闭口不言。唉，难受，不是傅克己就是朝歌阙。

却听那人问："你觉得，魔王有没有复活的可能？"

"那又怎样。能杀他一次，就能杀他第二次！"逐流下意识答道。

须臾转为温柔笑意："我说笑的，哥。我们歇息罢，明天誓师大会，你养好精神。"

程千仞神色微茫。

自从魔王死去的消息传开，除雪域外，大陆各地气氛狂热，人们开始狂欢。从修行界到修行界以外的人世。

他突然想起自己出关后，因为天象未变，所有人都以为他突破失败了。

自己在朝歌阙的帮助下，尚且能欺天瞒地，魔王为什么不能？如果朝歌阙谋局千日，还是没有杀死魔王，又或者，魔王复活了呢？

人族对魔王的了解毕竟太少。

距离剑阁千里外，夜来风雨。林渡之拿着竹杖拨弄面前一丛篝火，小火堆烧得更旺了，灰烬与火星四下飘飞。

春雨潇潇，冷风刺骨。他打算在这座废弃小庙避一夜，明天雨停了再出发。

倏忽一道电光闪过，照亮彩漆斑驳的佛像。

黑暗中响起窸窸窣窣的响动，不远处角落有人起身，朝这边走来。林渡之以为对方来借火取暖，没有在意。

灰色长衫的书生在他对面坐下，隔着火堆，低声问："林师兄？"

林渡之疑惑皱眉："你是？"

灰衫书生笑道："你不认识我，但我认得你。南山榜首，林师兄。"

林渡之点头致意，微微笑了笑。乱世漂泊，雨夜偶遇昔日同窗，也是难得缘分。

"师兄往哪里去？"

"往东。"

"听说师兄治病救人，广有善名，既然不求建功立业，何必犯险往东？"

林渡之放下竹杖："可我真的要往东。"

灰衫书生告罪："是我冒昧了。"

林渡之："无妨。你为何郁结？可有病痛缠身？"

他见对方虽然礼貌笑着，依然难掩愁苦之态，不由得多问一句。

书生连连摆手道："身体还算康健。心里有事想不通，人就不舒服。"

在南渊时，这位南山榜首少言寡语，显得高不可攀，如今再看，只觉得他淡然从容，有种使人内心平静的力量。

两人又寒暄几句，聊了些求学时的旧事。

雨声纷繁，书生突然问道："林师兄，离开南渊后，你过得开心吗？"

林渡之："悲欢匆匆，行走世间，闻思修行，无所谓在不在学院。"

书生扯出一抹苦笑道："当年我在南山后院读书、辩难，何等意气风发，纸上谈兵指点江山，以为自己是天之骄子，只等时运一至，便乘风而起，做一番大事业，名垂青史。乱世忽至，大家离开学院出去闯荡，有修为的从军挣功名，或做了漂泊散修，没有修为的拜入别人门下做幕僚，出谋划策，成全人家的功业……

"经年沉浮，才知道大事业没那么容易成，自己也没什么了不起。谁能掌握命运，做翻云覆雨手，到头来不得不接受，我本就是个平凡的普通人。

“师兄道高，自然与我们不同，或许不懂……”

林渡之认真听完，说道：“有什么不同？”

“世界上每时每刻都有人遭受苦痛，我即使不眠不休，也无法救治所有人。我治好的人，或许第二天就会死于战火、死于横祸，但我还是每天行医。百舸争流，我不想做船，也不想做掌控船只的水流。我在岸上走自己的路，比乘船辛苦，却让我感到内心满足。”

“有来有往，有破有立。天人焉有两般义，道不虚行只在人。”（注：宋代邵雍的《观易吟》）

书生听罢郑重行礼，长揖及地，道：“受教了。”

林渡之随之起身，还他半礼道：“不敢当。”

天光微亮时，春雨渐渐停歇，书生向林渡之辞行，才发现他身后缩着一个小孩子，裹着一件林渡之的披风。约莫六七岁，很不起眼，令他原本以为那是一包行李。

玉雪可爱的小孩睡醒了，伸出脑袋，揉着眼睛。

蒙蒙亮的晨光中，书生似乎看到了一双浅金色瞳孔。

再看却是寻常黑色，心想是自己一夜未眠，神思恍惚，产生错觉了。

昨夜庙里躲雨的旅人们陆续离开，只剩林渡之和小孩。

“休息好了吗？”

孩子软糯糯地答：“嗯，我们也走吧。”

林渡之取出一条三指宽的白绢，为他系在眼前。

孩子伸出小手，拉着他的衣角站起来。

林渡之将竹杖递给他：“走。”

朝阳初升。

他带着捡来的可怜孩子，向东边走去，路上继续行医治病，也与人聊天，答疑解惑。

孩子跟在他身后，看他行医、讲经、发愿、开示众生。

心想这就是转世佛子吗？看起来真的好弱啊。

像雪域上的长毛兔子，明明一根手指就能摁死，却偏喜欢看它们满地打滚撒欢。

林渡之捡到孩子时，恰逢魔王的死讯传开，市井间热闹喜气，人们暂时忘却战乱苦痛，奔走庆祝。他们以为，最为可怕、永生不死的魔王都已经死去，东境的战争很快就会结束，又回到太平年岁好日子。从此往后，人族再不受魔族侵害。

文人墨客甚至开始在酒楼集会，写诗作赋，歌颂首辅的伟大功绩：人族战胜异兽之后，又将战胜魔族，成为这片大陆唯一的主宰、最后的赢家。

魔族终将消失在历史长河中，像如今濒临灭绝的异兽那样。

就连乞丐和地痞也感到快乐，他们表达快乐的方式，是拿别人取乐。比如欺负更弱小、无力反抗的人。

被围堵戏弄、丢石块和泥巴的小孩拼命逃跑，一头撞在青衣修士身上。

一双干净修长的手扶他起来，身后追赶他的人见状一哄而散。

林渡之本没有在意这件事，低头时忽然一怔。他看见了这孩子的眼睛。

小孩瑟缩地退后两步。

“生来便是如此吗？”

孩子说话声音软糯可怜：“是，我的眼睛不好。”

“哪里不好？”

“与别人不一样，就是不好。”

“你的家人呢？”

“我没有家人。”

林渡之俯身道：“这不是你的错。”

他还没有去过雪域，对于魔族的了解，大多来自于经书、典籍、世人传说。

他想，自己遇到的，应该是高等魔族与人族的混血，所以瞳孔有时会变成浅金色。

“你不该在这里。你应该去东边。”

在这里受人欺负，哪天激起血脉里的魔性，必然后患无穷。就像病弱的老虎崽子混入羊群，羊群尚且浑然不知。

换成其他修行者，多半已经痛下杀手。

林渡之回忆起与顾雪绛分别那夜，校场上尸首分离的小孩。直到今天，他依然不同意顾雪绛的观念——有些存在即原罪。

他做不到杀死一个尚无善恶之分，手无缚鸡之力的孩子。

小孩显然不明白他的意思，说：“是，在这里我会被人打死的。哥哥愿意带着我吗？我什么都会做。”

林渡之摇头道：“我的年纪，已经可以当你父亲了。”

孩子立刻改口道：“阿爹。”

“不，还是叫名字吧。我名林渡之，你叫什么？”

“我没有名字。您能给我取名吗？”

“我教你读书写字，以后你可以取自己喜欢的名字。”林渡之看着不远处一间庙门，“我与你庙前相遇，暂且叫你‘小庙’，你愿意吗？”

“好啊！”孩子拍手笑起来，“我就叫林小庙。”

林渡之也笑，一个名字就能让他如此开心满足。可见本性是个好孩子。

林小庙当然开心。

这一点他不曾说谎，他确实没有名字。

人们称他魔王，魔族称他“波旬”，是魔语中神王的意思。他以前不需要名字，没人会叫他、或者说敢叫他名字。

佛子可真有趣啊。

林渡之原本打算将孩子送到东边，最好是雪域边缘，既然不能下手杀他，就送他回到该去的地方。

但小庙非常懂事，见他行医，便学习照顾病人，风餐露宿不觉得辛苦，随他一同茹素也十分满足。

每晚睡前，小庙安静地听他讲佛经故事，举一反三，一通百通。

这使得林渡之愈发相信，世间众生本性并无善恶之分，后天的教化与成长环境使他们不同。

小庙是人与高等魔族的混血，有魔性也有人性，可以成为魔，也可以成为人。

波旬跟随林渡之学佛理。林渡之因为忙于救人，修行境界进益缓慢，但每日都满足喜乐。

起初波旬不明白，这有什么可开心的呢？

他拥有至高无上的地位，万千子民的敬畏，都不曾比林渡之开心过。

渐渐地，他看什么都新鲜。

万年不往人间去，人间已换了模样。

芸芸众生跳不出生老病死的轮回，圣人修成真仙，破碎虚空，离开此方世界。只有魔王永远存在，千年万年，孤独的永生。

不管这是天道的恩赐还是惩罚，总之无趣至极，所以他常年沉睡在宫殿里。

有人借天地之力来杀他，他正好趁此脱身，去寻转世佛子。

不曾想与佛子为伴乐趣无穷。

那我不杀你了，你也不要去成佛。我们一直这样，似乎没什么不好。

兴灵二百七十年。初春。

天下宗门结盟，挥师东去。

四万八千位修行者浩浩荡荡，兵分六路，分批乘坐各门派的飞行法器，前往白雪关。

飞行法器在云层间投下巨大的阴影，剑阁再次展露出第一宗门的实力。

慈恩寺燃灯法会那夜，傅克己乘坐云船，带着澹山剑阵，从天而降来解程千仞之危。这次还有另一座更巍峨、更气势宏伟的庞然大物，轰隆隆地从后山起飞。

鸟兽奔走，地动山摇。

程千仞第一次看到它时，也吓了一跳。

邱北解释道："这是顾雪绛订做的云船，甲板能跑开六匹战马，船头两座箭楼，弓弩手可以射箭，也可以打火铳。船舱三十座火炮炮台。前天刚完工，我们先替他试用。"

程千仞："你之前说，做这个工期很长。"

"一回生二回熟，我在进步。"邱北慢吞吞地拿出一张造价清单，"顾神将现在应该非常富有，所以不能再赊账了。看在他是你朋友的份上，我给他打过折。"

程千仞扫了一眼，贵得吓人。

云船凌空飞渡，逐流站在甲板栏杆边向下眺望，许多弟子来找他搭话。

"这是剑阁的飞行法器，很厉害吧！"

"船舱里有扩音阵，当初程山主继任的消息，就是由它告知天下，你要看看吗？"

逐流态度亲善随和，与他们谈笑，不知不觉聊到程千仞。他问南渊弟子："听说哥哥在南央城文思街买了宅子，和朋友们同住，邻居也都很好……"

南渊弟子露出"你懂我懂"的眼神道："邻居当然好啦！诗词歌舞，吹拉弹唱。"

"笙歌归院落，灯火下楼台。"

逐流一脸不谙世事，说："好热闹啊。"

程千仞板起面孔走上前："与魔族大战在即，竟不思进取，聚众谈天，程逐流回你房间去！"

逐流乖巧地跟他走了。

不一会儿，背后响起隐秘的窃窃私语。

程千仞无语叹气，心情郁闷。

傻孩子们，我修为比你们高，以为我走远了就听不到？

哪天逐流忽然觉得自己是朝歌阙怎么办，随便就能治你们一个冒犯首辅的罪名。

长点心吧，我的一根筋弟子。

逐流："哥哥为什么叹气，不喜欢我与旁人聊天？"

"我怎么会限制你交朋友，但你……你不要戏弄他们。"

"没有戏弄，我很感谢大家，向我讲你以前的生活。我才知道，我不在的时候，你都是怎么过的。"

这个房间不大，又只有他们两人，逐流笑笑，轻声道："哥哥最近没时间修行吧？"

程千仞神色一肃："大战在即，哪顾得上。开山大典那夜，我见识了许多圣人境界的神通手段，心中有所感悟，近来却忙于其他事，神思不定，没时间修行。"

逐流笑了，翻身坐在床榻边，向他伸出手，掌心亮起萤火微光："哥哥怎么不早说，进来啊。"

程千仞头脑发懵，是小世界。

逐流笑意收敛："请哥哥来安心修行。至少可以在抵达东境之前，变得更强。你背后还站着剑阁和学院，你的力量关乎白雪关战场的成败、东川百姓的生死。"

程千仞伸手触碰逐流掌心光芒道："又要麻烦你了……呃！"

逐流五指回握，猛然使力，拉着他一同向后倒去。

两人跌在床榻上，天旋地转，萤火微光迸溅，化作一片耀眼明光。短暂的眩晕和失重之后，程千仞再次进入了对方的芥子空间。

湛蓝色天空漂浮着洁白的云朵，像丝丝缕缕的棉絮，他们身下草地松软，缀满清凉的晶莹露珠。

他第一次来"做客"时，不知规则，无意间改动了这里，没想到一直保留到现在。

程千仞拍拍弟弟肩膀："行了，起来。"

逐流假装要起身，突然向一旁倒去，滚了几圈，才依依不舍起身。

程千仞帮他拂去衣上草屑，无奈地笑："瞎闹。"

你小时候早慧沉默，嫌弃邻居小孩玩泥巴幼稚，怎么长大了反倒生出顽皮心性，难道缺失的童年注定要补回来？

逐流说："让我陪着你吧，不管你是练剑还是打坐，我不打扰你。"

程千仞想了想，蹲下拔草叶，编了一只蚱蜢塞给弟弟："那你自己玩会儿？"

逐流与绿油油的蚱蜢面面相觑："真拿我当小孩？"

他拉着程千仞向前走，路边长出榆树，疯狂拔高抽枝，脚下草地变作青石板长街，长街尽头一转弯，就是熟悉的老巷。两侧白墙逼仄，茂密枝叶伸出别人家院墙。

小巷最深处，推开木门，院子里干净整齐。

"到家了。"逐流乖巧道，"哥，你去算账吧，我给你做饭吃。"

程千仞不介意陪他玩这种小把戏，心念一动，手中出现装满的菜篮，递给逐流。

他们就像关系友善的普通兄弟。

程千仞出关那天，逐流做了一桌家常菜。

看着哥哥吃完，露出餍足神色，托腮问道："这里好吗？你愿意在这儿吗？"

这问题问得十分古怪，程千仞却没有细想："好啊。"

他打算等自己看见圣人境门槛，再来请教对方如何开辟或掌控一方空间，目前的困境，在于剑道似乎达到瓶颈，反复演剑已经揣摩不出更多真义。

见江山这套剑诀不该仅限于此，神鬼辟易也很好，是我不够好。

程千仞心里琢磨着突破瓶颈，诚恳问道："杀魔王那夜，你分神化身留在剑阁，法身东行，剑却往西南去。一剑追袭三千里，如何操控？以神识一心三用，与朝辞剑建立联系，还是某种法门，使剑自生灵……"

逐流听罢，站起身，声音带了点冷意："那不是我。你怎么还想着他？"

程千仞微惊，向后避让："别闹。"

弟弟姿态不再柔顺，使他感到压迫，不由得紧张戒备。

逐流一把攥紧他手腕道："我感觉他又有动静了，他一天没有烟消云散，我就要提防他抢我法身，你也要小心不把他当成我，你我都不自在，不如哥哥帮我，一起杀了他。然后我们兄弟二人，海阔天空，逍遥自在。"

程千仞听得别扭："……何至于此。"

"你替他说话？你以为他对你好，是无缘无故，不求回报？"逐流冷笑道，"他无非是认定你身份，想让你回去接那烂摊子，帝星五皇子早就死了……"

程千仞挣脱禁锢："你疯了吗？你到底在说什么？"

"嗤——"

双方争执戛然而止。

程千仞听见利刃刺破血肉的声音。

一刹那被拉长，一截尖剑穿透逐流胸膛。殷红血迹飞速扩张，浸染前襟。

逐流眼中情绪复杂，惊诧、愤怒、厌憎很快消失无踪，只剩冷漠。

他手臂向后，抽出黑色剑柄，将长剑提在手中。

朝辞剑淅淅沥沥淌着血，他自己的血，这一切发生得太快，超越程千仞目前可以认知的速度，就像他躲不开安山王的手掌，此时一样躲不开溅在脸颊的鲜血。

温热的逐流的血。

“朝、朝歌阙？”

“嗯。”

那人应了一声，看不出情绪。

程千仞心底发寒，人到底有多狠，才能毫不犹豫地捅自己一剑，依然面不改色。

以前“朝歌阙”与“逐流”，就是这样杀敌一千自损八百地争夺身体的吗？

他以为事情到了这种地步，对方总该解释点什么。

朝歌阙开口说了四个字：“他没死，走。”

一瞬间天旋地转，又回到云船房间。程千仞深吸一口气，竭力镇定道：“你的伤怎么样？”

“不碍事。”

两人还维持着去往小世界之前，交叠躺在床榻上的姿势，这使程千仞心态更崩了。

要是一天变三次，朝歌阙变程逐流，程逐流变朝歌阙，如何变化完全不可预料，毫无防备……

谁受得了？！我受得了？！

朝歌阙从容坐起身，拂去衣上血污。空气中水汽聚拢，一面水镜凭空凝结。

程千仞听见一声嗤笑道：“他就这副打扮？”

“他”指的是逐流。

逐流为了显得温柔无害，没有随身佩剑，将朝辞剑留在芥子空间中。平时穿衣只穿质地柔软、颜色清淡的长袍，比如浅米、藕合、月白色。墨发半挽半放，松松地簪一支木钗，其余披散肩背，青丝如瀑。

毫无攻击性的美，自带柔光，宜室宜家。

朝歌阙散去水镜，看了程千仞一眼，眉头微蹙道：“你喜欢吗？”

程千仞目瞪口呆道：“什么？”

那眼神意味复杂，令他觉得自己像一位被奸妃媚惑的昏君。

可是，我什么也没做啊。

你变来变去，总问奇怪问题，答不好就是送命题。

我上哪儿说理去。

敲门声突兀响起。

朝歌阙恢复漠然神色，程千仞放下床边帐幔，低声道："你突然性情大变，会惹人生疑。还是'身体抱恙，卧病在床'吧。"

来者除了怀清怀明，还有傅克己。

"我们收到了镇东军最高统帅的回信。"

程千仞接过信件，一目十行。安国长公主代表军部，表达对宗门联盟的感谢和欢迎；朝光城外五十里，沧江连环坞一带，旷野荒凉无人，适合飞行法器降落，她将率部下前来，亲自迎接第一批宗门修士。

"还有多久能到？"

怀清："按云船现在的速度，最多半日。"

傅克己："你还好吗？"

怀清怀明传递消息已经足够，他不是非来不可，但听说对方和所谓的弟弟进了房间，一天一夜没有出门，总担心出什么事。

"我挺好。小流不耐舟车劳顿，生病不方便见人。便不请你们进去坐了。"

傅克己剑眉挑起，无声地表达"你胡扯"，程千仞尴尬地摸鼻子。

朝歌阙翻阅安国公主的信笺，不知为什么看得比较慢，程千仞好整以暇，在一旁打量他。

脸色苍白，唇无血色，眉眼间有淡淡的倦意。

也是，杀魔王落得旧伤未愈，又捅了自己一剑，铁打的人也经不起这么折腾。

"他现在在哪儿，小世界里？你们俩到底什么情况，不能坐下谈谈？"

朝歌阙："我会处理好。"

又是这样。程千仞心头忽生无名火道：

"你什么都不愿意告诉我，我能怎么办！"

他拂袖打落桌上香炉，哐当一声钝响。

朝歌阙好脾气地捡东西："别闹。"

程千仞正想发作，忽听那人说："你剑道遇瓶颈，并非受修为限制，只是缺少一个契机。"

他沉默片刻，有些摸清门路了，朝歌阙谈正事沉稳可靠，聊私事容易被气死，逐流则正好相反。

"游历六载，见遍山河，还不够吗？"

朝歌阙摇头道："对别人来说，足矣。对你，不够。"

自程千仞少年成名以来，在世人眼中，一直以可怕的速度修行着。但他自己仍觉不够，朝歌阙也认为不够。

从前反复练剑，量变引起质变，使剑道不断进步。到达一定程度，这种方法就行不通了，滴水可以穿石，却不能使山石炸裂，万象开阔。

他需要一柄铁锤，或者一包毒药。

"剑道一途，我能教你的，在你突破大乘时都已教过。如果能找一位毕生修行'见江山'，热爱它、敬畏它的绝世强者，与其论法，或有进益。"

程千仞不得不佩服顾雪绛深谋远虑。

遥远的记忆里，藏书楼上挑选剑诀，顾二问他："你练这个，谁教你？"

时隔多年，他又遭当头棒喝。

圣上年迈糊涂，不问世事。安山王三观不合，立场相对。上哪里找修习"见江山"的绝世强者？

朝歌阙见他神情沉重，正想安慰两句。

程千仞哂然一笑："罢了。难道差这一点契机，我就未来无望，要放弃修行？天下之大，机缘不可捉摸，何愁没有办法！"

云船开始下降，透过飞逝的云雾，渐渐能看清旷野、山峦、江河。

东川山脉峰峦如聚，沧江波涛如怒，奔腾向西。人们总不愿承认，沧江的发源地是魔族居住的雪域，尽管从地理意义上讲确实如此。

冰川融化，雪水汇聚，西行八百里，穿山越岭，化作无数分支河流，在人口密集的平原上灌溉农田，最终涌入大海。

程千仞下船时，正是日暮。

旷野间风声呼啸，如山鬼哭嚎。

一支百余人的铁甲骑兵等候在不远处，火红色朱雀大旗高高飘扬，比落日更耀眼。

日暮乡关，却没有袅袅炊烟，村落大约已经南迁。

早春时节，沧江表面浮冰未消，江水已开始涌动，夕阳光辉下，万千冰凌随水流奔腾，气势磅礴。

很久以前靠江讨生活，这便是一年中生意最惨淡的时候。程千仞曾对它骂过无数脏话，现在终于看出些江河壮美的意味。

他又回来了。

从这里走出去，又将为这里战斗。

第9章 烈马长枪 鏖战东川

魔王死去的那个晚上，所有魔族无心作战，悲痛哭嚎。镇东军骑兵由安国长公主带领，冲出白雪关，所向披靡，洪流般冲散敌人阵型。

黎明时分，形势陡然变化，一场集体自爆毫无征兆地开始了。低等魔族怒吼着扑向马蹄，轰然爆炸，血肉横飞。仇恨、愤怒似乎化为无尽力量，使他们发起自杀式攻击。

安国公主早有预料，骑兵队如一阵旋风，及时冲回关内，但直到铁铸城门关闭，那场自爆依然没有停止。白雪关外三十里内，鲜血浸染大地，残缺的尸体层层垒起。

场景之惨烈，守关最久的将军也不曾见过。

一夜之间，魔族死伤逾五万，白昼降临时，敌人似乎冷静下来，各部族迅速协作调动，集结列阵，做攻城准备。

徐冉在城头看着这一幕，生出非常糟糕的预感。这一片黑压压潮水般的大军，起码还有四十万，调动起来竟然泾渭分明，极少冲撞、堵塞。

若换做自己临阵指挥，即使有阵旗和最有经验的传令官配合，也做不到如此大范围整齐、高效地整兵，像演练过无数遍一样。

懂得策略和配合，一贯是人族的独有优势。魔族各部分居，部族矛盾不断，作战各行其是，阵型混乱时，雪狼骑能将其他魔军踩成肉泥。魔王之死，却使他们同仇敌忾、空前团结。

天地间最强存在虽然死去，真正残酷的战争才刚刚开始。

低等魔族本就悍不畏死，当原本自矜身份的高等魔族也投入战场，形势更加严峻。镇东军高喊着“永不畏惧”的战号，一次又一次打击敌人的冲锋。白雪关像一块顽固礁石，在惊涛骇浪中顽强坚立。

坚守两个昼夜，魔军的攻势终于暂停。白雪关守卫军损失惨重，人疲马乏，无力出城反击。趁此喘息机会，城防各营清理尸体，粗略统计死亡人数。

魔族大军返回营地休整，不退兵，不进攻，战事陷入僵局。

镇东军与黑压压的魔族大军，像两只受伤流血的野兽，在黑暗里发出沉重的喘息，警惕着对方，伺机而动。

朱雀旗依然飘扬在城防上空。沉沉阴霾却笼罩在每个人心头。

便在这时，宗门结盟抗魔的消息传来，终于在铅灰色天空破开一道晴光，士气大振。

“据说有四万八千位修行者，分为六批陆续抵达。”

“剑阁山主、南渊院长程千仞也来了。”

修行者参战对战局意义非凡，只有他们可以对阵高等魔族，维持城墙的防护阵法，单人操控重逾百斤的神弩和投石器。

程千仞一行人入城时，受到热烈欢迎。

镇东军最高统帅安国公主身穿金色铠甲黑披风，面覆铁面具，寡言少语。几位军官一路随行，向他们介绍战况、城防部署。

残阳如血。空气中弥漫着血腥味、火铳硝烟味，运送伤员的板车来去匆匆，神色疲惫而坚定的士兵在城头巡逻。一切使来到这里的修行者心情沉重。即使早有心理准备，听过许多消息，亲眼所见的惨烈场面依然震撼人心。

自打程千仞下船，就感到一种压力。

像他这样境界的修行者，时刻感应天地灵气变化，不会无缘无故生出警兆。但他找不出原因，只能将其归于魔族大军的威慑。

剑阁宣布开山那夜，便派遣弟子前往白雪关战场，带队弟子叫怀文，与怀清怀明同辈，早已收拾好院落等待同门，他正向傅克己汇报情况。

安国公主打算告辞，程千仞拦下她。

“殿下且慢。”

安国屏退左右，声音低沉：“山主何事？”

两人走到僻静处。

“我有一位朋友也在这里，她姓徐，单名一个‘冉’字，您认识吗？”

对方沉默，既没有承认，也没有否认。面具遮挡下看不清表情。

程千仞忽生不妙预感：“她在哪里？”

“请随我来。”

天色渐沉，白雪关的夜晚看不到月亮，只有冷风呼啸。

宅院不大，冷清幽静，草木荒芜。一路上两人没有交谈。

推开门，屋子里干净而简单，小方几上点着一盏烛台。

刹那间，程千仞蓦然回身，一道剑气追袭而出，厉喝道：“你是谁？！”

“铮！”

暗室内冷光一闪，对方抽出腰刀抵挡，喊道：“千仞！”

程千仞微愣，神鬼辟易未出鞘。

那人已卸下面具，拼命抹脸，露出本来面目："我啊！"

程千仞震惊无语。

这张脸他太熟悉，化成灰也认得，比起蹭饭不洗碗时，更瘦更英气了。

当他察觉蹊跷，设想过许多可能，但绝不包括眼下这种情况。

"你、你假扮安国公主？！"

徐冉狂暴地抓头发："别说了！我知道我死一万次都不够！"

程千仞缓过神，拉徐冉坐在桌前，想倒杯水，没找到壶。只好拍她肩膀，示意她冷静，道："你一定是迫不得已。而且你一个人做不出这种事，另有主谋对吗？"

朝歌阙既然来到这里，整个白雪关发生的事都瞒不过他。主动坦诚总要好些，如果朝歌阙愿意听，徐冉的小命就算保住了。

徐冉看着他，神色复杂。

"我就是主谋！"

一人提裙绕过屏风，施施然走出来。

程千仞怔了怔："……温乐公主殿下？"

多年不见，小姑娘容貌长开，愈发俏丽明艳。

温乐有点生气，对徐冉道："你故意被他发现！"

徐冉没有否认："……如果连他也不能相信，我在世上无人可信。"

程千仞终于找到了茶壶："大家坐，慢慢说。"

温乐比徐冉镇定，喝了一杯茶："我来说。魔族停止进攻后，皇姐身边的斥候队去探消息。可以确定有高等魔族、重要魔将去往东川山脉。消息到这里就断了，具体多少魔族、有什么目的一无所知。"

信路阻断，一般意味着斥候被发现，凶多吉少。

程千仞自语："原来如此。"

他终于知道那种无处不在的压力，来自于哪里了。

山岭延绵起伏，隐藏在东川山脉深处的危机感也环绕着他。

"皇姐紧急召集重要军官议事，那晚我也在。对敌人而言，白雪关久攻不下，且损失惨重。这次的战斗不同以往，有高等魔族大规模参与，他们可以尝试以前做不到或者不愿做的事。比如在东川山脉间开辟一条通路，翻山越岭，绕过白雪关、朝光城，直抵大陆腹地……"

东川山脉乃天险，高绝之处，气候恶劣更胜雪域，并且是世间为数不多的异兽残存地，异兽智慧不足，领地意识却极强。普通人类或魔族，绝不会试图进入山岭深处。

温乐："魔王之死，使敌人不惧牺牲，并学会团结。我们大可往最坏的方向猜测：高等魔族探路，传回消息，留下记号，低等魔族前赴后继开山劈石，清扫障碍。东川山脉如果被打开缺口，朝光城形同虚设。当然这缺口不容易打通，如果他们发现，翻越山岭所付出的时间和伤亡，比攻打白雪关和朝光城更多更大，自然会放弃这种想法。但我们不能将希望寄托在祈祷上。"

程千仞皱眉。

这场战争的主动权依然掌握在魔族手中。敌人兵分几路，具体有哪些安排，己方只能被动应对。

朝歌阙能设计杀死魔王，不可能对后续局面毫无准备。他在等待时机，抑或有些事情超出他的预料，使他的安排落空？

"我们还是谈谈你假扮元帅的事。安国公主进入东川山脉，试图得到更准确的消息，本打算速去速回，但失去了音信，所以你冒险顶替她？"

徐冉摸摸鼻子："你猜得差不多。"

温乐继续道："约定时间内，我没有收到皇姐的传讯符，带人进山去寻，却中魔族伏击。但我可以肯定，那场伏击是对方发现我们之后，临时布置的，双方五十余人，只剩我和徐冉活了下来。这种程度，远远不足以对付皇姐。她一定遇到了其他事。"

安国公主是当今圣上第一个孩子，她甚至参与了东征之战，徐冉是听她故事长大的。从没想过有朝一日，自己会假扮她。

温乐："军不可一日无帅，这是我的主意，与徐冉没多大干系。"

程千仞："你们俩还真是，胆大包天，一拍即合。"

话音刚落，却见两人神色古怪，面面相觑。

徐冉摆手："一拍即合？跟她？不存在不存在。"

队伍中伏后拼死奋战，活下来的两人，坐在一地尸体边简单商量，决定先返回白雪关。

温乐问："你还能走吗？"

徐冉："可以。"

"本宫腿受伤了，药力生效需些时辰。你去削一根拐杖给本宫，仔细点，把木刺毛边都磨平了。"

徐冉没去削木头。

“你干什么?！要背我也行，现在特殊情况，本宫可以不计较你冒犯……啊啊啊！放开我，你单手拎人的毛病跟谁学的?”

徐冉手臂的伤口作痛，任她扑腾，运起真元一路疾行，为了节省力气，一言不发。心想你有本事长高点啊。这么矮，不是找拎吗?

寒风刺骨，吹得温乐小脸通红，发髻凌乱。

夜幕降临时，徐冉找到一个山洞，将温乐放下，像放一件行李。然后她清理洞穴，砍柴点篝火。

温乐憋着一口郁气不说话。你可以打我，但不能拎我，不被人拎是我的底线。

可惜徐冉神经大条，根本没有意识到小公主在生气。当温乐发现自己单方面置气，不由得更生气了。

“夜里危机四伏，天明再走。翻过前面那座山，就能上官道，回白雪关。您先休息吧。”

温乐轻哼一声：“我睡不着，你给我唱个曲子。”

徐冉点火不顺利，心里正烦，暴脾气上来道：“殿下，你到底有没有认清形势?你来这里干什么，不如在皇都弹琴唱歌！”

温乐微怔，泪水在眼眶打转，慢慢低下头：“你居然吼我，没人这么吼过我。”

徐冉听她呜呜咽咽哭了大半天，生出欺负小姑娘的愧疚感，有点怂了：“我开玩笑的，唱就唱呗。”

“我也曾赴过琼林宴，我也曾打马御街前……”

温乐抽噎道：“难听死了，你就不能换一首吗?”

“我不会别的。”

“那你接着唱吧。”

“人人夸我潘安貌……”

篝火燃起来，照在温乐脸上。

“唱完了，您睡吧。”

温乐还是不愿意，竟然从空间法器中摸出两个白馍、一个小瓷瓶，道：“你给我烤点吃的。”

徐冉骂在心里。

她不喜欢温乐，虽然温乐长得很美。因为双亲早逝，她更喜欢亲近温柔如水，身段丰腴，浑身散发着母性光辉的姑娘，比如文思街的白芙蓉、青杏儿、小芍药。

温乐公主身娇肉贵，又要烤油馍又要听曲子，说两句就啪嗒掉眼泪，真是祖宗。

但小公主吃东西吃得很香，对她的手艺赞不绝口，使徐冉略感开心。

她想起南央城的夜市，也有烤油馍，又想起其他事。比如春水三分和程府的牌匾。

当年温乐是高高在上的公主殿下，她是青山院的普通学生，再好奇也没机会问，今时不同往日，自然生出八卦心思，问："唉，你是不是真的喜欢顾雪绛？"

徐冉本来做好挨拳头的准备，不料温乐一怔，大方承认道："是又如何，小时候不懂事，喜欢他犯法吗？再说，那时候谁不喜欢花间雪绛？"

篝火明明灭灭，她眼睛亮晶晶的，粉腮樱唇，像春天初开的花。

徐冉漫不经心地笑笑："顾二有什么好，嘴巴毒、烟瘾大，一身穷讲究的毛病……"

她突然不说了。

她不知道自己说的是谁，人事离分，顾雪绛的样子已然十分模糊。他是披着紫袍的闲散公子，还是身穿战甲的修罗杀神？

没人记得他曾是春闺梦里人，只用他的名字吓唬小孩夜里不要哭闹。前些日子听说，有位行医治病的活菩萨，从西南一路向东行，原来林鹿也离开了他。

徐冉本来最不放心林渡之，顾二阅历丰富又聪明，套路叠套路，蓬莱长大的林鹿哪里是他对手。

实则不然，顾雪绛心怀一万个套路，对林渡之一个也用不出来。林渡之来了，他就小心看护，轻拿轻放。林渡之要走，他只能放他走。

温乐还以为徐冉沉默，是因为良心发现，说："没事，随你怎么说，别怕我难受。"

徐冉："呵，善变的女人。"

温乐这次没生气，双手托腮道："小时候我也以为，我会喜欢花间雪绛一辈子。只等他骑着神骏赤练马，身穿大红喜服来娶我。那天一定天气很好，万里无云，我要打扮得漂漂亮亮，凤冠霞帔在日光下美得晃眼。鞭炮锣鼓，十里红妆，人人羡慕我出嫁，满城姑娘都哭花了妆……"

徐冉渐渐听得入神，问："然后呢？"

"然后我就长大了。"

温乐笑笑。

长大了，美梦就醒了。

好梦从来容易醒。

徐冉沉默不语，温乐却还有话要说。长夜漫漫，既然聊起花间雪绛，索性聊得透彻一点。

“你是他的朋友，最初投军时，你们应该都在神武军，他立威极快，不到三年就练出‘顾旗铁骑’，你跟着他，何愁没有军功，不能升迁？但很多事你看不惯他，所以才请调镇东军，来了白雪关，我说的对吗？”

徐冉有点烦躁，拿树枝拨弄篝火：“关你什么事。”

“论杀孽深重，作风冷酷，我皇姐比他更甚，但皇姐杀的是魔族，所以镇东军是人民守护者，皇姐是王朝第一神将。花间雪绛杀的是反贼，反贼也是人，有家人有朋友，会为死者哭嚎喊冤，会写文章叱骂，所以他是杀神，世人都怕他。”

徐冉扔下树枝，神情冰冷：“这不是他的错。”

温乐道：“安山王筹谋多年，占据天时地利。西南战场形势严峻，没有一尊杀神镇住，内忧外患之下，天祈必然四分五裂，局面不知比现在糟糕多少倍。王朝需要他，这当然不是他的错。”

“党争最激烈时，我曾去南央城游说胡副院长，想让南渊学院表态支持皇姐，胡先生拒绝了我，院判甚至没有露面。先生说学院只忠于真理，某些事不该有立场，其实我明白，学院不在乎权力更迭，只关心人族存亡，便是所谓‘亡国者，肉食者谋之；亡天下，匹夫有责’。只要让百姓过上好日子，无所谓皇帝姓什么。你也是南渊学生，你是怎么想的。”

深夜寂静，篝火噼啪作响。

温乐态度随和，声音轻缓温柔，使徐冉渐渐放下戒备，她道：

“我父亲一生忠君爱国，直到蒙冤入狱，他还告诉我‘雷霆雨露皆是君恩’，因为他是将军。胡先生常说‘汲汲问道，不折风骨’，因为他是副院长。我都可以理解，但不代表我完全赞同。顾雪绛做的一些事，我也是这个态度。”

理解，但不赞同。

这种态度实在很没态度，一点也不酷。温乐却觉得很好，不由自主地笑起来。

徐冉的声音低下去：“你不要问我怎么想，我脑子笨，想法太简单，不值一提。无非是尽自己的力量，让这个世界变得更好一点。”

温乐皱眉：“谁说你脑子笨啊。”

拥有一个共同朋友，某种情况下果然可以缓和关系。

天明时继续赶路，一夜畅谈之后，温乐收起骄纵的公主架子，徐冉也更加耐心细致，两人竟有点“患难见真情”的意味。

“你别叫我温乐了，这是封号，就像我皇姐封号‘安国’，不熟的人才这么叫，你要么叫我殿下，要么叫我名字。”

“哦，请教殿下闺名。”

“我叫段暄静，家里人都叫我小静。”

“瞎扯，你一点不静。”

如果温乐没有提出极度疯狂的计划，她们或许可以一直这样相处下去。

“你与皇姐身形相仿，我又熟知她言辞行事，我帮你扮成她的模样，没人能识破。”

徐冉震惊地看着她：“你疯了？”

“军不可一日无帅。尤其这种关键时刻，最忌人心浮动。对外，魔族压境虎视眈眈，对内，朝野上下谁不想掌控镇东军？我需要你。”温乐神色平静，“本宫向你起誓，由此产生的所有后果，本宫一力承担。”

徐冉沉默了很长时间。

她回想这一路，指使、夜谈，都像试探和考验。原来对方在遇见自己时，就有了这个疯狂想法，不是心血来潮。她竟不知自己哪里做得好、答得对，使温乐托付重任。

总之，徐冉心里很不舒服。

一阵冷风吹来，落木萧萧。温乐突然怒道：“婆婆妈妈，你到底干不干？”

“干！”

徐冉吼回去。

程千仞听完，半天没说话。

徐冉知道他在思考严肃问题，默默倒水给他。

程千仞叹了口气：“很爽吧？”

徐冉怀疑自己听错了：“什么？”

程千仞拍她肩膀：“你过去的梦想，不就是当个大将军。这回可是王朝第一神将，镇东军元帅，不枉此生啊。”

徐冉苦笑：“我好后悔。”

她不是后悔上了温乐的贼船，而是当年在南渊学院，为什么不多学一点，多用功一点。

战场的每个决定都关乎手下兵将的性命。人死不能复生，亡国不能复存。这不是她扛两把刀往前冲，拼上性命就能赢得的战斗。也不是学院年终大考，今年考不过明年还能再来。

徐冉道："千仞，幸好你来了。"

温乐笑笑："程山主，你还能开玩笑，一定心中已有决断，计划周详。"

"对。"程千仞站起身，"这么晚了，我得回去睡觉。"

如果没有这些事，与旧友重逢，可以爬上屋顶大口饮酒，迎着风雪，大醉一场。

但情势至此，他必须回去睡觉。

因为"生病不方便见人的逐流"，早被剑阁弟子送去睡觉了。

程千仞推开门。眼前天空漆黑如泼墨，星星点点的雪粒飘飞，落在脸颊凉丝丝的。

白雪关总是这样，没有四季之分，随时会下雪，阴云与风雪遮蔽月色。据说在雪域，只有魔王的黑塔之上可以看到月亮，因为塔尖极高，已经超越云海。

他走出两步，突然去而复返道："这件事，除了你们二人，军中再没人知道了吧。"

按正常逻辑，惊天谋逆案当然不可能让旁人知晓，纯属多此一问。但徐冉与温乐凑一起，程千仞总不放心。如果顾雪绛和林渡之在就好了。

徐冉与温乐对视一眼，表情变得有些奇怪。

程千仞一万个头大，说："仔细讲！"

"镇东军总参事，名叫白闲鹤。我扮作安国的当日，就赶上他从朝光城来到白雪关。"

总参事职位特殊，介于武将与文臣之间，又拥有元帅之下的最高调兵权。平时负责出谋划策、协调调度各部。上至必要时顶替受伤将领出战，下至粮草后勤、伤兵运送。如果安国公主不在，按照军规，理应由他暂时主事，等待朝廷安排新的将军挂帅。

徐冉继续道："我与他只讲了几句话，温乐认为没问题，完全是安国本人。第二天清晨，他在营地外练他的碧云红缨枪，四下空阔无人，他看到我，却没有行礼。后来我路过那片雪地，见地上被枪尖划下四个大字——偷天换日。直到今天，他什么也没有做，没有态度，一切照旧。但温乐说，他一定看出端倪了。"

程千仞："没有态度就是最好的态度，再说说这位总参事。"

徐冉："我第一眼见他的时候，觉得他做作又娘了吧唧，浑身都是破绽，我单手能打十个。定睛再看，他的破绽全都消失了，浑身气息内敛无形，引而不发，我又觉得自己可能打不过他。"

温乐补充道："此人去年被皇姐破格提拔为总参，做事周全，修为也不错。除了有些无伤大雅的小毛病。"

比如晕血，常年白绢蒙眼，以神识辨物；再比如喜欢戴兜帽，据说他嫌东境气候恶劣，要保护发肤。

"是个聪明人，你暂且装作不知道他知道。"

程千仞说完，见徐冉被绕晕了，有点想笑，忽然心中一惊道："等等，刚说什么枪？"

徐冉随他紧张起来："碧云红缨。《神兵百鉴》里面有，我认得的。有问题？"

"当年夜杀暮云湖，顾雪绛杀了白玉玦，抛枪入湖。抛的就是那柄碧云红缨。"

白玉玦尸体随红莲业火化为灰烬，长枪沉没湖底，六七年过去，早该在泥沙水草间生锈。难道世上还有第二柄一样的红缨枪？

白闲鹤显然与死去的白玉玦有关，起码是同族。

烛火幽微，气氛沉默。

程千仞道："不要紧，我已经在这里了。你只管扮好元帅，直到真元帅回来。"

安国公主那般人物，不可能无声无息地陨落。

温乐听他话音，知道他有意去东川山脉寻人，当即起身行礼，却说不出感谢的话。

程千仞扶她起身，想起离开南央那日，对方赶来辞行，尚且稚幼的模样，不由得拍了拍她脑袋。

温乐心中一块大石落地。这种感觉很奇特，像回到小时候，捅了天大的篓子，也有兄长遮风挡雨。这些日子的煎熬焦虑，终于消散大半。

风骤雪急，巡逻小队举着燃烧的火把驱散夜色，铠甲在冷风中铮铮作响。白雪关内，哪里都可以望见城墙，它实在很高，夜色中如钢铁铸就般无坚不摧，但每个守护它的人，都知道它有多脆弱。

程千仞反手关上房门，隔绝肆虐的风雪。

"还没睡。"

朝歌阙坐在案前看剑，烛火映照着冷冽寒光，寒光映照着他的眉眼。程千仞摸不清他喜怒，愈发觉得多余的寒暄尴尬。"还没睡""看什么""吃了吗"全是废话。

"我有点事情想和你谈。"

朝歌阙抬眼看他道："偷天换日，蒙蔽世人，谋大逆。"

"……你都知道了。"

来时云船上，对方反复看那封信。原来不是看，是验。

徐冉你认识，她没有坏心，南央城里你还和她同桌吃过饭。这些话程千仞说不出口。

朝歌阙轻轻笑了笑："事出有因，情有可原。"

程千仞松了一口气："我不擅长揣摩你的想法，但我需要更多信息。"

魔族反扑程度难以承受，白雪关困境如何解，安国在东川山脉遇到了什么，你有什么计划。

"对魔族来说，魔王是精神信仰，力量之源，我杀了魔王之后，他们的力量应该逐渐溃散，至少被削弱四成。现在却没有，说明魔王并未彻底死去，或者……"

他顿了顿："或者我杀的那个，不是魔王。"

判断失误，局势生变。白雪关、王朝乃至整个人族再次陷入被动。

最坏的情况似乎已经发生，程千仞看对方神色，仍心存侥幸道："你还笑得出来？"

"我不喜欢笑，如果这样能让你安心。"朝歌阙解释道，"你进门与我说话时，看起来很紧张。"

程千仞："……谢谢。"

两人沉默。朝歌阙收剑回鞘。

程千仞艰涩道："魔王在哪里？"

"他不在雪域，不好找的。"

程千仞神色忽变。

魔王不在雪域，只能在关内人族领域。像普通人一样，生活在千万人中。

人间熙熙攘攘，如浩瀚海洋，他将自己变成一滴水，便悄无声息。

或许他受了重伤，以此法藏匿自身，躲避击杀，或许这是一个局，故意引人去寻他。

不管他在想什么、打算做什么。这样强大危险的智慧生命，只要在人间一天，就是对人间的极大威胁。不能放任不管。

朝歌阙要再次尝试杀死他。

"你去找他，千万里奔波，毕竟辛苦。其中凶险不可预知。"程千仞看着对方眼底倦色，"我想，换一种方法。"

"我曾潜入魔军营地，耗时数月，刺杀一位大魔将。"

那是慈恩寺赴约之前，他还没有突破大乘时的事，为了躲避追杀，深潜沧江脱身，连徐冉也没有见。

自从来到这个世界，他就和东境打交道，虽然对魔族了解有限，却不妨碍他可以杀死他们。

朝歌阙笑意淡淡，像是包容："没有用的。"

"我还是想试试。"

他们的目光在半空交汇。相对无言，心事了然。

程千仞提着剑离开了。

确定想法，然后说走就走，甚至顾不上关门。

延绵城墙之外的雪域，魔军营地没有火把或篝火，因为大部分魔族有良好的夜视能力。

子夜是面对东边黑塔祷告的时候，从前向魔王祈求拥有强健的体魄，增进有益的力量。现在祈求魔王不朽，有一天重新降临。

从部族首领、大魔将，到巡逻卫队、饲喂雪狼的低等魔族，都要放下手头事情，向东跪拜三次，进行虔诚祷告。

凄厉冷风呜咽，敏锐的雪狼们躁动不安，像察觉到某种危险。

一位魔将祷告结束走出营帐，他看到窗外有亮光，很像月亮。但除了黑塔顶端，哪里还能看到月亮。

这个念头只是一闪而逝。小山般的身体轰然倒下，喉头发出"咯咯"声，意识消散之前他突然明白，不是月亮，是剑影。

巡逻兵眼睁睁看着他倒下，大惊失色，场面极度混乱。

那道剑光刺破夜幕，像淡淡的月影，飘落湖面的雪花。

死去的魔不会发出声音，黑压压、无边无际的魔军营地里，不时响起愤怒的呼号。

白雪关城防惊动，以为敌人将袭，"安国公主"站上城头，关内骑兵集结，弓弩拉满，火铳架起，投石机阵法准备，宗门弟子闻讯赶来，严阵以待。

混乱持续一整夜，直到黎明曙光亮起，程千仞提剑落在城头，仿佛从天而降。他脸色微白，对城头卫兵道声辛苦，转身走下城墙台阶。

等查探情况的修行者匆匆回来，关内才知道发生了什么。

程千仞去杀人，准确地说，去杀魔了。就在他来到白雪关的第一个夜晚。

他潜入雪域，在魔军营地间飞掠，隐匿于风雪中刺杀魔将。

据不完全统计预测，他一夜杀死三百多位高等魔族，重伤五百余位。

剑阁弟子尤为激动，消息飞速传遍大陆，人们奔走相告，说程山主神武盖世，不负盛名。

只有程千仞自己知道，他打了败仗。

他杀不了魔王，也无法杀死几十万魔军，但除魔王以外，他可以杀很多高等魔族。

一个、一百个、一千个，量变引发质变，他想逼魔王出手应对，哪怕只有一点反应，稍露行迹，朝歌阙就可以感知到模糊方位，如果更顺利一点，大可逼魔王来相见。

现实像在嘲弄程千仞的想法天真。大魔王没有亲属同族，不仅如此，他还是个没朋友的人。

他谁也不在乎。

“你是否觉得我行事幼稚？”

朝歌阙态度包容如昨夜道：“与你没有关系。他不在乎自己的子民，我却在乎人间。”

程千仞生出深深无力感，奔袭一夜，他已经很累了。暗伤累累，只是表面看不出。

他坐在案前，扶着额头思索，魔族按兵不动。他们在等什么？东川山脉里出了什么事？真正的镇东军元帅，安国公主是生是死？朝歌阙旧伤未愈，去人间寻魔王，有几成把握？

“我要去东川山脉。”

“宗门联盟怎么办？”

“我不在还有老傅。他更熟悉剑阁，跟其他宗门打交道的时间也长。我放心他。”

“那我们兵分两路。”朝歌阙不置可否，“你还有什么话要对我说吗？”

程千仞想了想：“你……多保重。”

“你也一样。”

这场告别简单至极，因为程千仞相信朝歌阙会回来。当他想起逐流随时可能出现，使事情发生更多变数，才觉出些许不安。但对方的气息已经消散，只好按原计划去寻傅克己。

“傅山主在西亭。”

怀清引他过去，一路不时遇见宗门弟子、军部兵将，都停下与他谨慎行礼。

经过昨夜一场杀戮，程千仞愈平静，旁人愈觉深不可测，心生敬畏。

说是西亭，却僻静而简陋，更像草棚。亭中两个人，一架红泥小火炉，炉上温着酒，香气四溢。

程千仞笑道："在等人？"

傅克己："等人，不是等你。"

邱北慢慢道："但你既然来了，也坐下一起喝罢。"

"老傅，昨夜我行事匆忙，没有与你商量，是我不对。"

程千仞说完这句话，感到对方周身气场明显缓和了。这种变化不容易察觉，毕竟傅山主作为一位冷酷剑修，面无表情是常态。

傅克己："还好吗？"

这句是问候伤势。

"没大碍。"程千仞，"我要办点事，可能暂时离开一段时间。"

傅克己："哦。"

邱北惊讶："你这就算与他商量了？"

他不问程千仞去做什么、去多久。就像对方说要闭关突破，一百种事不可为的理由摆在眼前也没用。

既然心意已决，劝阻多余，我有什么办法，我只能说一个"哦"。

程千仞被他"哦"得尴尬，转移话题："你们约了谁？"

邱北："他叫白闲鹤，镇东军总参事。算是老朋友。"

他们从前有旧谊，往后要在白雪关共事，短时间内目标一致，于公于私都要相谈一场。

这与坐在军帐、站在城头的谈话不同，最好地方安静，最好炉上有酒。

程千仞："我正好也想见他，一起等罢。"

酒香在冷冽的空气中浮动。墙角一枝野梅花悄然绽放。

不多时，便有剑阁弟子引一人入院。那人身穿墨蓝仙鹤服，是军中少见的文士打扮。撑一柄竹骨伞，在风雪中飘然而至，衣摆白鹤栩栩如生，振翅欲飞。

好个闲散神仙模样。

他礼貌地辞别两位弟子，走进草庐，施施然收伞，对傅克己和邱北说了声"别来无恙"，转向程千仞道："这位是程山主？"

程千仞点点头，见他眼前蒙着白绢，又说道："我是。"

"幸会。"那人轻笑，"我不盲。我只是晕血。但这地方难免见血。"

说罢他解开白绢，露出一双眉眼，清淡如远山。

程千仞一怔，终于理解了温乐所说的“无伤大雅的小毛病”。

修行者晕血，他似乎还是头回遇见。

他们之间隔着一柄红缨枪和无数条人命，但见面情景很是自然，水到渠成，理所当然一般。既然对方不介意，程千仞更没有理由介意。

“不请自来，叨扰了。”

白闲鹤笑道：“山主今天不来，我也要去见山主。”

四人举杯同饮。

白雪关的酒，取水沧江，烈得像刀锋。

他们说东边和西南的战局，说魔族和魔王，也聊皇都旧事。

傅克己少言、白闲鹤善谈，邱北语速慢，程千仞介于三者之间。在没有相对立场与明显分歧时，谈话气氛轻松愉快。

直到白闲鹤说：“你是花间雪绛的朋友，他有没有向你说过，一坛酒？”

程千仞：“离开皇都时，确实有人送过他一坛好酒。”

酒正是夜杀暮云湖时开封的那坛，他不知道对方此时问起，是否另有深意。

白闲鹤摆摆手，说：“谁想送他？我是送淮金湖的秋月姑娘，美酒赠美人。秋月转送他，怕他拒绝，才借我的名义罢了。早知道会落在花间雪绛手里，我不如自己喝完痛快。”

他神色惋惜：“那是长乐坊的‘大梦千年’。现在可喝不到这样好的酒。”

程千仞笑道：“如果有朝一日同去皇都，我替他赔一坛给你。”

白闲鹤摇头：“没有了。”

“什么？”

“朝廷的征兵令发下去，酒坊老板小儿子去参军，前年死在西南战场。老板白发人送黑发人，疯疯癫癫地烧了酒窖，悲痛而死。”

顾雪绛那年打奔袭战，为了行军速度，舍弃伤员，一月之内疾驰如风连夺三城。仗打赢了，神武军也损失惨重。消息传到皇都，家家举丧，户户戴孝。朝廷拨发三倍抚恤金，才把这件事压下去。

叛军恨透了他，皇都人民也不见得喜欢他。

白闲鹤看着飞雪：“他到底是欠我一坛酒。”

程千仞默然。

白闲鹤重新系好眼前白绢，起身告辞，笑道：“雪天路滑，程山主可愿送我一程？”

邱北、傅克己拧着眉头看他，无声表达“你是不是有病”。

两人走在僻静的小道，天空铅云密布，狂风卷起细碎的雪屑。

程千仞忽然开口：“谢谢你。”

“我不是信她。元帅交代过我，要相信温乐公主的决定。”白闲鹤摆手，“真要谢，我反要谢你，让碧云红缨回到我手里。”

程千仞皱眉：“你们皇都人，家里事都乱七八糟的。”

白闲鹤大笑：“不说那些乱七八糟的事。”

他虽有公职在身，说话却没甚顾忌道：“东边魔王已死，中原两反王被神武军打得无力喘息，眼下这种境况，对王朝而言，看似光明坦途，实则险恶万分。连年战火，耗国库、伤农时、民心涣散……”

“镇东军是镇国重器，不能生一点乱象。偷天换日，总比改天换日好。”

程千仞心想，所以你在雪地上写那四个字？却把徐冉吓得不轻。

“魔王一死，世人大多不清楚东边战况，还在放鞭炮、写文章庆祝。总不至于民心涣散。”

他觉得对方过于悲观了些。

白闲鹤似笑非笑道：“民心可是王朝的民心？圣上年迈不理政事，太子形同虚设，天下人只知朝辞宫有尊者，不知太和殿有帝王。魔王之死，更使那位声威鼎盛，如果他不愿这种局面继续下去，总要做点什么……”

程千仞无奈地想，哪有时间做别的，朝歌阙又跑去杀魔王了。

小道已经走到尽头，不远处等候的剑阁弟子看见他们，迎上前来。

该说的话也已然说完，两人微微欠身致礼，就此分别。

程千仞又折转回去。酒香还未尽散，石桌上炉火熄灭，酒也冷了。

“他以前和顾雪绛关系不错吧？”

傅克己微微一怔：“当然不。”

邱北作为唯一的手艺人、老实人，不忍心看程千仞一脸迷惑，道：“虽然背后说人不好，但有些事很有趣，我不介意说一说。”

程千仞给他倒酒。

“他原名白玉楼，很讲究保养发肤，每次打马球都要戴网罩护面，花间雪绛给他起绰号叫白美人。他也嫌‘玉楼’这名字金玉俗气太重。自己改作白闲鹤，让我们喊他仙鹤。一段时间后，我们又改口叫他白鸬鹚。”

程千仞心笑这太中二幼稚了："虽然仙鹤鸬鹚都是鸟，但羽色一白一黑，哪里相似？"

"鸬鹚被渔夫豢养，也叫鱼鹰，每当它满载而归，渔夫就会掐着它的脖子，让它把鱼吐出来。"

邱北慢吞吞解释道："因为白闲鹤喜欢的漂亮姑娘，只要带去淮金湖泛舟游玩，都会看上花间湖主。所以我们说花间雪绛是坐收渔翁之利的渔夫，白闲鹤是站在船头替人做嫁衣的鸬鹚。"

程千仞感叹："你们真坏……"

少年血气方刚时，白闲鹤自然不乐意理会顾雪绛，顾雪绛也拉不下脸主动求和。一来二去，倒结下仇怨。

邱北："不，鸬鹚原本只是老傅的冷笑话。被原上求学去，才弄得人尽皆知。"

邱北说到这里突然停下。

程千仞知道他为什么不说了，饮罢最后一杯酒，动身前往东川山脉。

林渡之进朝光城那天，厚重的云层像被利剑刺破，日光清清淡淡地洒下来，让这座东部雄城终于名副其实。

人们看他就像看一个祥瑞，说活菩萨救人济世，有大功德在身，可以"拨云见日"。军部将领出城等候，城中百姓夹道欢迎。

说是夹道，酒肆驿馆早已封门闭户，偌大的城池空下一半。

林渡之问："这些是什么人？"

城里除了兵将，竟还有没穿铠甲，只带着铁叉、木棒等简陋兵器的普通百姓。

迎接他的军官答道："是民兵。农夫、渔民、猎户、木匠，什么人都有。"

战争开始后，朝廷安排东境居民向关内南迁，但青壮年大多不愿离去。

他们不懂朝光城的战略地位和历史意义，但比起博学的中原人，世代生活在这里的东川人，更清楚镇东军并非战无不胜，白雪关也不是真的固若金汤。

林渡之带着一个盲童，那孩子一手握竹杖，一手拉他的衣摆，亦步亦趋。

上台阶时，军官扶了他一把，孩童小声道："谢谢您。"

军官心里泛起一阵柔软，揉了揉他的脑袋。

魔王波旬一路上帮林渡之照顾病患，时常遇见这种情况，人族表达对幼崽的怜惜、夸奖时，很喜欢这种动作。

现在他趴在窗边，看着街上的民兵往来匆匆。

人总是忙忙碌碌的，忙着生，又忙着死。不像我们魔族，有漫长的生命和与生俱来的天赋力量。

他们弱小又顽强，不管世道多辛苦，遭遇多少灾厄，只要一点火种不灭，短短几十年，又是生机勃勃的样子。面对庞然大物，拿起锄头就奋力抗争。

魔王波身说："真好啊。"

多有意思。

林渡之："什么？"

林小庙把头埋进他怀里道："我感觉到，偷偷跟着我们的人走了。"

林渡之一怔："不用怕，那些人没有恶意。"

他收留小庙后，改道东去，正遇见南迁的流民大潮，一路兵荒马乱。

顾雪绛身边的近卫，变成隔着三五里路，树下歇脚的路人；或者隔一条河，在河边饮马的游侠。相距甚远，从不打扰，只在视线尽头隐约能看到影子。直到他们平安走进朝光城，才彻底销声匿迹。

"虽然我没有见过他，但我觉得你待他不一样。"

林渡之："哪里不一样？"

"与你那些病人不一样。"林小庙拉着林渡之袖摆，"再多和我说说他的事吧。"

除了佛经，林渡之没什么睡前故事可以哄小孩，多半由着他性子，讲几句南央城的旧事，比如顾雪绛。

但今天他不想说。

"你慧根不凡，佛理、医术，都学得很好。假以时日，造诣一定更胜于我。切不可太依赖我。"

小庙虽然有魔族血统，但在教养之下，已经长成善良聪慧、待人有礼的孩子，林渡之以为，等他可以自立，这一段缘分，便该尽了。

孩童仰着脸，小声问："你要离开我吗？去哪里？"

"暂且不会。"林渡之摸小庙脑袋，"师父说我入世走一遭，再回到蓬莱岛，便是正式剃度，皈依佛门的时候……终究要舍弃一切执着。不过是早晚的事。"

他不知想起什么，目光落在虚无处。

没有看到孩童脸上，不属于人类的漠然、冰冷。

东边天空微微亮起时，风雪初歇。

城头朱雀旗高高飘扬，主帅帐中传出“准备迎战”的命令，各营灯火通明，火铳队、弓箭手、步兵、骑兵迅速集结。正值白雪关各城防换班，大地忽然开始震动。

人们对这种震荡再熟悉不过，它意味着魔族军队开拔。

战斗再次打响。视野尽头的地平线，烟尘奔腾，密密麻麻的黑色阴影，潮水般漫涌过平原，在黎明微弱的光线中，显出狰狞的面目。

许多修行者自诩心性坚韧，但当他们第一次看见这幅画面时，依然不免震惊。站在晃动不安的城头，面对没有尽头的强大敌人，但凡意志稍许薄弱，便会心生恐惧，甚至精神崩溃，难以想象这里的守军到底是如何支撑到现在。

“永不畏惧！”

战号声响起，山呼海啸一般。徐冉身穿元帅战袍，带着元帅的面具，胯下战马披盔戴甲，扬蹄嘶鸣。

修行者们初来乍到，气势正盛，更被激起狂热战意。

城头法修操控邱北建造的大型守城器械，闻名天下的澹山剑阵经程千仞改良后，用于困杀雪狼骑。

宗门联盟由傅克己指挥压阵，激烈苦战持续一天一夜，直到魔军攻势暂缓，也不见程山主的踪影。

有些人隐约察觉到，程千仞在面对更高层次、更危险的战斗，大多数时候，那类战局意义深远，或许会影响整个天下。

程千仞在哪里？

他与朋友说完话，喝罢西亭的冷酒，便提着长剑，动身前往东川山脉。

重岩叠嶂间孔道如丝，入夜后荒山寂静，茂林遮蔽看不见星星，若想看清山河全貌，便要站在高处。

他向高处去，身影在云雾间起落，呼啸的冷风吹得他衣袍猎猎，像一只飞鸟。

寒潭苍鹰不渡，绝壁猿猴难攀，深谷与世隔绝，孤身行走，很适合思考问题。

局势并不乐观。他与身边人都在明处，敌人却有一半隐匿暗中，伺机而动。

岭头浮云被踏破，山势高绝处，温度比雪原更冷，似乎连空气都变得更加稀薄，用力呼吸才能汲取氧气。

压抑感愈发清晰，程千仞运转真元维持体温，他的心情已随那杯冷酒一同冷静，没有因此焦躁不安。

他听见滔滔水声，天光破晓时，有宽阔河面拦道。

沧江支流无数，某条水量充沛的河流，与他一样翻山越岭。河流经过千万年侵蚀岩层，冲开一条平坦河道。

大河涌入深不可见的峡谷，形成一片瀑布群，烟云升腾，水流激荡，如雷声轰鸣。

他此时身在万丈飞瀑的顶端。西去二十丈，就要随奔涌水瀑一同坠下深渊。

如果不想走回头路，只能横渡河面，到达对岸，翻越下一座山。

程千仞放慢脚步，似在欣赏壮阔景色。

过去多年游历，他见过许多特殊的灵脉和地势，天地造化、鬼斧神工，无奇不有。

这里天地间灵气几乎凝滞，牢笼一般，神识所及尽是粘稠的迷雾，五感不如平日敏锐，只能像普通人，依靠目力和直觉。

倘若修行者在此地遇险，自然很难传讯，生死不知。

“有朝一日对这个世界心生倦怠，不如来这里生活，正好远离纷扰。”

想法产生的刹那，隔着迷蒙水雾，河对岸显出一道高大身影，仿佛命运冥冥中警示他不可松懈。

那人立在河畔凸起的巨岩上，衣袂临风，如高山巍巍。

绝地相逢，当然不可能是朋友。

程千仞仰望着他：“原来是你。”

天色将明未明，对方面容一半隐在阴影中，声音苍老道：“你似乎有些高兴？”

程千仞摇头：“不是高兴，是解脱。我不够聪明，不擅长复杂的思考和计算。”

令人头疼的解谜结束，谁在布局，想做什么，能做什么，豁然开朗。即使谜底很糟糕，他也乐意接受。

“剑阁开山大典那夜，王爷没能杀死我，竟又来东川等我。做事有始有终，佩服。”

安山王：“你觉得自己是谁？”

问题有些奇怪。

但他们身处天然屏障，气机锁死，不会被任何人察觉。这个前提下，平日里讳莫如深，绝口不提的话，都可以无所顾忌地摊开见光。

程千仞自夸起来极不要脸：“南渊院长、剑阁山主、宗门联盟的精神领袖，地位如同安国长公主在镇东军。我的死讯传出去，必然轰动天下。”

安山王：“除了这些身份，没有别的了吗？”

“面馆伙计、算经班学生，连环坞捞尸船工。干一行爱一行。”

安山王轻声道：“还有呢？再往前推，你是谁、从哪里来，难道你从未想过？”

深山寂静，只有水声轰鸣。

程千仞冷下脸色。

什么身份，值得对方不顾重伤未愈，千里迢迢冒险布局，一定要在与世隔绝的境地杀死他。

“温乐说我长得像她哥，朝歌阙指了一颗星星给我看，我很难什么都不想。”

关于这具身体的原主、宁复还解开的封印，还有东川谋生之前，他没有记忆的一切。

“开山大典仓促见你一面，我不敢确定，后来折损寿元反复推演……”安山王叹气，“这似乎是真的，你很可能是我的侄子。你没有死，长大了，还练了‘见江山’，令人遗憾啊。”

他像每个人都有的远房亲戚，逢年过节时毫无感情地寒暄：“你小时候，我还抱过你。你不记得我了？”

程千仞不孝而诚恳道：“真不记得。”

天亮了。沉重阴云破开一道缝隙，第一缕金色的晨曦洒下来，河面云蒸霞蔚，虹桥生辉。

“或许这是兄长对你的保护，或许你是他最后一步棋。但今天过后，你将什么都不是。”安山王道，“你知道吗？其实魔王没有死。”

程千仞明白他的意思：既然魔王还活着，曾试图杀魔王的朝歌阙一定会死。

安山王见他沉默，继续道：“不出半年，我就会是很好的皇帝。”

程千仞神情微讽：“割地饲魔，沿东川山脉建造高墙的好皇帝？”

“最精锐的军队不该为贫瘠之地损耗，王朝的目光也不该放在东边，这一点我劝过兄长，白雪关本来就是错误。但他生平从不认错，我只想纠正他的错误。南行入海，征服鲛人，可以带回来数不尽的鲛纱和宝珠，使所有沿海渔村成为繁华富庶的港口。北去翻山，还有未驯化的异兽藏在深林代代繁衍，它们本可以供人驱策……天地浩大无边，帝王的目光在哪里，人族的明天就在哪里，要想万民富庶，江山永固，必要的舍弃，是很值得的。”

他像教导晚辈的长者，循循善诱，态度温和。

程千仞摸摸鼻子道：“你说的这些，我不太感兴趣。很久以前，我只想过顺遂安稳的日子。身边朋友可以作证，大多数时候，我都脾气挺好。人们说我‘好战’‘狂傲’‘野心勃勃’，实在是冤枉我……”

“但我还是一路修行、不停战斗，追求更强的力量，直到今天。”他缓缓拔剑，话锋一转，“感谢你今天出现在这里，使我的道心更加坚定。”

神鬼辟易一声长吟，冷冽锋光落在水面。

像安山王这种人，有自己的一套道理，逻辑自洽、性情自负，使你无法以道德动摇他的心意。

你只有比他更强大，一剑将他砍进对面山岩，才不用把世界交到他们手里。

对方就像听到笑话，笑得皱纹舒展：“你的剑道已至瓶颈，跨不过圣人门槛。你觉得你对我拔剑，有用吗？”

事实如此，云顶大殿中，如果朝歌阙不在剑阁，程千仞已经死了。此时天下间绝没有第二把剑，能从天而降救下他。

“有用。”

从破晓相逢到朝阳初升，他们一直在说话，就算是叔侄，许多话也本不必说。

这当然不是因为风景美不胜收、天气清爽宜人，更不是出于反派寂寞的倾诉欲。

程千仞认真道：“你与我说这么多话，因为你紧张，因为你真的受了很重的伤，以至于没有十足的把握可以杀死我。你需要时间观察我，以言语使我心生恐惧。”

手中持剑，心意若有万分之一动摇，手就不算最稳，剑也不算最快。

“所以我有机会。我想试试。”

山风凛冽。

神鬼辟易握在他手中，不动如山。

“傻孩子。我既然来了，怎么可能给你机会。”

安山王感叹道。

他周身气息微妙变化，终于不再摆慈爱长辈的做派。

天光倏忽一暗，高山流水、云淡风轻的美景不复存在。冷风呜咽如鬼泣，河水森寒刺骨。

澹澹水雾中，河对岸闪现一点冷寂碧光。

程千仞忽然感到一阵心悸。安山王身后，密密麻麻的碧光接连出现，从对岸密林靠近河畔。

是雪狼，从十余只，到百余只，像一支埋伏已久的军团。

狼身高大似马，皮毛骨骼坚硬如铁，瞳孔泛着幽幽凶光。

程千仞对这种魔兽一点不陌生，它们生性残忍嗜血，只有高等魔族可以驾驭，饥饿或发狂时甚至会食主。人与魔族无数次战争中，战场残尸多半进了它们腹里。

对方从哪里找来、又凭什么调用如此数量庞大的雪狼，许多问题涌现脑海，但他没有时间思考，因为当务之急是生存。

狼群低吼着，浩浩荡荡奔入河中，顷刻水花飞溅，地动山摇。

安山王冷漠的声音随之响起："我了解过你的每一场战斗。与你同境界的修行者，大多不如你战力高强；与你战力伯仲之间的，竟不如你狠；与你一样敢拼命的，又不如你运气好。你运气真是很好，不然在云顶大殿就该死了。仅凭这一点，我便不得不谨慎。"

雪狼奔袭如风，话音未落，最快的一匹已到大河中心，前爪高扬，一跃数十丈，狠狠扑杀下来。

程千仞剑尖指地，纹丝不动。

"轰！"

半空炸开一蓬血花，距他身前三尺，淅淅沥沥的碎肉零落，砸进水中，一点猩红溅湿他衣摆。

下一刻，爆炸声如疾风骤雨穿林打叶，无数血花在河面炸响！

程千仞操纵剑气，冷静地计算，以最少真元完成最高效的屠杀。稀烂的血肉染红滚滚河水，画面毫无美感，令人作呕。狼群不知恐惧，见血发狂地嘶吼，踏过同伴尸体向前冲锋。

他目光穿透血雾与水幕，牢牢锁定对岸的人。

那个人也漠然地注视着他。

忽然间，一道森寒杀意当头罩下，如有实质的压力从四面八方逼来，压得他筋骨钝痛。

神鬼辟易剑锋寒光闪烁，千万道剑气自其上迸射，破风之声大作。

程千仞全身真元分作两半，一面与狼群厮杀，一面对抗安山王磅礴威压，已然气血上涌，左支右绌。

他的剑终于动了，整片猩红河面冲天而起，直冲云霄！

绵绵不绝的真元在半空猛然对冲，那些雪狼来不及哀嚎一声，便被撕裂绞碎。

剑气牵引凌空水流，形成千万道水剑，一齐向对岸迸射。

初春惨白的阳光下，如漫天寒星闪烁，又似狂风扬起黄沙。

程千仞前夜潜入魔军大营，如入无人之境，人们只看到一闪而逝的雪花和月亮。但这并不代表他仅擅长“平湖落雪”或“孤峰照月”这种轻盈迅疾的杀招。

“瀚海黄沙”，天崩地陷，万剑齐发。因为不得不发。

境界差距决定真元悬殊，僵持越久对他越不利，唯有抢先发难，寻找转机。

河水冲天时，程千仞身形虚晃，消失无踪。

漫天水剑中，一点锋光如金尘玉屑，突破重重威压，忽现安山王身前一尺，直指眉心！

程千仞自认这一剑是他如今境界的速度极限。换在任何时候，绝不可能比此时更快。

“铮！”

利器相击的铮鸣响起，对方护体真元未破，他剑势稍滞。

一柄长枪凭空出现，横贯剑前，如拦江铁索。

程千仞疾退！

已经迟了，他看见长枪的瞬间，眼前光线猛然昏暗。仿佛天地间所有日光被那柄枪吞噬干净，仅有枪尖两个刻字撞进脑海：“烽火”。

“轰——”

万千水剑倒冲，剧痛彻骨，天旋地转！

程千仞像一只断线风筝，一飞数十丈，狠狠地砸穿河畔。

烟尘弥漫，碎石迸射。

安山王孑然傲立，褐色绸衫被河水打湿，像沾染了凝固的血迹。

那长枪握在他手中，因与神鬼辟易相击，枪尖星火四溅，发出恐怖的“嗤嗤”声。

程千仞啐出一口血，以剑撑地，从深坑中爬起来。

对方轻飘飘还了他一式“瀚海黄沙”。以“见江山”对“见江山”，便硬生生地砸断他三条肋骨。

烽火，久负盛名的皇族神枪，本为安国长公主所用。现在神枪易主，意味着原主恐遭不测。

他心中泛起阵阵寒意。

安山王淡淡道：“神鬼辟易，果然不凡。”

这令他觉得不可思议，相差一个大境界的前提下，竟然没有一击杀死对方。

早在五十年前，他已经隐约看清自己修行道路上的极限。但是今天，他看不到程千仞的极限。

天才之所以可怕，在于他们足够年轻，又潜力无穷，像生机蓬勃的树苗，只要一点雨露或阳光，就能破开巨石，直入云天。

他愈发认为自己不远万里，来这一趟是无比正确的决定，虽然辛苦了些。注定挡路的恶木，需趁早除去。就像掐灭一株杂草。

滚滚河水将血肉残尸冲下万丈深渊，四野不再有雪狼嘶吼，只剩呼啸风声，流水轰鸣。

程千仞站起来，因为剧痛而动作迟缓，肋下伤口止不住地淌血。

对方显然很了解他的剑。神鬼辟易之威能，在于引动天象，就像在南渊太液池蒸干半池湖水，如果不是这里地脉特殊，天地灵气封闭，他本可以一剑砍断这条大河、炸平这座山峰。

此时此地，竟是个死局。

这是他第二次直面这种境界的对手，如果能活下来……人生总有许多遗憾，可惜没有时间想更多。

“嗤！”

长枪高速破风而来！

枪尖赤炎恐怖地燃烧着，蒸干空气中水分，留下道道青烟轨迹。

程千仞身前光华大作，数不清的法器符箓一齐发动，多半是铸造师邱北的馈赠。

他面对这一枪，毫不犹豫召出所有保命手段，除了剑。

长枪之后的安山王神色忽变。神鬼辟易寒芒乍现，不知何时被对方冒险掷出，瞬间刺破他护体真元！

他一声厉喝，怒而拂袖！

神鬼辟易飞掠，回到剑主手中。

“你想杀死我，雪狼群不够，烽火长枪不够，还需要付出更多代价。”程千仞抹去唇边血线，“或许是性命。”

老者衣袖残破，鲜血顺着袖口淌下，煌煌威严不再。

他全盛之时，根本不将这一击放在眼里。但云顶大殿留下的旧伤未愈，登时气血翻涌，使他身形稍滞。

仅仅一瞬间的迟滞，程千仞下一剑已经到了。

没有万丈狂风，也没有平地惊雷，朴实无华的一道剑影，直直刺出。

纯粹的速度与强大。

程千仞神色平静，真元尽出，不惜空门大开。

死局初显，必然要拼上性命了结，不是敌人的命，就是自己的命。

他看见对方眼底冰冷的怒意，那柄长枪倒转而来，裹挟烈火烽烟，雷霆万钧！

“轰！”

地崩山摧，河水冲天！

程千仞眼前一黑，只来得及避开心脉，肩胛被长枪直接刺穿，他却猛然发狠，握紧枪柄！

刺骨的寒意与剧痛淹没了他。

他什么也看不到，什么也听不到了。身如浮萍，随滚滚大河，跌入万丈深渊中。

午后，天空湛蓝，日光温暖，草木清香沁人心脾。

程千仞睁开眼，过于明亮的光线令他眩晕不适，他昏昏沉沉地想，疼痛是好事，这证明没有死。

如果死后还是会很痛，那未免太惨了些。

等他恢复视觉，打量这间竹屋，一眼看见床边的人。

那人逆着光，非常欠打地笑道：“醒了？这也死不了，厉害啊。”

程千仞喉头干涩，目光紧盯桌上茶壶。

宁复还扶他起身，一口水猛灌下去，呛得他连连咳嗽。

“云顶大殿一别，原来你一直没走，你是放心不下我吧，东家。”程千仞险死还生，语无伦次，“哎，你真是最好的东家，那天我不该骂你傻。”

宁复还用看白痴的目光看他道：“完了，脑子也被打坏了。”

程千仞一怔，缓过神来，摆摆手道：“有吃的吗？来碗面吧。”

“伙计，开山大典我也去了，山主的位子你也坐稳了，你怎么还给我找麻烦呢？”

宁复还压低声音：“我和师弟已经隐居了，过着神仙一样的快活日子，你们一个两个跑来这里打架。我没脾气啊？”

程千仞：“你做人有没有良心，我是替谁扛担子？山主本来该谁当？”

宁复还懒得跟他互相甩锅，端来一碗面堵他嘴：“狗屁山主，我现在就一楼主。”

“对对，楼主好人一生平安。”

阳春面热气腾腾，程千仞埋头吃起来。

宁复还的小楼，是一栋竹楼。宋觉非住在楼上，视野最开阔、阳光最充足的那间。

竹楼建在花木繁茂、与世隔绝的山谷。

楼后竹林沙沙作响，水潭碧波粼粼，水潭之上的岩壁，悬挂着一条万丈飞瀑，如银河垂落，通天彻地，一眼望不到尽头。

程千仞知道尽头，因为他就是从那里掉下来的。

一切恍如隔世。他抬头仰望绝壁飞瀑，努力回想那场战斗，自语道："难道我的命真的很好？"

宁复还在他背后嗤笑："捞你起来时，你被捅个对穿，左手攥着捅你的枪柄，右手还握着神鬼辟易，根本掰不开你指头。"

程千仞微惊，他为了争取万分之一秒的转机，不让对方抽枪护身，没想到真的夺下烽火。最后关头，安山被那狂暴一剑逼得弃枪后退。

"那柄枪呢？"

宁复还没有回答，楼上传来一道声音喊"饿"，他头也不回奔向后厨。

留下程千仞一个人，自己艰难地转动身下轮椅，"咯吱咯吱"回屋去。

堂堂程山主，坐着宋觉非闲置不用的旧轮椅，眼巴巴等饭。

他伤筋动骨，五脏俱损，提不起真元，更无法吸收天地灵气。昏迷三天三夜，确实很饿，需要补充食物和能量。

阳春面不顶饱，不远处忽然飘来烤肉的香气，诱人至极。

程千仞"哼哧哼哧"转着轮椅去找吃的。

潭边有一位妇人正在烤鱼，篝火明亮，肥美的鳜鱼串在铁棍上，青烟袅袅。

程千仞没想到，对方同样坐着旧轮椅，行动不便也要烤鱼，可见身残志坚。

他以为这是宁复还找来帮工的厨娘，或者照顾宋觉非起居的嬷嬷，毕竟宋觉非双目失明。

中年妇人荆钗布裙，气质很温和，翻鱼动作熟练。

她对程千仞道："吃吗？"

"打扰了。谢谢。"

"不谢。"妇人慈爱地笑笑，"多吃点，毕竟'来时容易去时难'。"

程千仞微怔。滋啦作响的烤鱼从"铁棍"上取下，露出泛着油光的枪尖，两个刻字在阳光下熠熠生辉：烽火。

他霍然抬眼，紧盯着那妇人。

"长公主殿下？！"

安国公主笑笑："程山主，幸会。"

烽火烤出来的鳜鱼，外酥里嫩，果然不同凡响。

"感谢你替我拿回它，请你吃烤鱼。"安国公主取清冽潭水清洗长枪，"与我说说外面的事吧。"

程千仞："魔王没有死；宗门联盟抵达白雪关；你失去音讯的这段时间，温乐公主让徐冉将军假扮你，白总参也知道这件事。"

"小静行事荒唐。不过有白闲鹤帮她们遮掩，省去许多事端……你也是被皇叔打下来的？"安国收起烽火长枪，"父皇从前就说过，皇叔特别拧巴。他分明不喜欢你，偏要对你笑，心口不一，压抑本性，早晚要出事的。其实世间万事本来简单，这种人多了，就搞得很复杂。"

对方语气如闲聊家常，使程千仞放松而坦荡道："他认为我是某个流落在外的皇子，你怎么想？"

"我怎么想不重要，重要的是，你自己怎么想。"

程千仞摇头："我什么都不记得。"

安国公主笑道："你对我满意吗？如果我是你的家人，长姐如母，你愿意有我这样的家人吗？"

程千仞心想这真直接，事关皇族血统、宫廷秘辛，却像村口段师傅的小儿子走丢了似的。

"你和我想象中很不一样。"

安国公主摸摸脸："对，我长得不够凶，不能吓哭敌人，所以平时戴面具。这倒方便了徐冉……她很有天赋，刚来白雪关性子急躁，近几年也被风沙磨平了，沉稳许多，又不失锐气。年轻人，正是该大展拳脚的好时候。"

程千仞傻愣着，跟不上她话题的节奏。

宁复还在竹楼露台边喊人吃饭。

安国公主转动轮椅："走吧，先填饱肚子。"

春风拂槛的露台，宋觉非靠在轮椅上，被宁复还推出房间。

程千仞差点没有认出他，虽然还是墨发绛唇，肤如凝脂的美人模样，却有些地方与面馆初见时大不相同。

原来形销骨立，白袍里空荡荡的，现在丰腴许多，阳光下神情散漫，像一只皮毛顺滑的大白猫。

饭菜已经摆满竹桌，宁复还抢先道："觉非，那位客人醒了，今天起和我们一起吃饭。”

程千仞：“宋道友，打扰了。”

宋觉非双眼失焦，嗤笑一声：“你就爱多管闲事。”

安国公主与程千仞表情尴尬，奈何人在屋檐下，不得不低头。

宁复还摸摸鼻子：“自家门口的事，不能见死不救，只当积点福报吧。我今天做了杏花糕，你多吃点。”

宋觉非摸索着伸手去夹，筷子落空，碰在碗边“当啷”一声。

他脾气暴躁地摔筷道：“积什么福报，如果不是宁复还，我怎么会落到这种地步？”

宁复还从善如流地说：“对对，臭小子。别让老子碰见他，碰见一定杀了他。”

他一边为师弟夹菜盛汤，一边向两位客人打眼色，示意他们入座。

程千仞刚吃过烤鱼，肚子半饱，暗自打量这对师兄弟。

怪不得宋觉非胖了，衣来伸手饭来张口，换谁谁不胖啊。

饭后宁复还推宋觉非去竹林里晒太阳，自己回来收拾碗筷。

程千仞怒其不争，低声道：“你说你过得比我好，就是过这种日子？你还会拿剑吗？”

“这样不好？”

程千仞：“洗衣砍柴，做饭烧水？”

安国公主：“平白挨骂，受累受罪。”

程千仞：“宝剑藏锋，令人心碎。”

宁复还求生欲非常强：“千山万水，无怨无悔。”

楼外宋觉非高声喝道：“你们嘴里嘟囔什么，当我又瞎又聋？”

宁复还瞪了一眼程千仞：“夜宵没你。”

程千仞狂拍轮椅扶手示威；安国公主跟着一起拍。

感谢宋觉非同样行动不便，这座竹楼内，有平缓坡道代替楼梯，桌椅高度与轮椅平齐。程千仞觉得东家不该开面馆，应该建个残疾人之家。

他提不起真元，无事可做，只能拿着神鬼辟易在潭边叉鱼，当作复健。

夜半星河初照，轻柔月光洒向山谷竹林，如一层银纱。

肥鳜鱼猛然甩尾，溅了程千仞满脸凉水。

只听微风飒然，赤炎一闪，烽火长枪斜斜钉入清澈见底的水潭中，安国公主拔起枪柄。枪尖串着两条鱼，一动不动。

程千仞："你已经可以控制真元，应该能站起来了吧。"

安国公主道："还不行。谁让我们偏偏落在这儿。"

宁复还踏遍千山，找天地灵气封闭的山谷隐居，以为与世隔绝，不料有人专门到这种地方打架。

修行者不能沟通天地，吸纳灵气受限时，伤势恢复极为缓慢。

万丈绝壁当前，如天然牢笼，果然是来时容易去时难。

程千仞想起安山王说过的话，自嘲道："谁说我命好。"

安国公主："不，皇族有一句话，叫作'皇命在我，天命在我'。这便是舍我其谁的王者气度。"

"我不太明白。"

"就是自恋。"

"……懂了。"程千仞笑道，"难道皇族只是比普通人更自恋？"

"小静喜欢吃烤油馍，但她不能在宴会上吃。我不喜欢打仗，但我这辈子都在战斗。皇族嘛，与生俱来，无法选择，你所拥有的一切荣耀、权力、苦难、枷锁，都源于你的血统和姓氏。"

安国公主顿了顿道："或许你现在可以选。"

月色照耀下，飞瀑与潭水冰雪般晶莹，流光溢彩。

她轻声道："我自成年便驻守东境，只见过你三次。第一次是你出生，父皇大赦天下，他说你是一颗帝星，便召我回皇都，要我见见自己未来效忠、辅佐的对象。第二次是我归京述职，那年你才十岁，与其他皇子同在崇文馆念书，早慧得令人害怕，我才开始相信星象之说。两年半之后，宫里传来你染疾暴毙的消息，但武将无诏令不得入皇都，我便没有回去。第三次，就是在这里，吃烤鱼……你说你什么都不记得，没事，我所知道的也不比你多。父皇意图如何，恐怕只有他自己清楚。"

程千仞哑口无言，他觉得此时应该安慰对方，却没有立场。

安国公主看出他为难，反过来宽慰他："这很正常，手里有了军队，就要远离权力中心。我若总是滞留皇都，难免有人动心思，笼络我卷入党争。尤其镇东军，与禁卫军或神武军大不同。父女、姐弟之情，应在国体之后。"

程千仞沉默片刻，问道："他是个怎样的人？"

"我在他东征路上出生，他为我起名段暄胜，因为他做梦都想打胜仗。后来他要修南北运河，推行'居山令'，所有出言反对的人，都被他杀死了。午门断头台血流成河，谁也不能改变他的心意。我是他手中最锋利的刀剑，为他排忧解难。运河完工后，便以我的封号命名，叫作‘安国大运河’。”

“等你出生时，天下太平，再没有人反对他，他也开始老了，便讲起宽和、仁义、以德服人的道理。”安国公主笑了笑，“你不该问我，我的意见不重要。帝王千面，等你见到他，自然就明白了。”

程千仞听对方讲述，脑海中许多设想浮现。关于这具身体原主的过去，他以为他应是局外人，只想着该如何应付特殊身份带来的麻烦。

此刻却心生动摇，凡事必有因果，难道一切真的与我毫无干系吗？

安国公主道：“或许父皇早就等着这一天，你背后站着剑阁和学院，你若恢复身份登基称帝，谁也挑不出错处。关于你的故事流传甚广，市井间传得神乎其神。”

话到此处，再往下说，必然提及朝歌阙，程千仞心情复杂，转动轮椅告辞。

繁星闪烁，晚风拂面，吹来水汽和草木清香。

他看着竹楼窗口的暖黄色烛光，突然有些明白，宁复还为什么觉得这里很好。

就像他与逐流还在南央城小院，家人闲坐，灯火可亲。

飞瀑之上面对烽火长枪时，程千仞想，若侥幸逃过一劫，要见见朋友们，也要对逐流更好一点。

包容开导弟弟的偏执和小脾气，帮助他与朝歌阙接纳融合，变成完整的人格。不管情况多糟糕复杂，自己作为哥哥，不能没出息地逃避。

吃面、养伤、轮椅换拐杖、双拐换单拐、听宋觉非骂宁复还，日落月升，一天又一天。

程千仞与东家谈剑，与安国公主论道。反思过去每一场战斗，他现在唯独不缺时间。

但剑道瓶颈依然横在那里，安国公主说，还差一点火候。

“以我的境界，已经不足以教你。如果父皇脑子清醒，他可以做到。只怕天意注定你要见他。”

瓶颈不破，便心思不静。他试图攀爬岩壁，屡屡失败。

宋觉非脸色越来越不好，每天给宁复还找事，显然不乐意对方再沾染外界纷扰。

宁复还抽不开身，无法探知谷外消息。

但日子还是一天天过，四人中因此辗转反侧的，似乎只有他一个。

十三天后的晚饭前，程千仞终于忍不住了。

“想想办法吧，我们四个人遇在一起，什么事情做不成？”

宁复还：“比如打麻将？”

程千仞：“不！比如离开这里！”

宁复还同情地看着他：“晚上多吃点。”

“我自己可以上去，但我的真元不够多带一个人。”宁复还望向竹楼二层，“至于我师弟，唉。”

言下之意是宋觉非双腿残废，双目失明，更帮不上忙。

程千仞对安国公主道：“难道你不急吗，你不怕魔族攻破白雪关？徐冉与温乐谋逆穿帮？镇东军损失惨重？”

元帅指向窗外道：“你看这万丈飞瀑，水流的冲击力是很强的，会使悬崖日渐坍塌，直到有一天彻底消失。地形变化，沧海桑田，自然造物非人力能及。我们就在潭边吃烤鱼看蝴蝶，静静等待，万事随缘。”

程千仞听得云里雾里：“等多久？”

“大概，一万年？”

程千仞：“我今晚就要走！”

安国公主轻吟咏叹调：“是啊，一万年太久，只争朝夕……”

程千仞更崩溃了。

宁复还道：“多住一阵吧，修为恢复了再走嘛。”

宋觉非的轮椅声响起，三人默契地闭口不言。毕竟宁复还在他师弟面前，还顶着一层假身份。

晚饭后程千仞自觉收拾碗筷。宁复还推他师弟回屋，破天荒地，宋觉非拍了拍他的手道：“谢谢。”

宁复还不明所以，开心地笑笑。

程千仞一边擦桌子，一边琢磨如何出谷。忽然心头一动，甩下抹布，狂奔出门。他伤未痊愈，险些跌倒在宋觉非房门口。

还是迟了，轮椅上的人霍然起身，一记手刀砍下，宁复还对他毫无防备，当即软软瘫倒。

“你！”程千仞大惊，“你都知道了……”

宋觉非冷笑道：“程山主，我是个瞎子，不是傻子。”

程千仞心里大骂傻东家，一边挡在宁复还身前道：“你杀了他，一定会后悔！”

“凭你现在这副模样，也想拦我？”

春日微凉的夜风灌进窗子。宋觉非五指一张，长鞭在手，睥睨八方。

程千仞曾被这条鞭子抽到半死，看见就觉得浑身发疼，却寸步不让，指着宁复还道：

“你真的忍心杀他？你知道以前他有多懒吗？开面馆的时候，算账采买洒扫哪样不是我来，他只瘫在柜台后面喝假酒！你看看这里，竹楼内外一尘不染。还因为你目盲，桌椅板凳全部磨成圆角，只怕你有一点磕碰。拐角门廊都有系着铃铛的红线，让你听声辨位，不会被撞到。”

他伸手触碰红线，银铃声清脆悦耳。

“他根本不爱吃甜食，却每天做点心给你吃。这样心细如发，就算至爱亲朋，手足兄弟也不过如此。他到底待你多好，你一定能感觉到。”

程千仞情真意切，说得自己都快哭了，可宋觉非依然握着鞭子，一脸冷漠。

于是他从怀里掏出一卷旧册。

“这是秋暝真人写的札记，你若当真看不到，我可以念给你听。”

泛黄纸页哗啦啦作响。

“虽然命运不公，但老天爷欠你的，你师父师兄都想努力为你补回来。倘若秋暝真人还活着，他一定希望你们过得快乐。”

宋觉非垂眸看着宁复还，问：“说完了？”

程千仞轻声道：“宋师兄，遗恨旧怨算不清楚，今生至此，不如放下吧。”

宋觉非忽然笑了，问：“你真觉得我要杀他？”

程千仞心想，你最近二十多年，除了忙着追杀他，也没干别的正事啊。

背后响起一道声音：“他是想送我们走。”

安国公主不知何时来了，一直站在门边阴影里：“我们叨扰别人隐居，是要遭雷劈的。”

程千仞一怔，恍然大悟。再看无知无觉、睡得香甜的宁复还，心里十分不是滋味。

我正疯狂灌鸡汤，希望你师弟能苦海回头，原来全是浪费表情。什么随缘等待一万年，都是逗我。

宋觉非：“等他醒来，我会告诉他，你们自己离开了。”

他们来到万仞绝壁前。

飞瀑如银河垂落，落在水潭上，溅起一片琼珠碎玉。

宋觉非一手持鞭，白袍广袖迎风翻飞：

“程山主，走了就不要回来，不要再与我们有干系。世间再没有剑阁双璧。你记住了吗？”

林渡之在朝光城短暂停留，开坛讲经后，决定继续东行。

他去东边有两件事情，一是听说程千仞到了白雪关，徐冉也在，想去见见朋友；二是小庙毕竟有魔族血统，有权了解魔族的生活。自己带他去看，教他道理，总比他长大后发觉，内心无法接受或被外界恶意中伤的好。

林渡之想得十分周全，他总是替别人考虑更多。

彼时程千仞刚刚动身前往东川山脉，他尚不知道。

朝光城留守百姓自发赶来送林渡之，他三次行礼辞行，及城外二十里，送别队伍才渐渐散去。

朝阳未升，东方天空微微泛白，厚重铅云遮蔽日光。

林渡之忽然回头，城头一面面朱雀旗、星星点点的灯火已看不真切，那座巍峨雄城隐于晨雾，被他们抛在身后。

冷风肆虐，旷野无边，仿佛天地回到蒙昧未开之时，只剩一大一小孤零零两人，向风雪更寒处走去。在广袤原野上留下一道蜿蜒痕迹，很快消失无踪。

愈往东行，天气愈发寒冷，林渡之走得不快，领先小庙半步，足以为孩子遮挡风雪。

手握竹杖的孩童低声说话，稚嫩声音飘散风中。

同一篇佛经故事，林渡之讲过两遍后，会让孩子复述。允许添改、表达自己的观点，以检验他是否真的理解了。

此时，林小庙正在讲佛祖慈悲，割肉饲鹰。

“佛祖不忍见鸽子被捕，亦不忍秃鹰忍饥，于是向秃鹰割肉抵偿，直至血肉耗尽，白骨显露，竟不能抵。秃鹰问他，‘你后悔吗？’，佛祖答，‘恶不可渡，我后悔了。’”

“不对。”林渡之一怔，温和抚他发顶，“昨晚还讲得好好的，睡一觉又忘了？佛祖应答，‘无一悔恨之意。’”

林小庙笑笑，仰起脸天真地问：“我们去哪里呀？”

“雪域边界，白雪关。”

“朝光城不好吗，带我去那里干什么？”

“不是带你去，是送你回去，万物皆有来处……”

回去看看自身缘起之地，也是好事。

“那你呢，要回蓬莱成佛吗？”孩童打断他，笑意收敛，扔下竹杖，“这一天还是来了。去雪域的路我自己认得，何须你来送？”

林渡之从未见过小庙这副模样，直觉不好。

来不及反应，对方扯去蒙眼白布，豁然睁眼，双目金光湛然！

林渡之被金辉所摄，一刹那恍惚，只见眼前人眉眼微妙变化，身形节节拔高。

“哗！”

天光骤暗，仿佛所有风雪被搅动，呼啸着从四面八方汇聚而来，须臾形成贯通天地的风暴旋涡。他身处风暴中心，却只看见一片夜色。

那是一双黑色羽翼，遮天蔽日，若垂天之云。

魔王显露本相，于是夜色降临。

人间最沉重的黑暗淹没了他。

小庙说：“现在你后悔了吧。”

林渡之拂袖，一道柔和至极的力量从他周身溢散，温暖春风般吹散狂风暴雪。他蹙着眉，目光由不解、失望、愤怒渐渐变为沉静，如澄澈的湖水。

“魔王波旬？”

“你认得我？”

“佛经中有你化作人身，蛊惑佛子的故事。黑翼金瞳，你是波旬。”

“我是，你怕吗？”

林渡之诚实道：“真有一点。”

“怕什么？”

“经书里写你黑翼长满重瞳，我看比较密集的东西，就头皮发麻。”

魔王笑了，他笑起来浅金色月牙眼弯弯，又是少年模样，便显得十分天真。

“别怕，经书里都是骗人的。这就是我的本体了，不信你摸摸呀。”

林渡之摇头：“经书未必骗我，你却骗我。”

波旬轻声道：“我不想你走，更不想你成佛。只要你点头，我还是林小庙，我们还像从前一样。怎么能算骗呢？”

他小孩撒娇般去抱林渡之的腰，试图用羽翼包裹对方，却被那人避开。

“你着相了，及时回头罢。”

“不。”波旬残忍地笑，“别再跟我讲因果循环、是非对错，那些都不重要。重要的是，我想怎么样。”

林渡之整日与他讲经说法，教习人世间至善的道理，但他是大魔王。

所以他想怎么样，就怎么样。

林渡之看着那双浅金色瞳孔，神色平静，像看一个无理取闹的顽童。

波旬欺身靠近，拉他手腕，方一触及，却触电般松开。

“嗤！”

魔王五指掌心似被烈火灼伤，一缕青烟飘散。

林渡之笼罩在淡淡光晕中，宝相庄严。

波旬浑不在意手掌伤口，笑道：“你已修得一半金身，恭喜呀。”

佛光护体，邪魔不侵。虽无法战胜魔王，却足够自保。

魔王双翼收拢，越过他向前走，道：“我去白雪关了。”

气氛安静而古怪。片刻后，林渡之敛去佛光，轻轻拉住他衣袖。

只要他出现，便是告诉这个世界，他没有死，依然无比强大地活着。只要他参与战局，人族绝无胜机。

魔王恶作剧得逞一般，豁然张开羽翼。

“可怜鸽子死去时，你想救他们，除了舍身饲鹰，没有别的办法。你与我同去，我便下令止战。”

狂风再起，他们像一颗流星，直冲云霄。

林渡之被厚重羽翼裹挟，丝毫感受不到风雪和气流压力，羽毛柔软而温暖，却暗含禁锢的力量，使他一根手指也动弹不得。

他们飞过白雪关上空，在遥不可及的厚重云层间穿行。

云下是箭雨和火炮，疯狂厮杀的人族与魔族，焚烧后的焦灼大地，尸体堆叠的人间地狱。头顶是浩瀚天空，西天尚有冰蓝色，浅淡的繁星和月影还未消散。东边挂着朱红的初升之日，为视线尽头黑塔的尖顶镀上金辉。画面瑰丽而奇幻。

黑塔傲然耸立，好似一柄利剑。那是雪域最高的建筑、魔王的住处。

程千仞失去音讯的第六天，来到白雪关的修行者们浴血奋战，已显疲态，魔族大军攻势依然猛烈。

有人提出弃关，退守更具地利，城防更严密的朝光城，以便反击。

然而安国公主生死不知，朝辟宫没有动静。军报传去皇宫，没人指望宫里真的会下诏令，象征性地走个过场罢了，礼不可废。

白闲鹤：“这片战场像一只吃不饱的凶兽，更多的牺牲没有意义。”

徐冉："你率领主力后撤，我带人断后，我会将敌人尽可能多地困在这里，然后开启自毁阵法，将他们炸上天，为你们争取时间。"

这种疯狂想法，使温乐情绪几乎崩溃道："你还记得你是谁吗？你不是真的元帅，你没权利毁灭它！"

她们爆发争执，但徐冉现在是"安国公主"，拥有镇东军最高指挥权，没人能改变她的决定。

谁也没有想到，计定第二日，魔族大军诡异地停止攻势，接着开始缓慢撤军。

徐冉："搞什么啊。"

白闲鹤："总归是好事，不用我们做选择。"

事出反常必有妖，上至宗门修行者，下至传令小兵，白雪关的人都明白，有些他们不知道的事情发生了。或许在东川山脉深处，或许在世界的任何一个角落。

各路人马沉默地等待着，没有等来魔族的动静，却等来皇宫的诏书。

这是首辅摄政之后，出自皇宫、圣上盖印的第一封诏令，意义非凡，震惊世人。

它由禁卫军统领护送，先出宫墙、再出皇都。飞行法器在京郊巡防营升空，一路向东。

所有人都看着它、揣测它，当这封诏令传到白雪关时，程千仞回来了。

程千仞平安归来，剑阁弟子们疲乏顿消，奔走相告。其他修行者猜测他这段时间杳无音信，究竟去了哪里，是不是因为遭遇恶战身受重伤。他反常地没有保持低调，召开集会宣布安山王通魔叛族，任由众人打量，一时间人心大定。

徐冉走进军帐时，外面热闹的聚会还没有结束。军旅枯燥，喝酒赌钱是镇东军唯一的娱乐活动，那些修行者早已沾染一身白雪关习气，张口闭口都是"再走一个""满上满上"，哪有刚来时仙风道骨、白衣飘飘的模样。

程千仞说这是好事，各门派共历残酷生死考验，变得更加团结，比以前表面和气，暗中算计的好。徐冉与其他将领却只觉得十分幻灭，时常怀念那天黄昏夕阳如血，世外仙人们接连走下飞舟，广袖临风，不似人间。

她不能喝太多酒，她是元帅。

军帐里点着灯，案前高大挺拔的人影半明半暗，徐冉以为白闲鹤来议事："没跟他们喝酒去？"

话才出口，她便意识到不对，斩金刀出鞘一半，刀风惊扰烛火。

完全陌生的气息，但太过温和无害，那人抬头时徐冉一怔，如果非要比喻，案前妇人像位拿针线的慈爱母亲。

妇人淡淡道："你连我都不认得，还敢扮作我？"

"皇姐！"

徐冉还愣着，温乐旋风般跑进来，见到来者一个飞扑，却被摁住肩膀道："小静，你这次行事荒唐。"

温乐脸色煞白。

徐冉单膝跪地，抱拳行礼："末将见过元帅。这是我一个人的主意，一人做事一人当，与温乐殿下无关。"

安国公主不忍心再吓妹妹，笑道："虽然荒唐，但是做得不错。"她张开手臂，"来，抱抱。"

温乐在姐姐怀里磨蹭，像只小动物幼崽，徐冉心想，我背她赶路的时候，她怎么没这样软呢。

安国挑眉道："啧，你看什么，你也想抱？"

徐冉尴尬地轻咳一声："末将不敢。"

安国公主示意温乐退开，扶徐冉起身，神色微肃道："护关有功，谋逆重罪，念在你一片忠心耿耿，这次功过相抵，权当无事发生过。调你去禁卫军料理三年粮草。三年之后再成名罢。"

她语气不重，却带出不容违抗的气势，轻描淡写地决定了一个人的命运。

温乐像受了莫大刺激，问："为什么！"

徐冉面色平静，俯身再拜道："末将领命。"

她早知这是出力不讨好，稍有差池就掉脑袋的事。温乐是皇族公主，笑骂一句便过去了，她是王朝将领，要严守军规，忠军爱国。

甲胄、面具、披风一一卸下，元帅行头用料太沉，全部除去，回归本来面目，顿觉浑身轻松。

徐冉很心大地想，就当做了一场梦，这辈子不亏嘛。

温乐追她出营帐，不知为何，安国公主没有阻拦。

徐冉见小姑娘眼眶通红、欲言又止，好心安慰对方："没事，禁卫军挺好。我长这么大，还没去过皇都，早就听顾雪绛说，淮金湖的姑娘们色艺双绝、温柔解语，正好去见识一下。"

小公主眼泪顿收，恶狠狠道："温柔乡，英雄冢。三年之后你也别想闯出名堂了！岂有此理，又是淮金湖，本宫早晚一把火烧了它！"

徐冉被骂得莫名其妙，转身就走："什么人啊，不讲道理哦。"

还没走两步，狂风忽起，飞沙走石，云层后北方天空一片阴影飞速掠来。四下里惊呼迭起。

“是父皇的云舟。宫里来人了！”温乐喊道，“我们快去看看！”

徐冉摆摆手道：“这种大事，还真轮不到我。”

温乐怔在原地。

茫茫夜色中，传令官们举着火把各营奔走，人潮向城头聚集，徐冉逆大流前行，像一颗石子没入海水，转眼消失不见。

程千仞正在剑阁驻地，与各门派修行者喝酒。

一位澹山弟子喝高了，激动道：“山主，您平安太好了，您要是出什么事，我们可怎么办，山上的鸡可怎么办啊。”

后半句被怀清及时捂住嘴，只发出含糊的嘟囔。事关剑阁清贵形象，程千仞不许他们在外人面前提自家山鸡。

恰逢传令官匆匆赶来道：“宫里的圣旨到了。”

程千仞心头一跳，直觉有什么出乎意料的变数，他提起精神说：“走吧诸位。”

剑阁弟子做正事时架势十足，整齐地跟在他身后，一行人浩浩荡荡地进了主帅营帐。

大帐烛火通明，安国公主与传旨的禁卫军统领坐在主位，各部将领分立两侧。

安国已戴上面具，气势冰冷威严。她举起手中明黄的圣旨道：“镇东军退守白雪关，是王朝的战略决议。你们是最出色的战士，未来我们将面临更严峻的战斗，终有一天再夺回这里。”

一众将领齐声应道：“永不畏惧！”

安国公主转向程千仞，语气缓和些许，状似随意道：“你来得晚了，还有一道诏令，我方才替你接了。”

他心中警铃大作，暗道不好。

安国不给他时间，朗声宣读：“五皇子段暄虞，自幼游历人间，性情坚韧，天资超群。朕谓此子，实允众望。即日归京，入主东宫。”

满堂哗然！

她合上圣旨：“皇弟，恭喜你。”

“怎么回事？”

“山主，他们在说什么啊？”

程千仞听不清周遭声音，看不见安国公主面具背后的表情，只觉浑身冰冷。

万里迢迢赶来传旨的禁卫军统领站起身，拜倒在地道："恭迎殿下回宫。"

将领们随之跪拜："恭迎殿下回宫——"

安国公主笑道："起罢。"

程千仞拂袖而去。他走得很快，没人跟得上他。

消息传得更快，那些飞鸟与传讯符消失在白雪关上空，去往大陆的每一个角落。

作为一个多重身份的传奇人物，世人皆知程千仞出身南渊学院，再往前追溯，应该算东川人。一夜之间，却成了游历人间、体验人生的皇子。

市井话本写得再夸张，也不敢这样瞎写。

程千仞一走了之，场面并未失控，安国公主和她的亲信将领招待皇都来使饮酒，气氛其乐融融。

茫茫夜色压在白雪关上空，天似穹庐，程千仞站在城头，心情复杂至极。索性散去护体真元，任由雪花打在脸上，凉丝丝的。

不知站了多久，灯火通明的边城渐渐沉寂。夜风更寒。

"你是小孩子吗？不开心就躲起来？"

程千仞："我不喜欢被人摆布。"

"我和你一样，都没有选择，只是盘上棋子，由下棋的人摆布。"安国公主道，"下旨的不是父皇。你肯定猜到了，为什么不愿意面对呢？"

程千仞微微蹙眉，他接触过的皇族，除去年纪最小的温乐，不管是安山王还是安国公主，说话腔调都十分正统，有时他听不习惯。现在比起说话腔调，聊天内容更令人胸闷。

去往东川山脉之前，白闲鹤对他说，魔王一死，那位声威鼎盛，比圣上更得民心。如果他不愿这种局面继续下去，总要做点什么。

安国公主在崖底时，还是荆钗布裙的温和妇人，也总想将话题引向朝歌阙。

程千仞以为是他们多心，世人皆多心。

原来他去东川山脉这一趟，不是安山王的阴谋，也不是魔王的谋算，仍在朝歌阙的局中。

险死还生、在谷底养伤时，他想过对逐流更好一点，现在就像一个笑话。

程千仞："他怎么敢。"

"杀死魔王是真正的千秋功业。你说魔王没死，可是魔王又不现世，谁会信你？只要人族不灭亡，他将永远被称颂。如今他声望、权力俱在巅峰。可以做任何事，没有人会反对。他说的话，就是真理。”

比如废黜太子，另立新的东宫，比如一纸诏书昭告天下，以圣上的名义，否定一个人过去的身份。

其实程千仞的四个字，意思很简单：他怎么敢骗我。

安国公主只以为他不肯面对现实，叹息道：

“只懂战斗是不够的。你该学会做个大人物了，有时候为天下战，有时候与天下战。”

程千仞：“宁复还也这样说过。”

但我学得不好，以至于陷入眼下的境地——身前无敌人可杀，身后无退路可退。

“幸好他依然愿意遵守忠于皇族的誓言，并且选择了你，你该开心才是。多少人为那个位子明争暗斗，耗尽心力。你不想要，实在有些……”

程千仞补完她未尽的话道：“不识好歹，我知道。我想吃阳春面，你给我一锅鲍鱼燕窝，逼着我吃干净，不许浪费，说别人根本吃不上这种好东西。但我只是个普通人，只想吃一碗贴胃的面！”

安国公主一怔：“你们面馆伙食真不错啊。”

程千仞摆手：“我胡说的，以前日子穷，谁吃过鲍鱼燕窝。等手里有点钱，又辟谷了。”

安国公主微笑道：“你没吃过，怎么知道自己不喜欢呢？”

程千仞沉默无语。

他自觉亏欠这具身体的原主，局面至此，再没有逃避的可能。

安国平静道：“多事之秋，我们再承受不起更多的内耗斗争了。好好跟首辅谈谈，我知道你肯定不乐意，克服一下困难。”

程千仞心道，很久以前，我们一起过了很多年日子，在东川或在南央。没有不乐意，那是我一生中少有的、平静的好日子。他是我弟弟。

他跳下城头，安国在背后喊：“别忘了，明天你要随云舟回宫。你不会跑吧？”

“我不会。”

程千仞决定去皇都。

好像命里注定要走这一趟，有些问题的答案不在战场。他想见遍江山，那个地方是绕不过去的。

有人站在门外回廊外等他，身形不像女子，他头脑昏沉地喊了一声：“老傅。”

那人回头。

隔着十余丈距离，程千仞看见他的脸，瞬间清醒了。

他快步上前，一把将人推进屋内，反手关门。

一片黑暗，程千仞顾不上点灯，抓着来者衣领喝问道："你根本不是去杀魔王，你直接回了皇都。"

"是。"

"为什么骗我？"

"……抱歉。"

"你什么时候决定的？来白雪关的路上？"

"和你在剑阁观云崖看星星的时候。"

程千仞心道说得真好听，不就是刚去杀魔王，下一步就想好了吗？当初你在剑阁澹山修养，皇都那边做了哪些安排，有什么计划，一个字都不告诉我。

"我想要的东西，我自己会去抢，不用你替我选！"

他已经察觉不对，眼前人的没有呼吸和心跳，这只是朝歌阙的分神化身，本体应该还在皇都。

"别以为你能掌控一切！"程千仞深吸一口气，退开两步，"抱歉，我们都先冷静一下。"

朝歌阙道："皇都等你。"

分神化身不能离体太久，青烟般凭空消散，只留下一句话。

程千仞一剑劈在门板上。

两扇房门轰然倒塌，然后是门槛、砖墙，从地面到梁柱蛛网般开裂，裂缝飞速蔓延。

"轰！"

烟尘四起，程千仞提剑静立在碎瓦狼藉间。

整座院子倒了，剑阁弟子们听见声音出来探看，半空中暴戾剑意未散，丝丝缕缕地浮游。在神鬼辟易的恐怖威能下，人们远远站着，没有人说话，气氛紧张。

人群越聚越多，直到傅克己和邱北出现，才自发让开一条通路。

傅山主道："都回去罢。"

程千仞抬眼，面无表情道："你们这是干什么，觉得我情绪失控，要来抓我？"

"我抓不住你。"傅克己长剑回鞘，解释了一句，"刚才我正在练剑。"

"我在制符。"邱北收起手中符箓。

于是程千仞也收剑。剑拔弩张的场面顷刻缓和。

他甚至客气地问："吃了吗？随便坐。"

邱北无语地看着一地断壁残垣，收拾出半截断梁，撩起衣摆坐下。

这里的动静压不下去，一夜之间，人们都知道程千仞在宣旨宴席上拂袖而去，深夜时又挥出一剑，余威惊天动地。各方猜测层出不绝，最多的说法是他想起这些年游历四海吃苦受罪，圣上却直到今日才召他回宫，心里有怨气。

徐冉被剑意惊动，匆忙地跑来。她因为调任一事心情郁闷，刚去找白闲鹤喝酒，于是白闲鹤也来了。

五个画风各异的人并排坐在断梁上。

傅克己首先打破沉默道："你如果在为身份烦心，大可不必。你先是我的朋友，再是剑阁山主，最后是别的什么人。我不怪你瞒我。"

程千仞："如果我说，我什么都不记得，你们信吗？"

徐冉："我信啊。你带着弟弟的时候，过得多仔细，一文钱恨不得算两半，一看就穷惯了。"

皇族可养不出穷病。

程千仞无奈摇头，起身掸掸衣摆："走了。"

徐冉："喂，你去干吗？你要控制你自己啊！"

程千仞眨眼间走远，只有无奈的声音传来："我去给大家道歉。"

傅克己："他应该冷静了。"

白闲鹤感叹道："直到现在，他还是不像个大人物啊。"

他第一次见程千仞，就发现这人行事作风与众不同。比如此刻，程山主认为半夜发疯，打扰别人睡觉不对，做错事就要道歉。还要给剑阁弟子、学院学生们一个说法，使他们安心。

从来没有"我的身份摆在这里，大家信服我、追随我是理所应当"的态度。

徐冉不服："谁规定大人物非得是一个样儿。必须老谋深算、高高在上不可？再说，千仞已经进步很多了。"

程千仞刚到南央城不久，便与徐冉和顾雪绛结识，那时他还带着东川讨生活的习气，面上平和讲理，一副老实过日子的怕事模样，骨子里藏着坚韧、狠劲和冷漠。

是学院和剑阁的经历将冷漠磨去，添上沉重责的任感。天塌下来，他要顶在前面，地裂山崩，他也不能崩。

第二日辰时，白雪关风雪暂歇。

去往皇都的云舟整装待发，安国公主带着各营将领去请未来太子登船。路过昨夜被剑气毁坏的庭院，大家仿佛无事发生过。

隔壁傅克己的院子安然无恙，一行人全甲在身，郑重其事地走进前厅，却看见程千仞端坐案前，案上碗筷俱全，丝毫没有准备离开的意思。

安国公主："你在干什么？"

"煮点阳春面，请弟子们吃。"

他说煮面，就是真的煮面。桌案上红泥火炉银丝炭，大汤锅水开了，"咕咕"冒泡。他左手端碗，右手拿筷子翻搅。

怀清怀明侍立身后，同样面色平静。

大家摸不准程千仞心里想什么，目光惊异。

安国公主上前两步道："你答应过我……"

"我说过不会跑，没说立刻回宫。等大军撤出白雪关，在朝光城确定下一步作战计划。我再启程不迟。"

安国皱眉："这恐怕很难。镇东军精锐骑兵主力将撤出东川战场，调来其他军部的主力顶上。这是我的决定，已经得到批准。"

程千仞"哦"了一声。

今年镇东军的作战强度远高于以往，骑兵需要时间休整、保存战力。人事调动在情理之中。

"你们打算调谁来？"

"应该是周老将军。"

程千仞："周将军年事已高，只怕不好。"

"那你觉得谁好？"

安国有些紧张。众目睽睽，他竟在这时出言干政，权力与责任相伴，只要他下一句话出口，就意味着接受皇族的命运。

"花间雪绛。"程千仞缓缓道，"还有比他更合适的人选吗？"

阳春三月天。顾雪绛北上皇都述职。

随他一同进城的，还有顾旗的铁骑精锐。骑手与马匹身披铠甲，泛着一片冷冽的银光，黑色战旗在春风中飘扬，像连绵起伏的海潮。

朝廷组织民众夹道欢迎有功将领，长街人山人海，却十分寂静。没有欢呼声，只有节奏整齐的马蹄、盔甲碰撞声。

人们仰视他，或者不敢看他。

顾将军骑着有异兽血统的高大战马，像一尊威严又冰冷的神像。血红的朝阳在他背后升起，使他如沐金光。

昔乘匹马去，今驱万乘来。衣锦还乡，睥睨万千广厦，威风极了。

顾雪绛努力回想离开皇都的那个黄昏，天气是否也像今天一样好，却发现曾经深刻在心里，以为永远不会遗忘的记忆，不知何时已经模糊不清。

那些爱过他、恨过他的人，无边的欢乐和仇怨，仿佛成了别人的故事。

而他的人生是从南渊学院开始的。医馆阁楼，程千仞送徐冉疗伤，他坐在门口抽烟，窗外百花盛开春意烂漫，阳光透过云层，清澈而明亮，像小鹿的眼睛。就像今天。

西南战场与东川战场停战，使风雨飘摇的王朝得以喘息，顾雪绛倒是想一鼓作气地打下去，提两位反王的人头交差，奈何军部旧派联合，搬出各种理由，出奇团结地上奏。这种关头逼他回皇都，无非是要卸磨杀驴，抢他军功。

他对此不甚在意，顾旗铁骑日渐势大，遭人忌惮已久，皇都的春天暖风醉人，他也很多年没回去了。

即使回去不能改天换日，看看湖边桃花，烧烧花间祖宅也很好。今非昔比，谁能不让他烧呢。

他没有去淮金湖，带兵入驻皇都禁卫军营地，一切奉诏行事。

当日便有宗族长辈拜访，说他父亲已经自尽，希望他回家上一炷香。不用他动手，总有许多人迫不及待向他示好，希望换取他的友谊或承诺。这就是皇都的规则。天道好轮回，参与当年冤案的主谋或从犯，多年后一个也未得善终。

顾雪绛喃喃道："我这样记仇的人，以为今天会很痛快，原来没什么感觉。"

自首辅摄政，三司权力被削弱，新贵崛起，不可一世的四大世家逐渐退出权力中心。四国公府曾经的煊赫门庭已然草木凋敝。

副将："将军，您说什么？"

顾雪绛点烟，悠悠吐出一口："淮金湖畔桃千树，前度顾郎今又来。"

副将听不懂："好诗！好诗！"

说是归京述职，却没有人召他进宫，不论是皇宫还是朝辞宫。就在顾雪绛以为自己被暂卸兵权，顾旗铁骑被暂时闲置的时候，一封调任令到了。

彼时春花初谢，绿荫繁茂，他正带着手下兵将打牌喝酒，当即摔了酒坛子道："来得好！"

顾将军披甲胄，跨战马，光明正大地打出战旗，骑兵如钢铁洪流，一路向东，烟尘浩荡。

他高调的作风，使这次军部的人事调动更加醒目。世人将此看作太子第一次参政的结果：调花间雪绛去朝光城，由顾旗铁骑接替镇东军主力，逼安国公主离开镇东军，让出最高指挥权。

事实上，最后一点是安国自己的决定："刀既出鞘，当用则用。"

程千仞态度坚决，一定要在朝光城与顾雪绛完成交接，才肯启程前往皇都。所幸顾雪绛来得很快，比所有人预想中更快。

春末夏初，天朗气清。

程千仞与剑阁弟子、南渊学生、宗门修行者站在城头等待。视线尽头的地平线出现一面黑色战旗，眨眼战旗如云，铁骑如风逼近城门，一线沙尘升腾，紧随其后。

清淡的日光下，顾雪绛一骑当先，披风高高飘扬。

众人亲眼看见这尊杀神，却被他风姿所慑，心中不约而同升起一种念头，这颗新生将星，必将在东川战场大放光芒，闯下青史留名的功业，走向辉煌顶峰。

安国对身边的温乐道："他曾是禁卫军副统领，翻案时，他的旧部都希望他能回去。这些年又在神武军中有了顾旗铁骑，如果这一次，还能在镇东军站稳脚根……那么论资历、论功勋，军部中年轻一辈的将领，再无人能与他争锋。"

各州驻军战力不足，禁卫军、神武军、镇东军，是王朝最强的三支军队。

"现在你该知道我为什么调徐冉去禁卫军了。三军军务不同，军纪作风各异，她应该趁现在多学点东西。现在有花间雪绛顶在明处，她的风头不至于太惹眼。我也一样会老会死，到时候这支军队能交给谁？我视她为镇东军的继承者。"

温乐怔怔地听着皇姐的话，不知该作何反应。

顾雪绛在城门外整兵，骑兵动作整齐划一，战号震天。

随程千仞一声令下，城门缓缓打开，顾雪绛拥兵入城。

今天是个大日子，徐冉却坐在较为偏僻的角楼。

看到朋友这样无限风光，任谁都会与有荣焉，心生万丈豪情，但她没有笑。

她想起还在学院时，刀术课先生说的话：水满则溢，月盈则缺。圆满就是走到头了。

直到此刻，她才彻底明白。

就像如今的顾雪绛，正打起全部精神，展现冷酷名将、决裁者的风姿，手下兵将狂热地崇拜、信任他，徐冉却觉得他随时可能倒下。

其实什么都没有变，顾二依然带兵打仗，依然抽烟喝酒，非要说哪里不一样，大概只有林鹿离开他了吧。

林渡之坐在窗边眺望。

黑塔的尖顶，由一整块巨大琉璃打磨而成。银色月光穿透轻薄光滑的屋顶，洒在他身上，使他仿佛焕发着淡淡光辉，而那些柔光富有某种温度。

波旬看着这幅画面，轻声感叹道："真暖和啊。"

这里很多年没有暖和过了。

夜空湛蓝，月似银盘，七彩琉璃下，白衣佛子静坐。

魔王开心地抖了抖双翼，走上前去："你在看什么呀？"

林渡之没有答，甚至没有看他。

波旬不在意被冷漠对待，顺他目光望去："那株菩提树，是我栽的，你喜欢吗？"

雪域气候恶劣，不适合菩提树生长，但那树汲取他的魔力维持生命，生在黑塔旁边，长得郁郁葱葱，遮天蔽日。

菩提果吸引鸟类啄食，风雪中不飞喜鹊画眉，只有巨大的黑色渡鸦，不分昼夜地环绕着巨木扑扇翅膀。

没有人知道他们在这里，除了那些渡鸦。

林渡之："为什么种菩提？"

"五百万年前，有一只金翅鸟落在我的塔顶上。雪域没有食物，它飞不过去，快要力竭而死。它看着我，忽然口吐人言，请我种一株菩提树。那时天地混沌，诸灵未开，它不请我种，还能请谁呢？我告诉它，它命不久矣，等不到菩提结果的那天。它说'愿自我以后，其他生灵饱食无饥'。小小禽鸟，竟发宏愿，我觉得有意思，想种便种了。"

林渡之神色微异："一直到今天？"

"当然不是。无趣时我便去睡觉，经常一觉醒来，五六十年过去，大树早被风雪摧折。倒了再种，种了又倒。"

岁月漫长，沧海桑田，死亡与新生交替，早就不是很多年前，金翅鸟请他种的那棵了。

林渡之沉默不语。

波旬道："随我来。"

黑塔没有其他人或魔，他们的脚步声在狭长走廊内回响。这段时间异常安静，足够林渡之思考很多问题。墙壁两侧灯台烛火憧憧，魔王的影子显得格外高大。

这是一间布置简陋的书房。

魔王点了灯，照亮书桌前未写完的卷册，还有那些层层叠叠的古旧书架。

林渡之问道："你为什么有佛经。"

他声音平静，仿佛已经知道答案，却非要问出来不可。

"这不是佛经。你每一世的传记，都是我写的。"魔王笑笑，"我不喜欢写自己，活得太久，一天和一万年没有区别。写你更有意思。你说过什么话，做过什么事，我都替你记着。"

波旬打开琉璃窗，风雪灌入，吹得案前纸页哗哗作响。几只黑色渡鸦飞进来，四下盘旋，叫声嘶哑。

林渡之脸色微白。

禽鸟受黑塔魔力浸染，天长地久生出灵性，叼走魔王的札记。于是那些佛经故事散落人间，又被人口口相传，重新演绎或添改。

多荒谬。黑塔就是浮屠，传说中云端之上的传经之地。

波旬道："那只金翅鸟，是你的第一世。"

魔王与天地共生，与星辰为伴。人族观察星象，用推演术之类的法门去卜算未来，他却不需要，他对万物规律、天地意志的体察出于直觉。

林渡之拾起案上被风翻动的卷册，念道：

"第九世佛子生于蓬莱仙岛，乘船渡海，入世见人间诸苦，发宏愿寻止苦之道、使众生证悟。"

他一页页翻看，看对方如何寥寥数语记叙他的人生，最后一张墨迹尚新，应是前些天写的。

"历尽磨难，路遇魔王波旬，此为涅槃成佛前最后一道劫数……"

而此刻，无所不能的魔王，就站在他眼前，磨墨提笔，写下故事的结局：

"受困浮屠塔，永世不得成佛。"

林渡之平静地看着他，无悲无喜。

波旬被他目光激怒，冷笑道：

"你为了终止人间战祸留在这里，那些人却不知道你的慈悲。你解救苍生，可是谁能来救你呢？"

林渡之拍了拍他的头，像刚捡到他时一样。

魔王高高展开、充满攻击性的羽翼无意识地收拢下去，少年面容露出天真神色道：“成佛有什么好，我也能给你最好的呀。”

自打那日，林渡之吃珍奇的灵草，用最柔软精细的丝绸，魔王取玉液琼浆，天材地宝供养他。

林渡之没有异议，他不觉得自己是囚徒，自然摆不出生无可恋的姿态。

魔王却一天比一天崩溃，因为大多数时候，对方不言不食。只在书房看书，或在窗边看风景。

剔透的眼睛不再对他笑，纤长的手指不再摸他头。更不会有人抱着他讲故事了。他想林渡之留下，却不想林渡之这样对他。

那天佛子在书房写字，窗外的渡鸦飞进来，低头磨蹭他掌心，叼走他桌上纸页，扑扇着翅膀飞远了。

波旬嫉妒地瞪一眼那只死鸟：“你尽管写信。没有人会来救你的。”

林渡之置若罔闻。

程千仞与顾雪绛上次见面，是在佛光山慈恩寺里。他们身陷重围，并肩作战，那时顾雪绛还是紫衣公子打扮，护在林渡之身前，插科打诨，笑骂群雄。

朝光城再见，顾将军披坚执锐，气势冷厉，倒显得程千仞平静温和。

他们屏退左右，城头叙话，时间有限，也不必寒暄，话题开门见山。

顾雪绛：“你到底是要跑路，还是去做太子？”

朝局云谲波诡，皇都是野心家的一场美梦，未知的危险伴随着巨大的宝藏。但以他对朋友的了解，程千仞权欲不重，做院长、做山主，大多出于责任心。

“我跑什么，天赐不取，反受其咎。”

长风浩荡，天高地阔，护城河波光粼粼，城头旌旗飘扬。

“我可以回避，但它会成为我的心结……剑道已至瓶颈，我冥冥中心有所感，突破的契机应该就在皇都。”

顾雪绛：“你是不是太急了。修行路上三道关隘、三座险峰，你才闯过险关，就迫不及待要登山？”

“见山攀山，见海赶海。我怕什么。”

换做傅克己，肯定会严肃劝诫他端正态度，但顾雪绛只是狠拍朋友肩膀道：“好！”

在人与魔族漫长的战斗历史中，攻城器械与城墙层层加高。直到今天，朝光城作为大陆第一要塞，城墙高三十余丈，由坚固无比的花岗岩砌成，远望像万仞山脉延绵，接天连地，钢筋铁骨般骇人。

每个来到这里的人，都会想起历史上那些惊心动魄、事关种族存亡的战役，因生而为人感到万分自豪。取水沧江、暗流汹涌的护城河，刻满防护符文的墙体，城上巨大的投石机和弓弩，共同见证伟大将领的功勋、人族世世代代不屈的斗争意志。

顾雪绛看见这座城，就想起少年时的野望。

“千仞，谢谢你。”

平叛之将固然威风，却不是他的初衷，杀神凶名也非他所愿。成为守护家国、令魔族闻风丧胆的镇边之帅，才是他的最高理想和终身抱负。

唯一遗憾，只是听说徐冉已经调任禁卫军，前日启程赴任，可惜不能与昔日好友并肩作战。

一腔热血酬知己，知己一个也无。

“除了你，谁堪此重任？”程千仞道，“我得走了，安国一直盯着我，好像我会破碎虚空、消失不见。”

顾雪绛拉住他，低声道：“最后一件事。自林鹿东出朝光城，便失去音讯。我派去跟他的人，可能是被他发现了，所以故意甩开。我猜他不想再跟我有牵扯，但是……”他说到这里，声音更低，好像这种请求很过分一样，“如果你有林鹿的消息，请告诉我一声。我没想打扰他，只是担心他。”

程千仞：“没问题。”

他们击掌撞肩。

眼看顾雪绛进城，徐冉才收拾行李准备启程。其实没什么可收拾的，开局两把刀，话本全靠买。

她此时便在擦刀。

白闲鹤这次帮她隐瞒行踪，勉强算她同伙：“你不去见他一面？自你离开神武军，就再没见过他了吧。”

“我是劝他保重，还是骂他几句？没意思。如果他哪天摊上事，我愿意舍命去救，现在让我见他？算了吧。”

乱世初起，徐冉、林渡之便随顾雪绛参军。那时学院刚停课，野心勃勃的年轻人各奔前程，与三两好友结伴，便觉未来有无限可能。他们三人也确实有过一段意气风发的快乐时光。

白闲鹤：“……何至于此。”

“我和林渡之亲眼见过他战前劝降，敌人不降他便屠城。千仞只是听说，这不一样。”徐冉一边擦刀，一边慢慢说话，不知从什么时候开始，她任何动作都不再急迫。

“以前我们有门课叫军事理论基础。有一天，先生问‘东征之战中，如果你是魔族将领，如何最快攻下朝光城？’，你猜他怎么答。”

她平静地复述顾雪绛的答案，时隔多年，她也没想到自己竟然记得一清二楚。

白闲鹤听罢，感叹道：“是他会做的事。他根本不用修这门课。”

“这门是副课，他主修‘博物志’。熟知各地风土人情，每条山脉的走向、每支河流的汛期。他刚到神武军时，手下兵将不够，经常挖渠引水、筑坝拦河，再埋下爆破符，使山石崩落，利用地势做水淹、火攻。南渊精神本来提倡‘学以致用’，但教博物志的先生专门写信给他，说自己没他这种学生。”徐冉收刀回鞘，“我在讲笑话，你怎么不笑？”

白闲鹤轻咳一声，心想这比傅克己的冷笑话还冷，我怎么笑得出来。

徐冉话锋忽转：“长公主让你留下与他共事？你什么感觉？”

“流水的元帅，铁打的总参，我十分骄傲。”

他自认是除安国公主外，最熟悉镇东军，最了解朝光城的人。

徐冉嘁了一声：“听说你以前和他有过节？”

“天大的过节。只等他马背冲锋的时候，我躲城头放他冷箭，不信搞不死他。”白闲鹤摇摇扇子，“行了，别拿话试探我，在其位谋其政，我既然留下，必定尽心尽力地辅佐新元帅。”

徐冉被拆穿也不扭捏道：“辅佐不指望，你每天催他按时吃药、少抽点烟，别死就行。”

“我觉得你还是挺关心他的，你不如自己跟他说，免得后悔。”

徐冉背上双刀起身，红发带如跳跃火焰，姿态潇洒：

“行走江湖，哪来那么多后悔事。”

第10章 风云聚会 皇都之变

程千仞乘坐云船前往皇都，同行还有两位公主与镇东军精锐，按太子归京的仪轨看，这遭排场足够煊赫。

但顾雪绛、傅克己留在朝光城坐镇宗门联盟，徐冉不与他们一路，他身边没有一个朋友，只有怀清、怀明两位弟子随侍，也算孤家寡人。

庞然大物在云海间穿行，山川河流一闪即逝，程千仞站在甲板边，穿过云层向下眺望。

温乐和他聊天，像只叽叽喳喳的小麻雀。

“春天最好啦。宫里柳树结絮了，到处都是白茫茫的，粘在我裙子上像绒花。还经常有野猫跑进我宫里，爬在花架上晒太阳，也不怕人，知道我脾气好才来欺负我，别人宫里都没有的。四月暖风一吹，天气晴朗，最适合打马球，你十一岁生辰的时候，父皇送了一支球杖给你，名叫‘龙骨’，花纹特别漂亮。可惜被我弄坏了，你还一次没用过……”

她已经出落成大姑娘，程千仞也不好再拍她的脑袋，只能宽和地笑道：“我真的想不起来。”

温乐沉默片刻：“没事，哥。”

一团黑色的东西破云而出，吓了她一跳。渡鸦翅膀拍打云船外的无形屏障，发出细微响动。

温乐微惊：“这是什么鸟，竟然能飞这么高，还没有被冻死。”

程千仞想了想，伸手将它提进船里，说：“如果它每日都在暴风雪中穿行，当然不惧区区冷风。”

温乐不明所以。

“千仞，见信如面。慈恩寺一别，数月未见。一位旧识请我做客论法，我于清净之处小住，暂不问人间事。一切安好，不必记挂。”

林渡之的字迹贯来神韵超逸，寥寥数语，足显持笔者心绪平静。不等程千仞回信，极通灵性的渡鸦振翅高飞，隐没在云间。

写信人不需要他的回复，只是单方面通知他。他想，林鹿除了蓬莱宝华寺的同门、学院里的朋友，还有其他旧识吗？

程千仞入城那日，是个艳阳天。

春日里百花盛开，皇都百姓捧着花篮花束挤满长街，从拱极门到朱雀大街，一条大道如披锦绣。

王朝第一神将安国长公主，带领长年与残忍魔族战斗的威武之师，每逢她回京，都会迎来民众的热情欢迎。这次除了镇东军将士，人们为了一睹南渊院长，剑阁山主，未来太子殿下这位传奇人物的风姿，黎明时分便在大道两旁站队。

程千仞端坐在高大的辇车上，前面宫廷礼乐仪仗队开路，轰鸣礼炮声使他头晕，不得不调动真元抵御。

他今天的礼服里外三层，是怀清、怀明帮忙穿的。朝歌阙在剑阁教过他如何穿戴复杂礼服，但他那时心思不静，竟然没学会。

道旁人群追随辇车奔走，欢呼声一浪接一浪，明亮的春光里，宝伞华盖旋转，漫天花叶飞舞。辇车上的怀清、怀明视野开阔，一眼能望到与天际线相接的连绵宫城，不禁心潮澎湃，好像飘在云端。

“这就是皇都啊。”

文人墨客写了又写，写不尽它半分风姿。三尺见方的黑金砖石铺地，大道可容八驾马车并行，道旁古木望不到顶，将天地撑得更加高阔。战火纷乱、穷困疾病，像另一个世界的苦难，而它永远是辉煌、威严的模样。

“那是摘星台吗？”怀清怔怔道，“真的好高。是不是比我们观云崖更高……”

程千仞拿下双院斗法榜首时，也曾打马游街，花汁染红了马蹄。那年初露锋芒，再老成世故，眼底也带出飞扬神采。如今着实心绪复杂，一言难尽。他不远万里来到皇都，来找寻战场上找不到的答案，来见证更广阔的江山。

不知过了多久，仪仗队终于临近正宫门，程千仞起身挥手，送别人群，将欢呼抛在宫墙外。

太子归京，入住东宫，理应先去太极殿见过圣上，然后设宴极乐池，请百官同乐。

但程千仞不是寻常太子，眼下局面也不是寻常时候。

圣上神志不清，如果太子去朝辞宫拜见首辅，皇族面子过不去，长公主第一个不答应。所幸朝歌阙安排在东宫设宴，为太子接风洗尘，使安国松了一口气。

辇车行驶在开阔而纵深的广场上，怀清、怀明好奇地张望，只觉雄伟宫阙当前，自身渺小如长空之雁。大殿坐落在广场尽头的三层高台上，仰头也看不清楚，好像蒙着一层金光，两侧复道蜿蜒，阙楼飞檐斗拱。礼乐仪仗队跪拜请辞，耳边终于清静了，马车再次动起来，缓慢绕过前朝三大殿，向内廷驶去。

前殿是处理朝政的地方，白墙、红柱、青黑色琉璃瓦，气象雄浑，阵法波动不甚强烈，却隐隐透出自信、强大的意味。转入内廷才像回家，花红柳绿、平湖假山有了人情味，温乐的马车立刻赶上他们，小公主放肆喊道“去我宫里玩啊！”，被骑马的安国一把摁回去。

马车绕过一个又一个弯，数不清的离宫别殿被抛在身后。眼前出现一片漫漫水光，极乐池相当于四个太液池大小，春天湖边杨柳飞絮，映着阳光与琉璃瓦，好似金尘玉屑，纷纷扬扬。

程千仞看着湖边杨柳，忽然道：“停。”

赶车的内侍连忙停车，一行人涌上来，铺脚踏撑华盖。

程千仞摆摆手，甩开礼服外袍，从车上跳下去。

安国追上来，不明所以。

“回去歇息吧，我自己去。”

众人露出担忧神色。

安国公主担心他一个人面对朝歌阙，心情紧张，怀清、怀明担心他宴上无人服侍，不显尊贵，温乐的担心比较简单务实，问：“你不会迷路吧？”

程千仞笑道：“我走南闯北这几年，也没把自己弄丢啊。”

听说东宫就在极乐池后面，想来离得不远，距离晚宴还有三个时辰，时间宽裕。

怀清：“既然山主想自己走走，活动一下筋骨，那我和怀明在东宫等您。”

程千仞打发他们离开道：“安心歇着去吧。”

春风拂面，杨柳依依，程千仞乘湖畔小舟，以真元催动，徐徐前行。

上岸时听见战马嘶鸣，他寻声去看，寻到一片土地夯实的开阔场地。听说宫里有大小十余座马球场，数紧邻东宫这座最大。

歌舞升平年岁，精力旺盛的年轻人痴迷打马球，以彰显自信和桀骜，现在王朝的精英子弟大多去向战场，经历更惊险、更严厉的考验。从皇宫到京郊，球场都空了下来。

他本想见识下宫廷御马，却先看见球场外围的浮雕走廊。壁画刻在数丈高的石壁上，繁复的防护符文与刻刀痕迹融为一体，行云流水、栩栩如生。

骑兵奔袭、箭矢如海、巍巍边城……东征之战中每一场经典战役雕刻在这里，曾是帝王最引以为豪的辉煌功绩。然而对照今日，东民南迁，王朝版图失去白雪关，未免显得日薄西山、凄凉无奈。

程千仞顺墙壁行走，打量壁画，宫娥内侍遇见他，远远行礼叩拜，不敢近前，生怕冲撞贵人。

等他看完浮雕长卷，天色已经暗了，接近点灯时分。七拐八转，四下无人，更不知自己身在何处。

皇宫真的很美，他也真的迷路了。

单刀赴会的豪情早被消磨干净，程千仞深呼气，平静心情。

不远处廊下立着一道人影，他走近前，见是一位麻衣布履、手持竹杖的老人。

气质平庸、面目平凡，毫无贵气可言。市井间是喝茶下棋的大爷，换在宫里，可能是内务府的匠造师傅、御膳房的老厨子、礼乐坊的老乐师。总之在宫墙内生活了很多年。

“劳驾，请问东宫怎么走？”

老人转过头，苍老浑浊的双眼直直看着他，不说话。

程千仞想对方可能耳背，当即重复一遍问题，就在他忍不住皱眉时，老人终于开口，声音沙哑：

“向前去三十丈，穿过飞燕游廊，向东十丈，再过西花圆门，最高的大殿就是。天黑了，你刚来这儿，又没人带你，只凭胆大一路摸黑，怎么走得出去？”

人上了年纪，通病就是批评后辈，程千仞没多想，道过谢便走了。

背后传来苍老的声音：“别回头。回头走错路。”

程千仞按对方指点，抄近路来到东宫前。早有宫人和剑阁弟子等候，看见他显然松了一口气。他挥退迎上前的侍从，孤身走进东宫正殿。幽幽烛火，一道人影立在重重帐幔后。

程千仞直觉哪里不对道：“朝歌阙？”

那人回头笑了笑，卸下面具，应道：“哥，是我。”

程千仞：“你……什么时候来的……”

当然不是问对方何时来东宫，而是逐流掌握法身的时候。他憋了一肚子话等着质问朝歌阙，准备好打一场硬仗，可眼前只有撒娇卖萌的程逐流。张口就跟他一起骂朝歌阙，骂得他一点脾气没有。与精分沟通真的很累，摸清情况的同时，必须得照顾对方自尊心。

“你进城时。”

“圣上在哪儿？现在什么情况？”

逐流："没人知道。他行踪不定。至于现在的情况，等你登基呗。"

程千仞觉得头大，甚至希望面对朝歌阙。

"这话不能乱说！"

逐流似笑非笑地盯着他："你来皇都，真没想过当皇帝？来都来了，敢做不敢当？"

程千仞霍然起身。烛火照耀下，双目泛红。

逐流沉默片刻，轻声道："别走。哥，这是东宫。要走也该我走。你歇息吧，我明天再来。"

不知过了多久，空荡大殿渐渐有了动静，先进来的是怀清、怀明。

"山主，东宫居然有温泉。"

"好大的汤池啊，您泡吗？"

程千仞看着这俩二货弟子，觉得他们也挺不容易，应道："你们喜欢，随时去玩吧。"

然后一众宫娥鱼贯而入，捧着新衣和洗漱用具。

内侍长躬身道："请殿下安寝。"

程千仞摆摆手："都回去睡吧，给我把门带上。"

寝殿再次空下来。他熄灭烛火，试着入睡。

程千仞不习惯这里，游历时居无定所，本该哪里都习惯，但皇宫不同，自从进入宫门，好像黑暗中有无数双眼睛注视着他。

更漏滴答，思绪飘飞。他看着帐顶流苏，想起白日里进城，夹道欢呼的人群。人们很高兴的样子，比他还要高兴。

漫长的失眠中，他似乎一分为二，一个他侧卧软榻，孤枕难眠，另一个他披衣起行，在春天的风中夜游皇宫，穿过无数重楼峨殿。

他又看见那个撑竹杖的老人。对方穿着干净布衣，但在金碧辉煌的皇宫里，莫名显得寒酸。

老者正在极乐池边散步，像饭后消食。

"你不高兴，因为被他说中了。你好好想想，也该有个主意，到底想不想当皇帝？"

程千仞哭笑不得，连散步的老大爷都问他这种问题，不由长叹一声。

"南渊对我很好，我想南渊的学生可以安心读书，和朋友们永不分离，每日最大烦恼就是年终考试；剑阁对我也好，我想剑阁弟子们在山上练剑，在世间游历，而不是还未成长，就陨落于东川战场；每一个欢迎我进入皇都的人，我都希望他们幸福，甚至他们的每一位亲人、朋友，都能真正平安快乐……”

“苍生予我厚爱，我便想报答苍生，这种愿望依靠口头祈福或单枪匹马地闯荡不可能达成。所以我出战，出战是为了天下无战。我做皇帝，是为了终止战祸。我想要权力，但权力只是达到目的的工具。”

他说得平静、缓慢，句句发自肺腑。

老人笑道：“好，那便去吧。”

然后他真的登基了。凭借学院、剑阁、皇族中安国公主的支持，他顺利走向王座，改年号为平宁，希望天下太平。

他登基后政务清明，五年后当真天下太平。他逼迫朝歌阙离开，又夺回顾雪绛兵权，逼他卸甲归田。顾旗一派在军中根深叶大，涉及神武、禁卫、镇东三军，他便杀了所有反对他的文臣武官，提拔新的亲信。

徐冉看不惯，上书请辞，他不甚在意。至此仍不满足，鼓励官员互相揭发举报，说他坏话就打成叛党。

平宁二十年，国库充足，民富兵强，帝王御驾亲征，向东征服魔族，扩大疆土。向南海征服鲛人，驯养它们为人族奴隶。朝野上下只能听见赞歌与欢笑，帝王终于集权于一身，成为真正的孤家寡人。

这时一道声音响起：“别回头。回头走错路。”

程千仞悚然惊醒。

清冷的月色，透过菱花窗格照进寝殿，阴影被切割成不规则线条，琉璃砖泛着蒙蒙亮光。

熏香青烟升腾，白色纱幔轻柔地飘飞，四下里极静，只有风声和更漏滴答。

梦魇而已，魔怔了。

程千仞无法再入眠，直到天色破晓，第一缕霞光照亮宫城。

无论“梦与现实是反的”，抑或“梦是潜意识的表达，投照人内心深处的欲望与恐惧”，到他这种境界的修行者少梦，也有人相信梦境是命运与天道降临的启示。

程千仞来皇都第一日，就做了这样的梦。梦里只有他对竹杖老人所说的那番话是他本来意愿，登基后种种举措，不过冷眼旁观自己走向疯狂。

宫人服侍他洗漱穿衣，用过早膳，他心不在焉，神色莫辨。内侍们便以为哪里服侍不周，东宫人人自危。

太子归京当天，首辅设宴东宫，第二日又来看望太子，对于朝野上下来说，这是一种讯号，也使得以安国公主为首的皇权拥护者感到安心。

程千仞今天这身礼服和昨日不同，内侍长呈给他太子朝服。他听见通传，屏退左右，在正殿与逐流叙话："你来这么早，是要催我上朝？"

"今天算了，还有点事。"逐流卸下面具，露出无害的笑脸，"我先带你摸清国库账本，再给你讲讲朝臣派系。开国以来几万套账册，我昨夜拣了近五年重要的总账，不过十本。往年积攒了多少宝藏，眼下钱从何处来，每年收多少税；每笔支出花在哪里，是赈灾还是平叛，等你看完，都一清二楚。"

程千仞仔细地打量着他。逐流昨晚惹他生气之后，态度端正多了。他们几经波折，脆弱的兄弟关系，终于得到缓和。

"然后是人事，朝中派系比党争时期简单太多，一夜我便说得清楚。但我只能说过去和现在，未来向哪里去，用谁废谁，还要你自己慢慢考量……所以只剩最后一件难办的事，你正式监国理政之前，起码得和圣上吃顿饭吧？"

程千仞："我也想见他。他在哪？"

"没人知道他在哪儿。皇宫这座阵法，大部分还掌握在他手中，这是他的主场。除非他想见你，才会出现。"

程千仞点点头，欣慰地看着逐流。

夜半三更，星河静静流转，御书房灯火通明。

门外阶下值夜的宫人已经换过三批，里面那位依然没有休息的意思。温乐公主来过一次，没有进去，只对内侍长道："太子归京第二日，就这般辛苦。今夜所有值勤的人，明天都去本宫那里领赏。"

于是天色未明，太子勤政的名声便传出宫墙。一整夜，唯有首辅曾出入御书房，与太子商议要事。

"哥，我给你带了点夜宵。"

"谢谢。"

程千仞只是强迫症，看账本是他老本行，一口气看完才舒坦。他早已打发怀清、怀明回去休息，也不习惯其他人跟在身边，偌大书房只有他们两人。

"好吃吗？"

程千仞点点头。都是熟悉的味道，当然贴胃。

逐流："许久不做饭，还怕手生。"

程千仞吃一口就去翻食盒："宫中的餐具……咳，精巧。"

一盅鸡汤、四个炸丸子、四块甜糕，再多没有。这根本不是解馋，是把人馋虫勾起来。

逐流笑道："明天再给你做。你看到哪里了？"

"去年三月，神武军四十万两军费。"

流水账看得程千仞不舒服，他下决心为三司官员们培训复试记账。起码要懂有借必有贷，借贷必相等。

逐流静静地看着他翻页，烛火下，程千仞长眉微蹙，神色专注。

"不看账上每月结余，你能算出现在国库有多少钱吗？"

程千仞一笑，抄来案边算盘。以他的神识强度，心算足以，但他有意炫技，一手翻账本，一目十行，一手打算珠，五指翻飞，还有空分心说话：

"我从前的算经课徐先生说，没有哪种学习是无用的。如果学了剑，忘了怎么打算盘，就别说是我的学生。"

逐流露出怀念神色。

程千仞："徐老先生身体康健，等南渊学院复课，他还能再教二十年。"

逐流："你刚到南山后院不久，我去学院门口等你放学，好像见过那位先生。你后来不让我接你了，为什么？"

程千仞："其实那次……没事，住得又不远，接来送去，浪费时间。"

或许是深夜更漏引人遐思，他手下不停，脑海飞速闪过某些旧事。

那次逐流站在学院东大门外。一众接送富家子弟的车驾中，孩童孤身一人，容貌绝俗，格外扎眼。程千仞刚出门，便察觉到某些目光，心道不好，与徐先生匆匆道别，拉着弟弟快步离开。

第二日他抄近路回家，被人堵在逼仄的小巷里。

"哟，你宝贝弟弟今天没来呀？"

"你们都见过他弟弟吧，那可真是个小美人，合该养在金屋里。怎么会有一个穷酸哥哥？"

"你弟弟卖吗？二百两，你还不乐意？二百五十两！"

这群人是本地纨绔，来之前打听过程千仞的底细，穷酸抠门、买菜还价、胆小怕事、人缘极差。带幼弟初到南央落户，没有一个亲朋。南央城是有规则的地方，州府律令下，一般人不敢闹出大动静，却不等于不存在灰色地带。

程千仞知道，他们不敢真的对南渊学生下狠手。他只需要态度强硬一点，表现自己不是软柿子。

但他听过同窗课余传言，说这几人经常出入南风馆。

他杀山上山匪、江底水鬼，甚至重伤落单的魔族，都是为了求活。只有那一瞬间，他看着他们谈论逐流，竟对这些从前素不相识，往后不会对自己生存造成威胁的人，起了杀心。

杀心一念而起，理智岌岌可危。

忽然一道女声响起："这么热闹，八个围一个，干什么呢？"

人们回头，巷口立着一位高挑少女，高马尾，红发带，背上双刀。她只有一个人，气势却铺天盖地般压进来。

"徐冉，以新河桥为线，西边才是你的地盘，你，你别以为我们怕你啊！"

程千仞看她穿南渊院服，猜测这是青山院的师姐。师姐好像很有名，想帮他的话，只要给对方一个台阶下，说句我正在找这小子，他得跟我走一趟，对方不可能不放人，还成全了两边的面子。

但偏偏徐冉暴脾气，扛刀大步走来："我呸！以后这条街，就是老娘的盘口。哪个不服？"

这边当即大声喝骂，撸袖子抄家伙，程千仞眼看要卷进一场火拼，暗自戒备，一万个头大。

巷口再次响起人声。

"刘教习，好巧！您也住这边吗？哦，路过啊。对，这是条近路。"

"刘教习"低沉简短地应了一声。他身影被墙体遮挡，巷内众人只能看到一位腰别金玉烟枪的紫衣公子，正对他作揖。

紫衣公子继续道："听说您上月突破了，破障大圆满境界？真想追随您学习剑术，可惜我是春波台的学生。"

长巷内一片死寂。前有双刀徐冉，后有南渊的武教习，八人飞速交换眼色，拔腿狂奔，消失在另一头巷口。

徐冉嘲讽道："这就吓跑了。"她脑子转得慢，这才想到青山院禁止学生院外滋事，自己还有案底，若聚众斗殴被先生抓到，一定会挨重罚，"老兄我们快溜！"

她话音未落，只见紫衣公子从巷口跑来，身后哪有刘先生的影子。

"站住！"

不远处一声断喝，杂乱的脚步声逼近，程千仞心中一惊，武教习是假的，难道惊动了督查队？

紫衣公子喊道："我只是逃课，督查队就来抓人？！"

徐冉一边狂奔一边喊道："不是抓你，我有聚众斗殴的案底。他们看你站在巷口，以为你是望风的，跟我们一伙的！”

程千仞：“谁跟你们一伙？！”

徐冉：“没得解释！他们不会相信，被抓到就完蛋了！跑吧！”

三人跑出长巷，身后扬起漫天烟尘，督查队紧追不舍，刚闯进大街，只见右路抄来一队州府骑兵。

“州府拿人，闲人回避！”

“哪里逃？！”

骑兵横冲直撞，路上行人却拍手叫好：“抓住他们三个！”

程千仞带头左拐，徐冉回头扫一眼，好家伙，这阵势摆出来，被抓到哪里是退学，可能直接没命了。

少女崩溃地大喊：“不至于吧！”

程千仞跑得喉头腥甜：“咗！”

他们玩儿命地跑，表情狰狞。眼看紫衣公子脸色惨白，就要掉队，程千仞与徐冉一左一右架起他，心中忽然升起一种悲壮感。

同是天涯沦落人，相逢何必曾相识。

“别，别跑了！”

程千仞以为他力气不支，说：“我背你！”

顾雪绛摆手：“他们不是，不是……”

徐冉急脾气不听他说话：“我来！”

随即一把蛮力背起顾雪绛，三人又奔出两条街。一路鸡飞狗跳，踩过臭水渠，跳过小贩卖菜的板车，背后烟尘滚滚，马蹄如雷，喊杀震天。

顾雪绛被颠得眼冒金星，嘴里依然锲而不舍地嘟囔。

拐弯时，程千仞察觉不对，摁住徐冉：“等下，你到底要说什么？！”

趁这千钧一发的停顿，顾雪绛终于喘过一口气，大喊：“不是抓我们！”

程千仞顺他目光向上看，房顶上三道人影披头散发，身穿囚服，踏瓦飞掠。十余位黑衣督查队员紧追不舍。州府骑兵从他们身边呼啸而过，扬起呛人灰尘。路边行人大声叫好：“抓住他们三个！”

“这几个学生真有胆识，州府联合南渊学院抓逃犯，他们冲在最前面！”

“哎，他们怎么不继续追了？”

“有心无力吧，看他们够呛。”

他们呆立在大街上，被人指指点点，眼前一阵阵发黑。

顾雪绛抚着心口，发髻散乱，冷汗满额，哪有原先风流公子的模样。

程千仞与徐冉也是一身狼狈，泥水、茅草、烂菜叶，灰头土脸。

又有一队督查队路过他们，队长忽然去而复返，动情地说：“好，我南渊学子真是好样的！明知道追不上，依然奋力奔跑，这份决心就足以立功。你们是哪个院的，叫什么名字？”

徐冉看着两位难兄难弟，说：“我，青山院徐冉。”

“……春波台顾雪绛。”

“……南山后院程千仞。”

“我记下了，下月督查队述职大会，我就写你们的事迹，还要在院判面前表彰你们！”

队长心满意足地赶回队伍。

不知过去多久，程千仞突然有点想笑。他就笑了。

“哈哈哈哈哈！”徐冉放声大笑。

顾雪绛也笑得喘不上气。

徐冉：“二位，幸会！”

程千仞擦把脸：“……其实挺不幸的。”

顾雪绛仰头看天：“我这辈子，就没干过这么蠢的事。”

往事如浮光掠影，在算珠清脆声中一闪而过。

程千仞收敛思绪，问：“你让我算国库结余？”

“对。”

“不对，国库已经亏空了，钱粮从哪里来？”

从慈恩寺回剑阁的云船上，他和顾雪绛、傅克己讨论过这个问题。

前有天灾，安置流民灾民要花钱。后有战事，战场上青壮年男丁无法劳作，全靠后方供养。连年战火，耽误春种秋收，农田荒芜。顾雪绛说国库应该没钱了，让大世家割肉放血救国难，还可以削弱他们的势力，肃清党争时期风气。

程千仞此时算过账，才真切体会到“国库没钱”，到底是多穷。东征之战胜利后，圣上又修了许多夸耀功绩的建筑。修建安国大运河时，收支勉强平衡。自乱世开始，库存，能动的都动了；门阀，能抄的都抄了。

“是我朝辞宫的私库。”

这是很严肃的正事，偏偏那人带出点委屈神色道：“哥，国库入不敷出，我拿私房钱贴给你，都大半年了。”

程千仞的大男子保护欲瞬间被激起，满腔热血道：“我会努力的，以后还钱给你！”

等他回过神，国库不是他一人的国库，做个努力工作的皇子甚至皇上，与做努力打工养家的哥哥根本不是一回事，逐流却已经甜甜地说：“好，你答应我了，不能反悔。”

程千仞核算过账本，摸清近年国库收支后，便跟着逐流批折子，起先每日奏折只有十余本，后来变作三四十本。逐流还会召大臣进御书房议事，言谈举止与朝歌阙并无二致，程千仞不懂的问题太多，不敢吭声，就在一旁坐着听，像个吉祥物。

吉祥物太子面上不动声色，几天下来却感觉压力颇大，于是召温乐公主谈心：“我还没做出半点政绩，你就让人到处吹我勤政，我自己听了都脸红！”

温乐不服：“我没吹，他们主动夸的。首辅摄政时，根本不用臣子上奏进谏，反正没人敢反对他，谁也不知道他心里想什么。大家只管听话，照他安排的去做就好了。哪像现在，朝野上下风气一新，文武官员报国志气大涨。能臣各抒己见，各展所长，朝气蓬勃。”

程千仞心道，别说百官，就连我也不知道朝歌阙心里想什么，从他设计杀魔王开始，我就傻傻地被摆布。

虽然对方做过不止一件让他动气的事，却没做过伤害人族利益的事。

“人家也很不容易，劳心劳力，还要被你们猜疑。”

拥护段姓皇族的贵戚老臣对朝歌阙心情极复杂，既感谢他挽大厦于将倾，拯救社稷于风雨飘摇，又忧心他声威鼎盛，远超皇族。程千仞在白雪关，与安国谈话时，已经清晰感觉到这些情绪。

温乐露出困惑神色道：“你……因为要与他家联姻，就这样帮他说话？你见过你未来的道侣吗？怎么样？难道那人温柔解意，把你迷住了？”

程千仞一时震惊，随即恼羞成怒道：“小静，慎言。”

如果传出风言风语，逐流以后怎么娶妻生子。

“不说就不说，我不像皇姐，非得你联姻不可。我知道，你生来不凡，天命所归。”

程千仞低声自语：“或许天命所归的那个人，本来不是我。”

来这儿之前，他勤勤恳恳地当了二十多年小老百姓，没有出人头地的本事。看见朋友圈爆款鸡血文“你的同龄人正在抛弃你”“世界正在惩罚得过且过的人”，他的内心都毫无波动。

生来不凡？只是这具身体的原主。

“安国说她以前很少回宫，你来告诉我，我从前是个什么样的人？”

温乐迟疑片刻道：“你早慧聪颖，宽仁孝友。对我特别好，陪我荡秋千放风筝，也陪父皇打马球……”

程千仞盯着她：“不对。”

“好吧，宽仁孝友是表面，你有些霸道，说一不二。你不愿意做的事，没有人能勉强你。荡秋千把三皇兄推下去，打马球打伤四皇兄，宫里没人不怕你。他们找父皇告状没用，父皇不罚你，还说你没有错。但你待我是真的很好，温柔又耐心，我听大皇兄说，因为我是最小的公主，不会对你有威胁。这宫里的事情太复杂，反正谁对我好，我就喜欢谁……”

她看着程千仞脸色变幻，声音渐低道：“我说错话了？是你要听的。”

“没有，谢谢你告诉我这些。”

原主厉害，宫斗高手，不愧是帝星。

程千仞问：“既然我天资非凡，又深得帝心，那我是怎么‘死’的？安国说我出生那日，圣上大赦天下，死了怎么没有风光大葬，没人质疑吗？”

他没有穿越到皇宫，穿到东川最偏远穷苦的村落里。原主身上发生过什么？

如果没有宁复还阴差阳错解开他武脉封印，他永远是无法修行的普通人，根本不会知道这一切。

温乐听不得他轻率谈论自己的生死，像闲谈别人的事。

“这要问父皇，他说你病了，需要休息，不能被打扰。深夜里噩耗传来，匆匆入殓，盖棺的只有父皇一人。那时候他说的话就是真理，但我不信，活要见人死要见尸，没有亲眼见到尸体，我总觉得你还活着。他不喜欢人们再提起你，众人知他丧子心痛，便也不敢提。天下人都以为，父皇是近年才神志不清，其实你离开那年，他就开始老了。”

温乐喝口茶，停顿片刻道：

“我知道的只有这些，他做了什么，你为什么假死，有很多可能性。全看你是往好处猜，还是往坏处想。”

程千仞：“好的坏的我都不猜，我会当面问他，弄清真相。”

说要当面对话，圣上不见他，他一点办法没有。

程千仞变得愈发喜欢夜晚，因为只有入夜之后的时间属于自己。他可以在东宫泡温泉，热雾中闭着眼睛冥想，听水流声，也可以身穿便服四处游荡，避开值勤巡防的宫廷禁卫，总有逛不完的花园，走不完的长廊。

老皇帝四处不见人影，他甚至猜测对方悄无声息地死在哪个旮旯拐角了，下意识地绕去偏僻处，看看有没有东西。

他没再做过梦，却总想起那夜荒唐的梦魇。刚进皇宫时，像游览完全陌生的旅游景点，自那之后，再走过重楼殿宇，便多了一种类似旧友重逢的感觉。

这里的天空被楼台遮蔽，切割作不规则碎片，并不开阔，使他想起剑阁的云海，满山野树野花野鸡野鸭。

还有学院，记忆里遥远的沉沉钟声，太液池的烟波与白鹭，桂子与荷花。藏书楼年份老旧的木楼梯，踩上去咯吱作响。

少年们穿着蓝白相间的学院服，衣袂猎猎浮在风中，远望像大海上泛起的白色浪花，又像千千万万只白色飞鸟，振翅欲上青天。

逐流喜欢和程千仞聊以后，好像眼前没有事值得烦心，未来一片大道坦途。

“皇宫里藏着空间通道，等你超凡入圣，等四海太平，我们俩想去哪儿就去哪儿，逍遥自在。”

程千仞正在吃弟弟做的米花糕，说：“空间通道烧灵石，国库没钱。”

“我有钱呀。”

程千仞摇头：“我已经欠你很多钱了。现在各宫用度削减一半，东宫率先以身作则，才能约束豪奢成性的贵族。”

他一生穷命，谁曾想到，做了太子还是穷。

徐冉来到皇都，最先去了淮金湖。湖边桃花已谢，碎红零落成泥，湖面荷叶新生，星星点点不成气候。这景致萧索黯淡，可见盛名之下其实难副，令人感到深深失望，就像禁卫军给她的感觉。

从东川撤回来的镇东军精锐，人人有封赏，依然保留原编制，归安国公主统领，每日在京郊校场操练。唯有徐冉调去了禁卫军，主管粮草调配、后勤通讯等琐事。众人猜测是因罪降职，却不知她犯了什么错。

禁卫军多由皇都世家子弟组成，门户之见颇深，徐冉与军中风气格格不入，既不耐应酬场面，又怀念从前金戈铁马的日子。

某天夜里她孤身一人四处游荡，机缘巧合地听见丝竹与歌声，寻声而去，只见湖面亮起一盏盏金色的莲花灯，湖心画舫灯火通明，红绸飘飞，酥软的春风吹来酒香和歌声。

天上星辰、人间灯火都落在湖水中，柔柔地荡漾着金光。夜晚的淮金湖，就像美人拂去薄纱，露出明艳倾城的本来面目。

湖畔有撑小舟的小厮，载客人渡湖。徐冉乘一叶扁舟，向灯火辉煌的湖心驶去。

于是当温乐向禁卫军统领打探徐冉的消息，就听到对方出名了，单以淮金湖常客的身份出名，被一众同僚羡慕。

那里的姑娘们恃才傲物，不喜欢的客人就不见。徐冉每夜与她们饮酒、听琴、唱歌、舞刀，结下深厚情谊。

当天夜晚，温乐带着公主府私兵，举着熊熊火把，气势汹汹地杀到淮金湖。

丝竹班子吓得跪了一地，宾客和舞娘不敢作声。

“参见公主殿下——”

“徐冉在哪儿？”

“在，在最里面那间。”

温乐带人闯进去。

唱歌的美人不唱了，与徐冉同来的还有三位低级将领，吓得赶忙行礼，唯有徐冉醉眼蒙眬：“哦，是你啊，你来啦？来得好。我知道顾雪绛为什么喜欢这里了。因为它能让人忘记一切烦恼。”

温乐：“胡说，你整日与这些酒肉朋友混在一起，有什么出息？”

“酒肉朋友不好吗？酒肉在，朋友在。”

“皇姐调你到禁卫军，何等用心良苦，别让我看不起你！”

徐冉喝得微醺，嬉皮笑脸地搭小公主肩膀上道：“我就知道这里每个人都看不起我，所以我不生气呀。”

温乐甩开她的手，命令拿火把的私兵：“给我烧！”

徐冉瞬间酒醒了，道：“这大半夜，你瞎闹什么？大姐，小姑奶奶，抓奸也没有这样的！你一刀砍了我算了！”

说着她把自己的刀塞给对方。

温乐气得咬牙切齿，愤而拂袖道：“我们走！”

淮金湖美人不愧是见过大世面的，混乱结束，丝竹班子归位，又是觥筹交错，良夜恨短。

温乐刚乘船渡湖，便听见身后歌声靡靡，眼泪“啪嗒啪嗒”往下掉。

落进湖水里，杳无踪迹。

她想，我最讨厌这个地方了。

“有人参了你一本啊，‘身为皇族公主，不能以身作则、爱民如子，反而因泄私愤，仗势凌人’。我听说你昨晚动了公主府私兵？”

程千仞如今虽没有正式上朝，已经可以独自批阅奏折，召见三司重要大臣了。段姓皇族的拥护者终于打消首辅不肯放权，阻拦太子理政的疑心。

温乐轻哼一声道：“这些迂腐酸儒，什么折子都往上递，皇兄日理万机，哪有空管鸡毛小事。难道本宫杀人放火了？”

“你那叫杀人放火未遂。”

程千仞面上叹气，缩进广袖的手掌微动，悄悄把逐流给他的小零食藏进空间法器。什么山楂雪球杏仁酥糖，毫无威严，被看到会很没面子。

温乐没注意他的小动作，自我检讨道：“约束贵族是你监国后做的第一件事，一要节俭，二要谦善，我知道的，我本该做出表率，不该给你添麻烦。我自罚禁闭七天。”

程千仞宽和地笑道：“徐冉惹你不开心了？”

“除了亲人，她是我唯一的朋友，她简单纯粹、一往无前、勇敢豁达……”

“哎哟，我都没看出她这么多优点呢！”

“别拿我打趣，我是想说……连她也变了，我有点难受。”

程千仞笑道：“你知道她从前什么样吗？不到二十岁，在南渊的时候。”

“听说过一些，你再多跟我说点。”温乐绕到书案后，去拉程千仞的袖子，“哥，今天陪我走走吧，我明天就要关禁闭了。自打你上次问了我以前的事，我就再没见过你，我一直想是不是我说错话了，惹你不高兴。”

“我只是最近比较忙。”程千仞赶忙起身，衣袖从温乐手中滑开，他很怕逐流生气地从屏风后面跳出来，尽管对方没有这样做的合理理由。

他也不知道自己在怕什么。

“行，陪你聊会儿。参你的折子是今天最后一件事，我也算收工了。”

他下意识地向逐流解释。

灯火近黄昏。

橘黄色的霞光里，他们穿过朱红廊柱、菱花窗格投下的斜长影子。温乐兴致勃勃，打发了女官侍从，带着程千仞七拐八转，一路听他讲徐冉的糗事，笑得肚子疼。

作为回报，她分享童年的快乐记忆给对方。

“马球场，你来过了吧。从前这里的马房号称‘三百神骏，召即能战’。现在只剩一百出头，毕竟好久没人打马球了。”

“极乐池东岸，夏天荷叶遮天蔽日，我藏在荷叶下的小舟里，比寝殿凉快舒服。如果被你抓到，就得回去读书了。”

“我们在这儿一起荡秋千，那时我还没学轻身术，秋千就像在云上飞，快活得很。”

秋千踏板和红绸早已不见，只剩下彩漆斑驳的秋千架，夕阳下空荡荡的。

年迈的内侍官带着一众宫人惊慌行礼，程千仞摆摆手，四下打量。

当年这座花园是为年幼的皇子公主专门建造，方便玩乐，如今荒废已久，疏于打理，幸好贵人没有怪罪的意思。

温乐道：“再往前去，都是废弃的偏宫冷殿，没什么看头了。我们回去吧。”

果真偏僻，程千仞之前夜里闲逛，从没走到过这里，它隐藏在漆黑的夜色中，与明亮灯火、繁茂花木、辉煌金砖仅数墙之隔，却像另一个世界。

他向杂草深处去，推开布满灰尘蛛网的角门，忽然察觉人们脸上的神情十分古怪，忐忑不安、混杂莫名恐惧，好像门里藏着怪兽。

温乐微微地皱眉，抬手示意旁人不用跟。

暮色四合，千万盏宫灯亮起。这里只有几点幽微烛火，透过小屋窗棂，静静地照在青石板地砖上。

屋瓦上布满青苔，不知何时草籽落上去，瓦缝间杂草丛生，开出嫩黄的小花。

虫鸣鸟叫，生机盎然。程千仞好像一瞬间离开了深宫，甚至远离了皇都。

他绕去屋舍后，柳树下池塘水波粼粼，顺着鹅卵石小道穿过菜畦，看见有人在收衣服。麻绳上挂着一排粗衣，皂角味道顺着晚风飘来。

那人被脚步声惊扰，回过头，动作停滞，目光震惊。

程千仞也注视着对方。

这人麻衣布履，青年面目，鬓角却生白发，眼尾亦有皱纹，显出与年龄不符的老态。

温乐开口道：“三皇兄。”

布衣青年眼底的震惊渐渐平复，化为一片漠然。

他放下手头衣服，问道：“我要行礼吗？”

程千仞：“都行吧，随你。”

对方显然没料到他会这样说，愣怔片刻，指了指池塘边石桌道："先坐，我给你们倒点水。"

程千仞坐下打量菜畦，泥土松软，蔬菜长势很好，可见主人平日用心打理。菜园后面还有一排屋舍，不知住的是谁。温乐盯着程千仞，手心攥紧裙摆，微微颤抖。

粗茶倒进白瓷碗里，三皇子问："什么时候回来的？"

程千仞："一个月前。"

太子仪仗归京，全皇都百姓庆贺，天下都知道，深宫之中却有不通消息的地方。

"他乡多年，重回皇都，习惯吗？"

程千仞喝口热茶道："还行吧。衣服比较沉，有时候不方便。"

"见过父皇了吧，他怎么样？"

"没见过。"

青年仰头叹气。他这一叹，眼角皱纹更深。

温乐好像知道他将说什么，霍然起身，叫道："三皇兄！"

程千仞看了她一眼，淡淡道："坐。"

温乐颓然坐下，青年开始说话。

"自你出生，我就知道我们这一代，与历代皇族不同，不存在优胜劣汰、先来后到或者公平竞争。因为你生来就是一颗帝星。我不服命运，最后撞得头破血流，徒呼奈何。"

"你还是回来了。在你之前企图做皇帝的人，都没有好下场。难道这就是天命所归？"三皇子神色平静，不疾不徐地问，"弟弟，你想过吗，我们流着一样的血，凭什么世上所有好东西都是你的？"

温乐紧张的目光下，程千仞只轻轻摇头道："没想过。"

"……"

"你说的这些，我根本一点印象都没有。"

三皇子目光复杂地看着他，意味深长地感叹："你变了。"

程千仞："不，我本来就这样。"

温乐尴尬地解释："五皇兄他，不记得以前的事……"

青年蹙眉，片刻后竟然有点失落："也罢。"

程千仞问道："吃了吗？"

三皇子摇头。

程千仞站起身："走吧。"

"我，我就不送你们了。"

夕阳最后一抹余晖消散在云层间，程千仞走出角门，穿过破败花园，眼前豁然明亮，宫灯连绵如河，侍从们举着华盖抬着步辇迎上前。

"孤随便走走。"

温乐跟在他身后问："皇兄，你生气了吗？"

"没有。"程千仞为让她安心，多解释一句，"他只是与我无冤无仇的陌生人，现在对我没有恶意，我为什么要让他吃不成晚饭呢？"

温乐露出笑容。

程千仞问："他从前也住在这里？"

"从前住东宫旁边的宁阳宫，宫外也有亲王府邸。父皇不再上朝之后，朝堂渐渐地形成两派，大皇兄与三皇兄党争，后来首辅摄政，扶大皇子做太子，三皇兄便搬来这里。大皇兄不甘心当傀儡受人摆布，两年前带亲兵东去白雪关，希望闯下大功业，他不听皇姐指挥，死在东川战场，尸骨不存。但当时情况十分复杂，如果为他追封，等于昭告天下皇姐指挥不当，必然影响战事，于是没有宣扬。"

"二皇兄成年后就去了封地，立誓永不北归，他封地远离皇都，靠近南海，贫瘠未开化。三皇兄和四皇兄，宫里仅存的两位皇子，就住在这里。你刚才已经见过其中一位……"温乐轻声问，"你会杀了他们吗？"

皇族为权力斗争牺牲性命，似乎是约定俗成的规矩。

程千仞反问道："我为什么要杀他们？"

温乐彻底松了一口气，不再言语。

程千仞道："那院子不像近几年新盖的。"

温乐想了想道："他们之前，也有人住过。宫里会有不该出生的孩子，比如生母卑微或分娩时天象不吉利，就住在废园。我小时候贪玩乱闯，来过这里一次。三皇兄搬进来，像在说自己已经认命。因为父皇常说，皇族的命运，一出生就注定了，有人做皇帝，有人早早逝去。"

程千仞笑道："你是希望我想起一点过去的事，还是怕我撂挑子跑路，想劝我认命？"

温乐语塞。

程千仞："回去休息吧。"

夜幕沉沉，他回到东宫寝殿。内侍们已经熟知他脾气习惯，从不跟进去服侍。

“回来了。聊这么晚，挺尽兴吧。”

逐流迎上来，为他解礼服外袍衣带，动作自然。程千仞瞥见菱花窗开着。想到对方一直站在窗前看他，不由笑了笑。

老臣天天“有本要奏”“事关国体”，酸儒整日“之乎者也”“祖宗规矩”，只有弟弟使我快乐。

前两天逐流抱怨朝辞宫温泉池翻修，暂时不能用，程千仞便让他晚上悄悄过来，想泡可以泡东宫的，毕竟对方已经很辛苦了。

逐流帮程千仞轻轻卸下发冠，梳理头发。梳妆台铜镜里，映出他们的面容。

“你觉得我最近表现怎么样？”

“哥哥勤奋好学，为国为民殚精竭虑。”

玉梳滑过头皮，力道刚好，程千仞浑身舒爽得微微打颤道：“呼，我也觉得。”他摸摸下巴，“难道我脸上写着‘我要跑路’？”

逐流笑道：“只要尝过权力的滋味，很少有人不喜欢。享受世间所有崇敬畏惧的目光，掌控他人悲喜和命运，只有权力能做到。你却好像不太在意这些。”

他放下梳子，注视着镜中人影，轻声道：“哥，你在这里，又不在。我真怕留不住你。”

程千仞笑意凝滞。

寝殿设有隔音阵，没人能听见他们说话。然而天道规则无处不在，有些话不能说得太清楚。

这是对方第二次提起，第一次是在剑阁解签之地玉虚观。

世界上只有一个人，知道程千仞最深的秘密。

他刚到东川时，不适应这个世界，行止带着旧习，又因为孩童年幼，并不防备地展示着异处。

从镜中看，逐流神色有点委屈，程千仞心中一动。

“想什么呢？”他哼唱道，“最是人间留不住，朱颜辞镜花辞树。”

唱得荒腔走板，两人一齐笑了。

夜晚归于平静。

日子一天天过去，天气渐热，宫人们换上轻盈的夏制宫服。皇都笼罩在一片繁茂绿荫和蝉鸣声中。

最终打破这一切平静的，是来自东边，顾雪绛的消息。

顾旗铁骑新军初到，气势正盛，短短两月，竟然一鼓作气地打回白雪关。

捷报传入皇都那日，天空铅云密布，暑气却没消散，大雨之前燕子低飞，空气沉闷而燥热。

“顾将军得到的军令是守卫朝光城，谁给他的权力出兵？目无法纪，应该被问责，请殿下即刻召他回京！”

“此言差矣，顾将军已是镇东军最高指挥官，当然有这个权力。一旦错失战机，谁能负责？他从魔族手里抢回白雪关，请殿下奖赏他的功绩。”

“李大人的说法，臣不敢苟同，顾将军在神武军时，数他帐下军费开支最大，调去镇东军后，竟然又翻一倍，要不然，先把人召回来，让他解释清楚每笔军费去向。至于赏罚，再议不迟。”

“臣附议，我等谨遵太子诏令，削减用度、节衣缩食，不是为了让他穷兵黩武。更何况，天下苦战已久，我军何必再挑起干戈，理应休养生息……”

“一派胡言，难道人族的和平，只靠魔族施舍？我们有这样强大的将领、强大的军队，就该展示给天下人看，一次杀破魔族的胆，让他们不敢再犯！”

朝臣们面红耳赤、争执不下，有一个跪下请愿，立刻“哗啦”跪倒一片。

“还请殿下明鉴！”

程千仞放下茶盏，沉声道：“除去顾雪绛，天下就没有别的事了吗？”

正如温乐所说，首辅摄政时期诸事独断，虚心宽和的太子理政后，朝野气氛更活泼开放。但这注定是柄双刃利剑。

程千仞的搁置处理并没有平息争议，顾雪绛不是普通人物，来自白雪关的捷报最终由太子案头，传遍大街小巷。

争论之风最早开始于学者、文士府邸。茶余饭后，饱学之士聚众讨论、即兴辩难。

“痛失白雪关乃奇耻大辱，没有花间雪绛领兵，人族何时雪耻？没有花间雪绛平乱，王朝早已四分五裂。”

“不，对胜利的渴望，不能凌驾于人性之上。失去人性，我们不再是人，与魔族有什么区别？众所周知，花间雪绛根本没有底线。军权掌握在这样的人手中，等于把利剑交给恶魔！”

这个阶段产生了许多篇辞藻优美、感情真挚、格律严谨的文章，在文人间广泛流传，甚至传进宫里。

此乃太子悬而未决之事，意味着一步登天的机会。太子独自理政不久，对朝臣一视同仁，这件事谁能为他排忧解难，极大可能成为太子心腹。

普通百姓看不懂锦绣文章，却十分在意关于顾雪绛的一切消息。杀神拥兵入城，长街一片死寂的情景刻在他们心中，顾雪绛便是泯灭人性、残暴凶恶的化身。当人们知道他这次或许会被治罪，立刻兴奋地奔走相告。

但顾雪绛也有支持者，数量不占优势，情绪却更为狂热。他们每天聚集在一起，痛斥帝国将领都是无用的废物饭桶，呼喊只有顾将军能为人族赢回尊严，带来胜利。

终于，所有辩论变成简单的口号。

“顾雪绛恶魔转世！”

“顾雪绛天神降临！”

两派都坚定地认为，自己是清醒正确的智者，对方是受人蒙蔽的白痴，势要与其斗争到底。他们在街口搭高台、静坐示威，在饭馆茶楼里慷慨陈词。平时素不相识的人，因为有相同见解而称兄道弟，或因为看法迥异破口大骂。

每一个皇都人，从早晨睁开眼睛开始，即使足不出户，那三个字也会从窗外飘进来。有时是四个——花间雪绛。

一场场街头演说，围观人群越聚越多，盛夏沉重闷热、令人呼吸困难的空气中，气氛像紧绷的弓弦。

程千仞此时已经嗅到了某种熟悉的味道，心生警觉。

当年南渊学子几乎全部参与投票，使他成了学院院长——普通人的力量聚集在一起有多可怕，没有人比他更清楚。

然而经验不足的太子，再次做出错误决策：他命令禁卫军加强皇都巡防戒备，警惕聚众闹事、扰乱治安的头目，如有必要，抓捕入狱。

禁卫军的职责便是维持秩序、保护百姓安全，本来无可厚非。但他忘了，顾雪绛曾担任禁卫军副统领，军中仍有对他忠心耿耿的旧部，受民众情绪感染已久，同样分为两派。

那些披坚持锐、进入战时戒备的巡逻队，更为紧张空气添了一把柴火。

直到某天深夜，一道电光撕裂天际，闷雷滚滚，如天神的车轮。

多日压在皇都上空的厚重雨云，终于带来一场倾盆大雨。

狂风卷地，冰冷的雨水泼天浇下，像要把屋顶打穿。孩童受窗外雷声惊吓，哇哇大哭。母亲呵斥道：“不许哭，再哭就让花间雪绛吃了你。”

城南最大酒楼，买醉的客人们被大雨困住，趁着酒劲咒骂天气。

皇都盛夏雷雨季，年年如此，似乎只有今年格外遭人痛恨。

“呜呼，太平本由将军定，不许将军见太平！”

“贼老天，又下雨，好，打雷劈死他们！没了顾将军，就让那些酒囊饭袋去保家卫国吧！开疆拓土？白雪关都守不住……”

临窗几桌拍桌子喝骂，其他酒客畏于他们腰配刀剑，只得强忍怒气。

一位从东川战场退下不久的老兵，闻言怒摔酒碗，霍然拔刀道：“哪来的狗杂碎，也敢侮辱安国公主英名！”

“你有种拔刀？！你有种杀我吗，你来啊，你敢吗——”

血花迸溅！

吵闹的酒馆骤然死寂。

老兵连杀三人，高喊“元帅战无不胜”后，横刀自刎。

“啊！杀人啦！”

人们四处奔逃，撞翻桌子板凳，便在此时，二楼有人振臂高呼：

“太子受小人蒙蔽，帝国到了生死存亡时刻，忠君爱国的志士随我来，诛杀恶魔顾雪绛，拯救王朝！”

究竟是谁先喊出这一句，有没有受人指使，事后已不可考证。

因为当这一句话出口，欢呼声爆发，人们拿着铁剑、匕首、菜刀，甚至砸烂桌椅抄起木条，冲向窗边大放厥词的酒客。

楼梯被踩塌，喊口号的“志士”摔下去，被无数人踩成肉泥，做了“诛杀顾雪绛”运动的第一个祭品。

对面街区响起另一阵惊天动地的呼喊：

“为了顾将军，为了太子，我们死不足惜！团结起来，坚决与他们斗争到底，跟我冲啊！”

“保护太子！保护顾将军！”

城南这一片，尽是酒楼饭馆商铺，人流密集，很快汇聚成群。人群拿着简陋武器，冲进瓢泼大雨中。

长久压抑的愤怒终于爆发，热血上涌，竟然感受不到寒冷。

原本宽敞的长街挤满扭打砍杀的疯狂民众，禁卫军巡逻队骑兵呼啸而至，马蹄如雷，溅起水花。

“放下武器！反抗者抓捕入狱！”

两队禁卫军狭路相逢，执法时指责对方拉偏架。

“谁不知道你是顾雪绛旧部，心里向着他！”

“老子就是，永远追随顾将军！”

禁卫军打禁卫军，禁卫军打群众，群众打群众。

一场混战由此爆发，从城南市井迅速蔓延。城东贫民窟的地痞流氓卷进来，高喊“诛杀顾雪绛、拯救王朝”“太子殿下万岁”，趁乱洗劫店铺，临走再放一把火。

大雨中，火油熊熊燃烧，愤怒的人群涌向城北，滚雪球一样越聚越多。雨夜的寒冷，对修行者的恐惧通通抛在脑后。所有情绪被点燃，呼喊着口号冲锋。

“为顾将军，为太子殿下而死，死得其所！”

“诸位，不求同年同月同日生，但求同年同月同日死！”

城北是皇都的贵人府邸，护宅阵法次第亮起，一道道金光升腾，照亮皇都半边天。

各府护院、私兵、家奴出动，驱赶暴民。许多政见不合、平时看不顺眼，却住在一条街，不得不互相见礼的官员，趁此机会终于报仇。

“已经乱成这样，谁能证明是我家府兵砸了你家阵法？你就自认倒霉去吧。”

这一夜，所有秩序、法条、规则化为乌有，将近二十万人轰轰烈烈卷入混战。

然而顾雪绛远在东川，太子殿下睡在东宫，无论是要诛杀谁、保护谁，他们的目的与行动后果都相去甚远。

夜雨潇潇，安国公主奉诏入东宫。

程千仞面无表情，身穿太子朝服，头戴珠冠，手握神鬼辟易。他下令出动京郊所有镇东军骑兵，从南城门一路清扫到宫门外，驱散闹事人群，反抗者就地格杀。

“禁卫军还有六个营的兵力在城西。我的兵将长年与魔族作战，刚离战场不久，杀气未散。此令一开，恐怕……”

程千仞看着她。

安国公主忽然觉得眼前人十分陌生：“得令。”

程千仞挥退众侍从，走到窗边。

东宫地势较高，殿宇更在高阶之上，视野开阔。雨幕下，火光与浓烟、阵法与法器的光芒占满皇都上空。

曾经热情洋溢、夹道欢迎他的百姓，一夜之间变成穷凶极恶的暴徒。

程千仞理政以来，第一次面对的真正险恶风波，便是以他知己好友顾雪绛为导火索，各派系之间爆发的空前争斗。

文臣不满武官、新贵不满老臣迂腐、老贵族不满节衣缩食。

逐流从屏风后面走出来："哥。"

"最初写文章的那些书生，不算大奸大恶。是我的软弱，给了别有用心之人可乘之机，让他们以为煽动民心，便可以向我施压。"

程千仞依然看着窗外："你去睡吧，我自己呆一会儿。"

逐流陪他一起站着，也不说话。

天色蒙蒙亮时，大雨渐歇。

安国进宫复命，皇都所有暴徒被驱散，基础秩序恢复。所有参与混战的禁卫军将领，除去已经身亡的，一律抓捕入狱。

程千仞问："昨晚死了多少人？"

"臣给史官报八千。"

"实际呢？"

"五万。"

"那就写五万。"

"有碍圣名，不好。"

她没有说下去。

程千仞拍拍她肩膀："皇姐，辛苦了。"

安国跪地抱拳，沉声道："请太子即刻下令，召回花间雪绛。"

程千仞道："回去好好睡一觉，这个案子，孤亲自审理。"

安国再次重复："请殿下以大局为重，召回花间雪绛，平息纷争、安定民心！"

程千仞伸手将她扶起来："孤的声望、王朝的民心、帝国的气运，难道系在他一个人身上？他是恶魔，还是天神？不对，外面那些人说的都不对。顾雪绛是个烟鬼，而且一身旧伤，每天都得吃很多药，明知道抽烟伤肺腑，还是烟不离手，连戒烟的自制力都没有……"

安国不明白他为什么突然说这个，疑惑道："殿下？"

"他很讨厌洗碗，喜欢穷讲究，画美人倒是栩栩如生，哪天不做将军了，依然可以靠写字卖画维持生计……"

安国眉头紧皱，目光如刀。

程千仞平静道："孤不会召他回来的。"

他的反应出乎安国意料。

"你真的想让他继续打？你把镇东军交到那个疯子手里，就不怕养虎为患？他接到的是守城令，出兵之前甚至没有上报。可见他根本没有一点敬畏心，他不是徐冉！如果他拥兵自立……”

程千仞打断她道：“皇姐，不要再说下去，这件事，孤不愿意追究你的责任。”

安国公主昨夜平乱有功，全皇城都知道。程千仞却说不罚她，听上去很是无理蹊跷。

但安国明白了他的意思，不由心底发寒，又感到一丝欣慰。

她收敛怒容，露出温和笑意，就像程千仞第一次见她，在水潭边烤鱼时一样：

“臣失言了。”

“孤希望你能记住，昨夜丧失性命的人，也是你戎马多年，拼死守护的子民。”程千仞顿了顿，语气缓和道，“回去休息吧。”

“……臣告退。”

殿门关闭，程千仞烦躁地扯了扯礼服衣领，犹觉不够，于是解开下颌绳结，一把扯下发冠。

沉重的珠玉冠落地，回音清脆，他一身轻松，剧烈地喘息着。

程千仞自语道：“天命所归？狗屁。”

逐流拾起发冠，引他坐在梳妆台前，动作轻柔地为他梳头。

自太子可以独当一面处理政务，首辅的身影渐渐消失于宫闱。程千仞意识到自己习惯性依赖对方，便提出独立要求道：“你太辛苦了。我一个大男人，不能这么没用。”

逐流没有反对，他很谨慎，不想激起程千仞的对抗心。

就像现在，他为对方按摩头皮，声音尽量轻柔缓和道：“她和她妹妹才更像皇族，生性多疑，谁也不信。你正好相反，谁都相信。”

程千仞被他按揉穴位，舒服得像猫咪被顺毛一样呼噜着。

心里却在想，安国把军队看作维护皇权的工具，把每一位士兵将领，甚至她自己都看作锋利的刀，随时可以为了段姓王朝牺牲。她防备朝歌阙，献计联姻，现在又怀疑顾雪绛……但她确实是才能优秀、无比忠诚的将领，或许我可以让她离开皇都，下月调她去西南吧。

“我信任顾雪绛，因为我了解他。他的理想和人格，绝不在于自立为王。”程千仞道。

如果说朝歌阙的理想是杀魔王，顾雪绛的理想大概是希望魔族灭绝。虽然他与对方没有直接交流过这方面的话题。

逐流笑了笑:“但是你知道，就算你下诏令，也未必能召回他。你不想治他抗旨谋逆的罪名。他那么聪明，明知你会因此为难，还是选择……”

程千仞打断他:“我们过去互相信任，现在也是一样。”

逐流:“哥，没事。如果你需要我，我一直都在。”

你的朋友故交，因为你身份变化，与你产生隔阂。你血缘上的亲人，更在乎皇权稳固。只有我不一样，不管你是谁，我都对你毫无保留。

他要程千仞认清这一点。

果然，程千仞转过身，握住弟弟拿梳子的手:“小流。”

晨光熹微，香炉青烟袅袅，白色帐幔飘飞。他们看着对方的眼睛，铜镜中，两人距离渐渐拉近。

气氛正好。

逐流轻声道:“即使大陆沉没，星辰陨落，我对你永远不改变……”

程千仞:“借我点钱吧!”

“……什么?”

程千仞重复道:“五十万两。”

逐流缓过神，懵懵地点头。

程千仞紧紧握住他的手，像肯定革命友谊一样剧烈摇晃道:“五年之内，我一定还你!”

他再次深切体会到——只有弟弟使我快乐!

逐流觉得又气又好笑:“哥，你这样说太生分了。就算真金白银还不上，你也可以用其他方式偿还我。”

程直男不假思索道:“嗯，我会尽力在别的方面补偿你!”

成功借钱使他充满干劲，一扫颓靡，自己戴好发冠，掸掸衣摆:“我开工去了。你再多睡会儿啊。”

逐流张开双臂:“抱一下。”

程千仞给了他一个兄弟间的拍背抱。

逐流被他拍得没脾气，决定扳回一局道:“拿我的钱，去养别的人，你以后要天天哄我开心。”

程千仞浑身一僵，耳根烧红:“胡说什么……”

“我开玩笑的，去吧。”

程千仞落荒而逃。

从七月中旬到八月，是皇都盛夏雷雨季。

大雨潇潇，洗刷天地，这期间发生的所有事，被称为“雷雨清洗”。后人评论程千仞功过得失，无论如何绕不开这一页。

太子频繁出入大狱，法理司公审他旁听，不时提问，他是真的不懂就问，却给了主审官很大压力。案子牵扯甚广，朝中半数老臣被传讯审问，四十余位禁卫军高阶军官被停职查办，他们即使不曾直接参与，也有渎职失职的错处。禁卫军统领御下不严，罚俸一年。

“关于副统领一职，殿下属意谁？”

程千仞想了想道：“与此案没有丝毫牵扯，从军五年以上，骨龄三十以下，最好上过战场，禁卫军里有这样的人吗？”

“有，徐冉。此人今年由镇东军调任禁卫军，原先负责粮草配给……”

“就她了。”

徐冉当即走马上任。

有人等着看她笑话，这么大的烂摊子，不是说接就能接下的。

徐冉来皇都不久，因不耐应酬场面，与各派系无甚牵扯。她办事一碗水端平，谁的面子都不卖。加上她性格直来直去，谁跟她弯弯绕绕，她跟谁拔刀，反倒化繁为简，令皇都秩序迅速恢复。

但她也算不上勤勉，做完本职工作后，不愿在官署多呆一刻，就窝在淮金湖消磨时光。

美人琴瑟起，画船听雨眠。

有人找上门举告，说看见邻居是雨夜暴动的“反顾派”头目，证据确凿，让她去抓人立功。

她正拿着酒盏灌美人，只摆摆手道：“现在是休息时间，明天再说不行吗？你走吧……还不走？那来喝两杯！”

一种论调在市井间悄然兴起：顾雪绛远在天边十万八千里，是死是活跟我们没多大关系。该吃饭的吃饭，该上工的上工，生活还是要继续，一家人平平安安过自己的小日子，比什么都强。

徐冉行事，被后世评价为“大巧若拙，大智若愚”。她张弛有度，使太子铁腕时期的皇都，不至于风声鹤唳，人人自危。

但在当时，许多官员提起这位徐副统领，无不摇头，认为她得过且过，没有出色才干和鞠躬尽瘁的奉献精神，最重要的是，她不善于揣摩上意。

程千仞觉得自己快精神分裂了。白天在外人面前，他是威严庄重的太子，说："你别怕，孤觉得自己脾气挺好，你抖什么？"

晚上回到寝宫，对着逐流就是一通吐槽。

"都不让我省心，来呀，互相伤害呀。说什么查军费明细，就是想召顾雪绛回来，我说'自今日起，顾旗铁骑军费开支减半，国库不给顾雪绛批超过十万两的账，大家共度国难。'他们直接没话说了，就怕我下一句冒出月俸减半，各府开支减半。当然这全靠你借给我的钱暗度陈仓，小流，你对我真好……"

东宫温泉池热雾氤氲，程千仞闭着眼睛靠在池边，许久没听到回音，他喊："小流？"

只见逐流脸色苍白，直直注视着他，神色难辨。

程千仞正觉奇怪，忽然心中一惊："朝歌阙？"

久违的危机感降临，他周身气息不受控制地攀升，又听那人笑道："哥。"

程千仞松了一口气："你最近一直精神不太好。是因为你们……争夺法身？你应该早点告诉我。"

逐流点头，很懂事的模样道："我不想让你为难。"

程千仞看着心疼："没事，会有办法的。"

"会有办法"不是嘴炮，程千仞一边开始研究神魂方面的术法，他让怀清回剑阁一趟，搜罗相关典籍，一边写信向南渊学院胡易知请教。经常有人投其所好，向太子进献神魂秘法，奈何良莠不齐，帮助不大。

他相信"天地万物，总有缘法，可以一化为二，就能合二为一"，却担心逐流抵触与朝歌阙融合，便暂时没有告知对方。与此同时，程千仞还要肃清朝堂，处理政务，难免分身乏术，无暇陪伴弟弟。

逐流不是省油的灯，白天没时间腻在一起，就要从其他方面找补。程千仞为了让他少问问题，不要跟着自己，难免答应一些无理要求，便宜都被占干净了。

温乐禁闭期刚结束，就推荐程千仞去查皇宫藏书楼的典籍，说："那些都是父皇的收藏，或许对你有用，哥，你到底要找什么术法啊，不练见江山了吗？"

被人忽然提起，程千仞一时恍惚，召来神鬼辟易掂了掂。

见江山。自进宫以来，他不曾练剑。

当天夜里，程千仞没有回寝殿，提着剑在宫里游荡。

从前他四处游历，无牵无挂，见山劈山、见海分海，哪里都可以练剑。晚上躺在树上喝酒，拾起一根树枝，便舞一套剑法。

现在却看哪里都觉得不对劲，楼台重重，广厦千万，都不是练剑的地方。

宝剑依然锋利，月色依然明亮。

程千仞拔剑四顾，十分茫然。

因为他不仅没练成剑，居然又迷路了。

“劳驾，请问东宫怎么走？……又是你啊！”

麻衣布履，手持竹杖的老人慢慢回头。

昨夜刚下过一场雨，打落一地蔷薇花。空气潮湿，夏夜晚风徐徐，吹来泥土和青草的味道。

花园回廊里，老人眯起眼睛，借月光盯了程千仞片刻，道：“哦，是你。”

他虽然没明说，下撇的嘴角、嫌弃的表情都写着“年轻人，你路痴”。

程千仞不知道怎么解释这种事，进宫第一日，就是眼前这位老人为他指路，比起那些神色精明，面对他诚惶诚恐的宫人，对方更像老眼昏花，脑子不清楚了。

“你怎么又走错路了，大晚上在外面闲逛，嚯，你还拿着一根棍子。”

程千仞：“……这是我的剑。”

“我带你去东宫，跟上。”竹杖点在地砖上，发出笃笃声响，老人缓慢移动，“让我看看你的剑。”

“呃，剑这种东西，跟棍子不一样，不能随便看。”

“真小气，那我们交换。”

他说着竟然将竹杖递出，另一只手去拽程千仞的剑。

神鬼辟易何等凶煞，普天之下有几人，敢从程山主手里直接夺剑？

程千仞心下一惊，急忙收敛威势。

老人抄起神鬼辟易掂了掂，问：“有什么不一样？还给你咯。”

程千仞追悔莫及，他不该晚上瞎逛，更不该迷路。

他该在宫里，不该在这里，跟一个碰瓷大爷扯皮。

“要不，您指个方向，我自己去。”

老人疯狂摇头道：“我不带你，你走错路啊。上次给你指得多清楚，结果呢？你到现在都没回去！”

程千仞：“……”

对方似乎想抄近路，带他在花园小径间穿行，四下里夜色寂静，只有花树遮蔽月光。不知道值勤卫队都去了哪里，程千仞漫无边际地想着，该不是喝酒打牌去了吧。

雨后夏夜泥土松软，遍地小水洼，一脚不慎，就溅得一身泥。程千仞被大爷溅了几次，只好扶着对方走。

他们慢慢走着。

程千仞忽然道："那天我回去了。我还做了一个梦，梦见我当皇帝了。"

老人不留情面地吐槽他："人人做梦都想当皇帝。"

程千仞笑了笑："然后我疯了，逼朋友让兵权，半生东征西战，落得众叛亲离，还站在皇位上喊'兵权是朕的，神鬼辟易是朕的，整个天下都是朕的。'这个梦，我一直记得，平时不敢给人说……没事，说了你也不懂。"

老人瘪嘴道："年轻人，棍子不多，想法挺多。"

程千仞一直被吐槽也不生气，大多数时候，他自认脾气很好。

"我不喜欢守规矩，也不喜欢给人定规矩，我这种人，最不适合当皇帝。进宫之后，他们都说我天命所归，每个人都相信这套说法，只有我不信。"他重复道，"我不信。"

老人停下脚步，浑身僵硬，转头怔怔地看着他。

"那你信什么？"

程千仞脱口而出："我信立身问道、宝剑斩恶、与天争命！"

老人眼神越来越亮，如长夜两点烛火，嘴唇颤抖，仿佛下一刻就要口吐惊人之语。

"听不懂。"

程千仞："……什么？"

"我们到了。"老人转身就走。

"等等，这不是东宫。"程千仞抬眼一望，声音戛然而止。

确实不是东宫。

他站在一座高耸入云、仰不可见顶的山峰下。准确地说，是一座高台。

四棱台基高阔平整，层层台阶向上堆砌，视野尽头，坡度近乎垂直，想来人走在上面，便如攀登危崖。非石非玉的材质被打磨光滑，深蓝色星空下，闪烁着洁白光辉。

真正的皇宫禁地不需要重兵把守，自有阵法禁制维护，令人无法靠近。天地开阔，四周一个人影也无，老人早已不见踪影。

程千仞不知道他们怎么稀里糊涂走进这里，也无暇多想，他被眼前情景震慑心神。剑阁观云崖很高，是自然造化之美。南渊藏书楼由人工建造，却不如它气象雄浑伟岸。

摘星台——皇都的标志，无数人每天仰望着它，可望而不可即，传说中最接近天道意志的地方。

方才他就站在这座卜算命运的高台下，渺小得像一只蝼蚁，望不到云上世界，却说要与天争命。

直视伟大建筑，难免产生万丈高山倾颓，当头压下，无法逃脱的可怕联想。摘星台似乎另有玄机，它给不愿低头的人，尤为强烈的压迫感。

神鬼辟易感应主人心意，对抗无形压力，在鞘中不安地颤动。

程千仞豁然拔剑。

狂风卷地，剑气直冲苍穹!

他提剑登台，一步步走上石阶。周身剑气萦绕，驱散茫茫夜雾。

神鬼辟易本是凶煞之剑，此时却不带一丝杀意。好像身前无敌人可杀，不用再摆出吓人的模样。便如洗尽铅华的美人，对镜自照，审视本来面目。

程千仞不知自己走了多久，云雾渐深，寒风呼啸，他眉间鬓角覆着浅浅白霜。道路好像没有尽头，而他进入某种玄妙境界中，既不畏惧未知的前路，也不懊悔一时冲动迈上征途。

直到视野豁然开朗。

摘星台顶端，并不如何开阔，长宽不过五六丈，四面没有栏杆，凛冽的夜风吹得人摇摇欲坠。

穿过云层向下望，他初入皇都时，所见那些巍峨广厦，重重楼台，都化作一个个渺小的光点。人间灯火蜿蜒如河，向远方蔓延。

皇都是人族世界最伟大的雄城，他现在站在摘星台上，仿佛把这座光辉万丈的城踩在脚下。

高台之下，无数人奔波忙碌，生老病死，婚丧嫁娶，循环往复。

程千仞放眼远处，大陆其他高大建筑，比如南渊藏书楼，平时不开阵法，因而漆黑一片。

东边万里之外，却有一点光芒。传说雪域的黑塔塔顶，由整块巨大琉璃打磨，返照月光，极为明亮。那是魔王的住处。

夜幕下最为明亮的，是头顶星河，没有遮蔽，无比壮阔的星空。原来星星也有大小之分，程千仞想。

“它们眼里的摘星台，比我看台下灯火，更渺小。”

“不，它们不会看你。”一道苍老的声音响起，“星空之下，没有永垂不朽。”

老人不知何时出现在他身后，单薄布衣被狂风吹动，双目神光湛然，佝偻身形却显得无比高大。

程千仞怔在原地。

“你怎么上来的？”

“拿着剑，一步一个台阶，走上来的。”

“走了多久？”

“我不知道。”

长路漫漫，夜雾迷茫。

老人“哦”了一声，竹杖点点脚下石板：“我坐升降机上来的，不比你慢多少。”

程千仞没反应过来：“什么？”

“对啊。这个台子里，五十年前装了很贵的升降阵法，早就没人走路了。”老人嫌弃地看着他，“让你不跟紧我，傻子。”

程千仞回过神。

不是，我已经猜出你身份，你这么久不来见我，见了我不答疑解惑、传道授业，你还骂我。我没脾气啊？

“我傻子？”

“你不傻子谁傻子？”

他们在伟大的摘星台上破口大骂。

“你小子还敢顶嘴，不服？”老人抬起竹杖点点程千仞肩头。

程千仞挥舞神鬼辟易，一把挡开道：“你干吗？想打架？！”

大爷不依不饶地拿竹杖戳他。

程千仞怒道：“你别碰瓷啊。”

忽然他面颊刺痛，竹杖裹挟劲风当头袭来，程千仞心中一凛，侧身避开，谁料避之不及，仓促横剑格挡。

“铮！”

竹杖与长剑相击，却有金石之声，程千仞手腕发麻，正要变招，又慢了一步。

老人目光幽暗，面无表情，仿佛与他不在同一个时间维度，分明动作迟缓，竹杖却总能莫名其妙地冒出来，给他一记。

程千仞一时处于被动挨打的局面，自认剑气笼罩全身，密不透风，却不得不一退再退。

台面六丈宽，他已退出五丈二，避无可避，正要冒险抢攻，忽听一声断喝："孤峰照月！"

程千仞下意识出剑，见江山每一招他都烂熟于心，几乎不需要反应时间，一道月弧出现在摘星台上！

剑影如弯月，映照头顶漫天星斗，光华大作。

高台如山，登临绝顶，他就是孤峰。

竹杖去势一滞，随即一道更迅疾、更明亮的月影撞上程千仞剑锋。

对方还了他一记孤峰照月，两轮月色对冲，同时黯淡。

老人再喝："瀚海黄沙！"

长风浩荡，夜色如海潮，千万道剑影怒卷如狂浪，又如千万流沙，迸射而出！

"平湖落雪！"

程千仞剑势由刚转柔，轻得像一片雪花，一缕星光……

这样全神贯注地见招拆招中，他渐入佳境，剑道瓶颈松动，甚至忘记时间流逝，斗转星移。

直到拆解完一整套剑法，对方再喝：

"傻子！"

程千仞没反应过来道："什么？"

就是这一瞬间停顿，想召剑格挡已来不及，他肋下一阵剧痛，席卷全身！

对方竹杖刺破他护体真元，狠狠一击！

摘星台没有栏杆，程千仞身形如断线风筝，直接飞跌出去。

老人仰天大笑："哈哈哈哈哈哈哈，还说不是傻子！"

耳边厉风呼啸，老人的狂笑转瞬即逝，他好似悬崖边一颗碎石，被人高高抛起，又坠下万丈深渊。

程千仞强忍剧痛和刺骨寒冷，拼命提起真元，神鬼辟易寒芒一闪，带他腾空而起，勉强止住迅猛坠势。

"扑通！"

水花四溅，莲叶下游鱼惊慌逃窜。

盛夏时节，温凉湖水漫过口鼻，程千仞没料到身下不是地砖，这使他免了再挨一下疼，然而狼狈却是真狼狈。

不远处宫廷禁卫听见动静，呼喝着赶来，太子殿下为了面子，急匆匆爬上岸，用真元烘干衣服。趁还没人发现，他若无其事地向东宫走去。

天色蒙蒙亮，摘星台远在重楼峨殿后，利剑般直入云霄，高不可攀。

昨夜就像做了一场梦，满天星辰见证他如何出剑，梦醒之后，只有疼痛是真实的。

但他清晰地感觉到，剑道瓶颈已然松动，距离突破还差一线罢了。

这一线的契机，或许不远。

程千仞还在为逐流的“精分病”头疼。

十天前去信南渊学院，胡副院长的回信今天到了，答案极为简短：“才疏学浅，爱莫能助。愿君诸事顺遂，早日荣归故里。——你咨询的问题，我解决不了，礼貌性同情一下，顺便问问你，什么时候回南渊玩啊？”

后面附着另一封信，说南渊学院复课在即，而他年事已高力不从心，可惜大好河山还未踏遍，乞休还乡云云。

简单地说，辞职不干，追求诗和远方去了。

程千仞只能叹气，胡易知一生行事谨慎，最不愿卷入皇都纷争或宫闱密案中，坚持南渊没有立场，不侍皇权，忠于真理。谁曾想命运弄人，自己做了南渊院长，又做了帝国太子。胡先生曾经的治院理念化为泡影，索性撂下挑子，打算游历四海。

他接着往下看，胡易知推荐他的关门弟子继任副院长，直言此子天资不俗，年轻有为，已在南央初显声名，必然不负重任。程千仞心想，评价这么高，到底何方神圣啊。

书信末尾，他看见一个久违的熟悉名字。那人便是文思街程府现今唯一住户——钟十六。如此两全之策，不得不感叹胡先生老谋深算。

南渊给不出办法，剑阁收录以剑诀为主，也帮不上大忙。所幸天无绝人之路，程千仞经温乐提醒，在皇宫藏书楼里，找到了他便宜爹、便宜祖宗们留下的术法典籍，算是皇族代代相传，压箱底的好东西。

夜已经深了，藏书楼灯火通明。程千仞坐在地上翻书，背靠书架，两腿交叠，礼服皱成一团，毫无形象。这里受阵法保护，只有皇族血脉可以进入。

正当他心神渐渐沉静，书页越翻越快时，背后响起一道声音：“这些左道旁门，收藏赏玩罢了，没有哪位君主沉迷此道！”

程千仞霍然起身，握紧长剑。书册散落遍地。

他们隔着书架对视。

老人态度自然，仿佛昨夜不曾动手打人，说道：“它们很危险，稍有不慎，走火入魔，容易武脉断裂、神识混沌，变成痴傻，甚至爆体而亡。”

若说“分魂化身术”还算偏门道法，“摄魂术”已经是歪门邪术，更遑论程千仞手边还有一本违反天道的“移魂术”。

他解释道：“我没打算练……”

对方好像很担心他会误入歧途。算了，他不想跟一个脑子糊涂的大爷计较，讲不清道理，又打不过。

老人指了指“移魂术”道：“交出来。”

话音未落，只听微风飒然，那本书穿过书架间隙，如生灵智般飞到老人手中。

程千仞心想，隔空取物的小术法我也会，大家不能文明点好好说话吗，非要动手炫技？

他等着大爷开口讲道理，谁知老人转身就走，一步踏进书架的阴影中。

程千仞追上前道：“你没有别的话对我说吗？！”

四下里杳无人影。

“你为什么才来见我？”

“我是怎么‘死’的？”

“我是谁？”

声音在空荡的藏书楼回响，无人应答。

太子白天忙于政事，晚上通宵看书，黎明时回寝宫匆匆换身衣服就走，修行者精力旺盛，倒不觉得疲惫。半月后，他觉得事情有眉目了，才去见弟弟。

“小流，事关重大，来回答我几个问题。关于你和……朝歌阙。”

“问吧。”

程千仞没想到这么容易，立刻从袖里摸出笔记本，说：“你们发生冲突时，除了神魂撕裂感，法身有没有头痛、气短、心悸的感觉？”

“有。”

程千仞记笔记：“仔细讲讲。”

逐流笑道：“上次在小世界里，他控制朝辞，刺了我一剑，还当着你的面。当然很疼啊。”

“……下一个问题，有没有某个瞬间，你突然觉得，对方是你不可分割的一部分，你们应该心意相通，合二为一？”

逐流不假思索道：“没有。”

程千仞划去这个问题。

逐流被他一本正经的样子逗笑了。

“别笑。接着来，除了争夺法身，你们还有其他矛盾吗？”

“他嫉妒我。”

“嫉妒？”

“对，他是个没有正常感情的怪物，却嫉妒我拥有哥哥的关爱，因为他什么都没有。全世界没有人爱他。”

程千仞忍着记完笔记，顺手打了一个问号，说：“嗯……这只是你的猜测。”

逐流笑道，没有反驳。

“你们会因为某件事或为达成某个目的，妥协合作吗？”

逐流想了想：“会。”

“那是什么样的事？试着具体描述一下。”

“我拒绝回答。”

程千仞笑道：“没事，今天就到这里，我们慢慢来。”

八月天，人间赤日炎炎，万木葱茏。雪域本没有四季之分，但黑塔外的菩提树，竟也长得更繁茂浓密了。

波旬认为，是林渡之的存在，让这里变得有温度。

只要佛子站在窗边，那些渡鸦就叽叽喳喳地扑腾，好像真把自己当成了喜鹊画眉。波旬愈发讨厌它们。

谁能不喜欢林渡之呢？

他剔透的眼眸、纤长的十指、宁和的气息、衣袖间淡淡的草药味、令人眷恋的温暖，人或魔，任何真实存在的生命体，都无法拒绝。

我是与天地共生的魔王，值得世上所有珍宝。只有我可以拥有他。波旬这样想道。

林渡之无意了解他的想法，白天在书房翻阅经卷，伸手逗弄渡鸦，夜晚在黑塔琉璃顶下打坐冥想，沐浴星辉月光。

天长日久，波旬开始怀念过去：“我在庙门前第一次见你，你还未修得一半金身，很弱，我一根指头就能碾死你。幸好当时没有杀你，我不后悔。但那时候你多开心，为什么来到这里，反倒没点笑模样了？”

某日，他送给林渡之一面镜子，不怀好意地说：“这个有趣，你用它看看人间，多笑笑。”

林渡之微微蹙眉道：“你从何处得来圣物？”

魔王笑道：“你第二世送给我的，可惜你不记得了。”

“那不是我。那个人，也是被你骗了。”

“你情我愿的事，怎么能算骗呢？”

仲夏夜晚，晚风干燥而温暖。程千仞却觉得月光冷冽，身边大风呼啸。

朝歌阙离开前，为他点了安神香，青烟随风浮动。

月影西移，更漏滴答，深夜时间流逝并没有让他头脑更清醒。到了后半夜，程千仞迷迷糊糊地想：

逐流确实有非常可怕的想法，但我也做过非常荒唐的噩梦。我们算不算扯平了？

那就这样吧，再教育弟弟也迟了。两个很糟糕的人，要不然凑合过吧，也别祸害别人了……

黎明时分，怀清怀明推门进殿，大惊失色道：“山主，出什么事了？”

殿外光线流泻进来，程千仞终于清醒了些，起身掸掸衣摆道：“你们怎么来了？”

怀清：“叩门没有反应，但确是很紧急的事，不得不报，您神色不大好……”

“我没事。”程千仞摆摆手，神色冷静地问，“到底出了什么事？”

“白雪关急报！白闲鹤总参加急信！”

皇都雷雨季刚刚过去，雨后放晴没几日，顾雪绛的消息再次打破大陆腹地的平静。

这一次，没人再跪地请愿，请求召回他。一是“雷雨清洗”余威未散，不敢触太子逆鳞；二是因为，他回不来了。

白总参称，三天前一千顾旗铁骑深入雪原，燕然山下遭遇大雪崩，骑兵队被冲散，所幸求援及时，生还过半，然而顾雪绛本人至今音信全无。

比起顾将军安危，众人第一时间更关心其他问题，白闲鹤的传令官不得不应付朝堂上咄咄逼问。

“为什么是燕然山？他打到燕然山了？什么时候的事？”

“顾将军攻城拔寨，所向披靡。所以这次雪崩之后，我们才有一条畅通无阻的求援通道。"

"这……你们为什么不及时上报？"

"下官不清楚。"

"从天尺峡到银龙河，真的一路打过去了？他想做什么？勒马黑塔下，征服整片雪域？"

"下官不清楚。"

"你乃正四品副将，怎么一问三不知？"

"顾将军从不开会议事，全军只管听他一人号令。下官真的，不清楚。"

这些地名都是人族的叫法，魔族语发音曲折，且语法艰深复杂。魔族以部落聚集、迁徙。人族世界并没有雪域的完整地图，大多数普通人，对白雪关之外的地方没有具体概念。它们仅存于大修行者游记、历史典籍和传说故事中。

顾雪绛一声不吭地打下来了，实在突破认知。

太子摆摆手道："不必问了，这些事情，孤早已知晓。告诉白闲鹤，全力搜寻，活要见人死要见尸。下去吧。"

安国公主派系的官员出列道："军不可一日无帅，还请殿下……"

程千仞面无表情地打断他："主帅未归，当然是总参断事。情势不同了，如今敌人元气大伤，不敢来犯。"

百官见他脸色阴沉，赶忙缓和气氛，递上九月秋闱、十月秋猎等奏本。

程千仞回到寝宫，殿门一关，终于不用摆运筹帷幄、决断万事的坚定模样，长舒一口气。

书案边那人抬眼看来，淡淡道："辛苦了。喝茶。"

镜前梳头、只着中衣就是逐流，案边看书、衣冠整齐就是朝歌阙，程千仞默默记下。感谢对方态度如常，没有旧事重提，不然忙中添乱，火上浇油，自己八成要疯。

程千仞猛灌一杯茶道："你都知道了吧？"

"嗯。"

程千仞道："顾旗铁骑军风特殊，安国去了降服不住，定不甘心，反倒横生事端。"

朝歌阙听他主动解释这一句，才放下书，说："你确实待他不薄。"

"白闲鹤、傅克己他们都在，我不担心守关。顾旗铁骑乃顾雪绛多年心血，已成王朝最强战力，若临时换帅，必遭一番磋磨。"

朝歌阙淡淡道："这么多人都在，也没让你拿到及时战报。直到顾雪绛失踪，篓子捅大，往来信路才通畅。刀锋太锐，伤人伤己。"

程千仞叹气："他知我诸事缠身，不想让我再烦心罢了。"他从椅背上直起身，"有件事我想请你帮忙。"

朝歌阙终于好脾气地笑道："要借多少？"

程千仞："……我堂堂帝国太子，竟是一个借钱不还的穷鬼形象。"

"你能动用摘星台寻人吗？"

即使顾雪绛不在人间，也在星空之下，在摘星台的卜算范围内。

这个世界观气运断未来，要么精通阴阳历法，比如擅长"推演术"的胡易知，要么修为高深到一定程度，感应天地万物，许多事不卜自明，比如魔王。

朝歌阙蹙眉道："我手里有皇都大阵，但这座皇宫，以及摘星台还在圣上手里。它的力量不止卜算，可惜。"

程千仞低声道："是我忙中出错，抱歉。"

以他对朝歌阙的了解，那句可惜，大概是惋惜当时如果能借助摘星台力量，再向天借三日春光，魔王必死。对方一直未能好好休养，自己却还提这种要求……

朝歌阙十分平静道："你太客气了。"

黄昏时分却没有霞光，天空阴云密布，宫人们四处点灯，宽大宫服被晚风鼓动。到处都繁忙而有序。

这本是寻常时日，程千仞不知为何，心中隐隐不安。

顾雪绛失踪的消息压不住，不过半日人尽皆知。

人们很难相信，不久前惊起滔天波澜的人，竟就这样失去音讯。

厌憎、辱骂的激烈声音少了，一些人换上冷漠凉薄的态度道：

"我听说，是雪崩……他一生人挡杀人，魔挡杀魔，一尊杀神降世，到最后，只有老天爷能收他。"

"啧，这人也是走到绝处了。"

顾雪绛的追随者在京郊聚集，放天灯祈福。

朝臣们更关心空悬的元帅位，却不敢质疑太子决定，表面平静的皇都暗流涌动。

有人寻去淮金湖，问禁卫军副统领怎么看这件事，要不要提前维护秩序，抓捕聚众放灯的人。

徐冉闻讯时正在喝花酒，身边群美环绕，她枕在美人膝头，眼神朦胧地摆摆手：

“扯吧，就算哪天我们都死了，那祸害也能再活五百年，还能来我们坟头蹦迪呢！哦，你听不懂蹦迪？这是我朋友的家乡话，就是跳舞。走，跟我去跳舞！”

自打她上次跳舞掉进湖水中捞月亮，谁还敢陪她跳。

一时间众宾客手忙脚乱喊道：

“徐将军又醉了！快去报知温乐公主府！”

“谁说我醉了？我要蹦迪！”

徐冉推开搀扶，趺趺撞撞地走出房间，在甲板上虎虎生风地转圈。

湖风清凉，莲花暗香浮动。人都被吓跑了，只她一人，四仰八叉躺在船头甲板看星星。

湖岸边灯火影影绰绰，像小时候娘亲扎的花灯，漂亮极了。淮金湖的荷花，好像和太液池里没差别，南北一个品种。有次他们乘船渡湖，赶上新师弟在太液池御剑，溅了顾雪绛满头满身的水……

这里的风真温柔，不像白雪关冷得刺骨，那时候白闲鹤让她去见那人一面，说“免得后悔”。

徐冉心想，大丈夫一言既出驷马难追，说不后悔就不后悔。

不知过了多久，耳边忽然吵起来，好似千万朵烟花炸开。

“徐将军，醒醒！”

“太子传召，命你即刻入宫！”

“急诏不得延误！徐将军！”

徐冉脑袋快要爆炸，一手握上刀柄，正要大喊——所有声音忽然静下来。

她睁开眼，看见一个模糊的纤细人影。

白色宫装长裙，倒影湖水中，像一株夜放的水仙花。

温乐公主居高临下地说：

“徐冉，是我。”

徐将军没有反应。

“哗啦——”

一盆冷水当头浇来。

温乐公主示意侍从退下，道：“清醒了吗？”

徐冉抹了把脸，慢慢站起身，问：“什么事？”

“已经没事了。”温乐摊开掌心，“一个时辰前的急报，燕然山下五十里发现尸骨堆，找到他的铁甲碎片和这个……你认得吧？礼政司的人来问皇兄，为顾将军追什么谥号，要不要安排国葬，皇兄发了好大脾气，提着剑，一个人往摘星台去了。”

徐冉看清那样东西的时候，已听不见温乐的声音，风声、水声，所有声音瞬间消失，全身血液凝固。

只剩顾雪绛的笑声肆意回响：“君子无故，玉不离身。不是什么值钱东西，但我一直系着。”

半块玉佩。她从温乐手中接过，看见上面干涸的血迹。

徐冉说：“这不可能。”

她的声音没有一丝颤抖。

她跳下船头，游回岸边，用真元烘干衣服。

夜已经很深了，长街空荡。徐冉走回官署，值夜的士卒正在打牌喝酒，看见她吓得连连行礼。她没责罚谁，召来几个军官，交代了些事情，什么时辰一定要换岗，哪里要加强巡防兵力。翻工作卷宗，又查问几句。当她做完这一切，已是四更天。

然后她回宅邸沐浴换衣服。卸下沉重发冠，束起马尾，背着两把刀，去牵马厩最好的马。

烈马一声嘶鸣，扬蹄狂奔！

声势如雷，直奔东城门！

高大城阙灯火通明，马蹄临近城门十余丈，阙楼突然架起两排连弩，对准那道烟尘。

有人喝问道：“来者何人？”

徐冉不答。快马如风。

城头，安国公主负手而立，不怒自威道：

“徐副统领喝醉了，送她回去。”

话音未落，百余士兵从四面涌出，拈弓搭箭，列阵城门前。

一道寒光划破夜空，徐冉勒马抽刀：“谁敢？！”

“我让人跟着你，就是怕你一时冲动，做没有意义，葬送前程的傻事。皇都将领无诏令不得离京，你今日出了这座城门，视同叛贼！”安国公主顿了顿，声音放缓，“回头吧。”

徐冉一手握缰绳，一手持刀。

身前是重围，火把熊熊燃烧，弓箭密密麻麻，背后是大道。

她仰头看了眼天色，黎明前夕，天幕沉沉。

“确实一点意义也没有。我做的事情，总是没有意义。”

安国以为她暗指假扮元帅，脸色微变。

徐冉自言自语道：“求学，成绩不好，参军，功业未成，但我心态比较好，做什么都开心。我今天开开心心地去见朋友，除非死在半路，哪里乐意回头？”

白鸬鹚手下人真不会办事，活要见人死要见尸，送块玉回来算什么破事啊。

紧绷弓弦之下，徐冉催动缰绳。

“住手！”

公主府私兵包围长街，让出一条通道，温乐疾步赶来。

徐冉调转马头看着她。

火光照亮小公主美丽的面容。她拿出一块令牌：“这是圣上赐我的金令，今天没人能拦你。出这道门容易，但你怎么回来？”

徐冉笑了笑道：“身无长物，如果以后再不见面，这只刀鞘，留给你做纪念。”

温乐接过刀鞘，直直地看着她，泪流满面。

天光乍破，朝阳下，雄伟阙楼像只吞吐万象的巨兽。

巨大的沉重城门打开，正对东边，朝阳初升，光辉万丈。

徐冉横刀立马，一骑绝尘。

程千仞提剑往摘星台去。

晚风中，极乐池边御柳狂舞，沿路琉璃灯不安地摇晃。

都知道太子在正殿发了火，内廷宫人不敢近前。整座皇宫在他怒意下噤若寒蝉。

程千仞只是厌烦那些官员一口一个“请殿下节哀”，人人愁眉苦脸奔丧相，好像真有那么回事。

顾雪绛死了？

开什么玩笑。

苍穹之下，摘星台还是那般巍峨，散发着淡淡光辉，如在云霄天河，高华不可逼视。

他远远地感受到禁制波动，却没有停下脚步，圣上不肯露面，大不了就闯上去。

一剑斩破阵法，一剑劈开台基，待玉山轰然倾颓，片片碎裂，看它还敢高高在上，俯瞰众生？

这疯狂假想终究没有实现，因为他看见了那道人影。

对方翘着腿坐在台阶上玩竹杖。知道他会来，就在这儿等他，反倒使他一腔滔滔怒意无处着落。

忽然间他就泄了气，慢慢地走到阶前，生出些空茫和悲伤。

“来了？”

程千仞涩声道：“嗯。”

老人站起身：“走吧。”

“去哪里？”

“带你坐升降机。”

升降机在摘星台内部，只是一块缓缓向上移动的地砖，一人站宽敞，两人站恰好，三人站则勉强。

他们踩上去，通往头顶深不可见的黑暗，四面墙壁发出轰隆隆闷响，程千仞听见沉重的齿轮咬合声，却看不到支持它运转的巨大机器和阵法。

“都在墙里和下面。”老人点点竹杖，“再过五十年，要记得让人来修，梅先生活不到那时候，就找他徒弟。”

“为什么跟我说这些？”

“因为这里将来是你的。”

程千仞刚想问那人徒弟是谁，转念一想，不正是邱北吗？“炼器改变生活”，佩服。

“再建大点吧，如果我想多带几个人上来……”

老人笑道：“站在最高处，一个人就够了。”

程千仞一时无话。

对方却变成唠叨长辈，说：“你的剑不错，有空多练剑，别瞎琢磨那些神魂术法。旁门左道，不值一学。”

这种语气让他觉得别扭，他不是原主，没有旧日记忆，面对只见过三次的大爷，不可能像儿子面对父亲一般。

幸好上方投照下微弱光线，石板摩擦声响起。他们到了。

摘星台顶端景致，与上次大不同。

今夜风沙甚猛，如厉鬼呜咽。夜空像一张黑色幕布笼罩四野，浓云背后，月光暗淡无力。

程千仞身穿太子朝服，巨大袖袍在狂风中猎猎飞扬。

老人抬头，叹道：“我年纪大了，看不清。你指一颗给我。”

程千仞随他望去，真元覆于双目，似要望穿阴云。片刻后，眼眸刺痛，视野因生理泪水模糊，不得不放弃。

看都看不到，还想动用摘星台阵法寻人？未免太自不量力。又想起剑阁观云崖边，朝歌阙为他指星星，而如今物换星移……

老人无所谓地摆手道："那便走吧。"

冷风如刀，程千仞蓦然转头，紧盯着他道："我不走！"

"不走？你想干吗？"

"想突破，想成圣成仙！想知道我从哪里来，我是怎么'死'的！"

他好像喝醉了，肆无忌惮地大喊，脚踩皇都最高峰，对夜空倾吐所有欲望。

老人扔下竹杖，席地而坐，平静道："我像你这么大的时候，也是这样。"

程千仞杵着吹了会儿风，便也坐下，两手撑头。

阴天看不见星星，低头却见，人间灯火璀璨如故。

皇帝陛下问："回来以后，住得舒服吗？"

"挺好的。"

"喜欢宫里吗？"

程千仞皱眉想了想："有时候早晨天气好，我站在太极殿门口，看百官排成两列进宫门，广场很大，人很渺小，像两行大雁飞在空中。要等一炷香的工夫，他们才走完半场。我进偏殿整整衣冠，再喝点茶，时间就差不多了。宫里很奇怪，经常感觉别人渺小，有时感觉自己最渺小。"

"晚上掌灯，内侍们拿着长竹竿，点了灯笼挂上去，到处都在发光。不管坐辇车还是走路，只要没吩咐，一定跟着很多人。人多、灯多，本来该热闹，我却觉得回廊漫长，屋檐压得人喘不过气。这地方很难产生归属感，你看怀清怀明，到现在还叫我山主。谈不上喜不喜欢，慢慢习惯吧。"

幸好有逐流陪我，他在心里默默地补充。

林渡之打碎琉璃镜时，波旬正坐在菩提树的枝干间摘菩提果，听见动静，黑色羽翼扇动，倏忽落在佛子面前。

"这么不小心，弄伤自己怎么办？"

碎裂的镜片闪烁着微光，因为无人重拾，渐渐黯淡。

琉璃宝镜名叫"观自在"，林渡之从前只在典籍中见过。

魔王送来宝镜，不是为了让佛子用它坐照自观，或观赏天地美景。他想让林渡之看到他所保护拯救的人间，如何继续残酷地斗争，以及人在命运面前，何等弱小无力。

林渡之从前游历大陆治病救人，见遍生死，宝镜不足以动摇他心志。

直到今天……

他看着波旬，长叹一声，眼里终于有了点情绪。

然后他站起身。

波旬问："你去哪里？"

"去救他。"

波旬冷笑道："我还没死，你怎么出去？"

林渡之停下脚步，问道："你可以救他吗？"

魔王觉得不可思议："你说什么？！"

林渡之："我与此人有旧谊，如今他命悬一线，我无法坐视不理。"

他态度直接坦荡，神色平静。因为他知道，面对魔王，任何话术都是多余的。

波旬："他本就该死……除非，你求我。"

林渡之："求你。"

魔王直直地看着他，片刻后突然大笑，笑声在空旷黑塔中回荡。

"你心有挂碍，也想成佛？！"

林渡之不与他争辩，只重复道："求你救他。"

波旬笑罢，神色渐渐变得温柔天真。

"你给我讲个故事，还像以前一样。我就去救他。"

魔王拿捏住对方软肋，开心地收起背后羽翼。

佛子收起护体佛光，问道："你想听什么故事？"

"你会习惯的。"皇帝陛下盘腿坐在地上，驼背低头，毫无威严，"没能交给你一个太平江山，我很抱歉。但你比我幸运，不用面对血缘亲近的敌人。"

程千仞目光落在废殿方向，温乐引他去过，深宫一隅，一片漆黑。他不禁想起东川山脉瀑布顶端，与安山王一战。

皇帝陛下似乎知道他在想什么，道：

"对皇位的争夺，不只源于虚荣、权欲、嫉恨，更多是血脉里的野心、宿命责任感，自以为能为天下带来幸福。"

"年轻时候，我不喜欢来这里，在下面，我是人间无所不能的帝王。站在这儿，却只能看见有限的星空，未知世界浩大无边，而我渺小至极……当年皇兄不服我，我杀皇兄，我父皇不服我，我杀父皇，七大宗门不服我，我驱逐宗门离开皇都。谁还敢不服？要让天下人闭口，忘记我的错，就得有更大的功绩，东征、建造白雪关、开凿大运河，上对先祖，下对后人，问心无愧。”

程千仞安静地听着。

关于皇帝是个怎样的人，温乐说他是慈爱温和，有时捉摸不透的父亲；安国说他是年轻时好胜，亲缘淡薄，中年变得宽仁的君主；安山王说他是坚持错误道路的固执独裁者。

“等到有了你，我才经常来这里，思考命运、星空、未来等琢磨不透的问题。”

程千仞心中一紧。他有一种强烈直觉，就在今夜，许多困惑将揭开谜底。

“因为我是一颗帝星？”

老人眉头紧皱道：“是。”

皇帝陛下不擅长表现悲伤情绪，当这种陌生情绪出现，便只能皱眉。

程千仞不知为何竟觉察到了，于是伸手拍拍对方肩背。

摘星台无茶无酒，四面透风，不算是好的深谈地点。但对他们二人，没有比这里更具意义的谈话场合，一切好像命中注定一般。

“你出生那夜，漫天星辰黯淡失色，只有一颗破云而出，照亮北边夜空。”

程千仞轻声道：“既然这样，谁能封印我的武脉，让我在东川自生自灭？只有你，对吗？”

片刻之后，他听到答案。

“……对。”

日渐老迈的帝王，仍不愿放下权力和荣耀。早慧的儿子初露锋芒，令他欣慰却暗生戒备。如果政见不合，更易父子相疑，最终反目成仇。程千仞想过这种可能性。

但故事不该是这样。除了皇族，他们是参悟天道规则的修行者。

“帝星是天命所归，但你满月那天，星象变了。你是一颗末代帝星，必将为王朝带来覆灭！”

程千仞猛然站起身。电光火石间，朝歌阙在剑阁悬崖边对他说的话，瞬息浮现脑海——“如果王朝覆灭的命运不可转圜，我有责任为人族完成这件事。”

当时情况紧急，他根本无暇细想，如果杀魔王能成功，人族必然辉煌空前，何来“王朝覆灭”的命运？

朝歌阙注视星空时，“看见”了多少，知道多少？

“我看着你一天天长大，天资纵横，野心勃勃，我为你感到骄傲。你是我最优秀的儿子……”

程千仞低头，看见老人眼中似有泪光闪烁。

他出生的时间点很幸运。年轻时狠厉专断、弑父杀兄的君主，随岁月流逝，变成向往亲情的慈爱父亲。一边是王朝命运，一边是最疼爱的儿子。

杀不得，留不得，最终做出一种看似荒唐的软弱决定。

“我入宫之后，你一直不出面见我，是因为这个？末代帝星的预言？”

老人不答。话题有点沉重，程千仞决定讲个笑话调剂一下。

“上次在摘星台，你突然给我一棍子，难道是想补救错误，试试能不能杀了我？”

对方没有笑，抬起脸，双眸古井无波。

气氛愈加古怪。

程千仞轻咳一声。他突然觉得自己很残忍，一场关于父子亲情的对话，真正的原主却死在东川，自己没有记忆，无处伤怀。

皇帝陛下捡起竹杖，慢慢起身：“我没再想杀你。天亮之后，我会宣布禅位。后天为你举行登基大典。”

“朕愿意接受一切结果，就当再与天命赌一场。”他伸手指去，“星辰光辉是遮不住的，就在那里，你看，大放光明的帝星！”

程千仞努力凝聚精神，半晌，不得不再次纠正对方：“我没有突破，看不见。”

皇帝陛下叹气：“你修行的目的，就是突破吗？”

“当然。”

“那这套剑法应该叫‘打江山、坐江山’！”

程千仞似有所悟，却摸不清楚那种感觉：“我不太明白。”

“这座摘星台，第一次你自己走上来，刚才我带你坐升降机上来，有没有不一样？”

“有一点。”

“攀一座险峰，遇见盛开的花树，飘飞的云霞，崩落的山石，萍水相逢的登山人。是这些让你变得不一样，而不是出现在山顶这个结果。”

程千仞怔了片刻，喃喃自语：“高峰当见，不当攀。”

“你说什么？”

“高峰当见不当攀！”

一刹那，被他挑灯夜读，蕴藏秋明真人无边智慧的札记重新清晰，一页页在脑海翻过。

不知过去多久，好像只是须臾，光线忽暗，一张狰狞泡发、獠牙外翻的面容贴近眼前——是他杀过的第一只水鬼。

然后是无数只水鬼，血口大张扑上前。程千仞心念稍动，剑光当空斩下！

剑尖落处，他看见了逐流。年幼、瘦弱的孩童，拉着他衣角微笑。

零散画面如决堤洪水。来到这个世界后，他爱过的人，杀过的人，所有遇到的人，以几乎超越时间的流速，飞速重现。

从东川到皇宫，去过多少地方，出过几次剑，以为早已遗忘的记忆，拂去尘埃后清晰无比。甚至有高高的宫墙，割裂天空的飞檐斗拱，童年生活的浮光掠影。

风从四面八方来，天地灵气奔涌，程千仞身后显出旋涡，衣袖狂舞，气息疯狂攀升！

最后他回到摘星台。

“喀！”

风声中一道细微至极的声音响起，像坚实冰层破开裂缝。

程千仞看着天空，感受澎湃真元在筋骨中涌动，身体仿佛变得轻盈如羽毛，下一刻就能随风飞上云霄。

一切突兀地停止。狂风渐歇，他鼓荡的衣袍慢慢落下。

“只差一点，可惜。十年之后再寻机缘吧。”皇帝陛下惋惜地点点竹杖，“我们该走了。”

程千仞怔在原地，似乎有些茫然。

老人这次没坐升降机，下了两阶台阶，回头催促道：“走吧。你的登基大典，要好好准备。”

“登基大典？”程千仞无意识地重复，依旧反应迟缓，“这是你为我安排的命运？”

皇帝陛下道：“这是命运最好的安排。”

程千仞摇头：“不对。”

老人脸上轻松的神情褪去，好像他说了什么可怕的话。

他目光锐利地注视着眼前人：“哪里不对？”

要答案，这就是答案。

所有的答案已经写好，只需要点头接受。

“你骗我。我不是帝星。”程千仞说道。

摘星台上，夜风骤寒。

“笃笃。”

竹杖敲击石阶，发出刺耳声响。皇帝陛下向程千仞走去。

他腰背挺直，一手负于身后，眸光幽深。铺天盖地的威势随他脚步压下。

渊渟岳峙，深不可测。

浩瀚如海的威压当前，程千仞却不觉得害怕，反倒笑道：“第二次见你，我就对你说过，我不信。”

“进宫之后，每个人都说我是天命所归，只有我不信。”

皇帝陛下低声道：“你想起来了？”

对方刚才进入某种玄妙的顿悟境界，说不定真能拾起记忆碎片。

程千仞神情怀念：“我看见很高的宫墙，那应该是我小时候，个子矮，才觉得天空格外遥远……”

他看着脚下偌大皇城，目光掠过东宫、极乐池、藏书楼、马球场、偏僻的冷宫废殿，话锋一转：“有一件事我不明白，你年轻时无所顾忌，根本不服命运。星象出现之后，你就坦然接受了？”

“没有做些什么改变所谓的王朝覆灭之象？没有为最优秀、最宠爱的儿子与天再搏一次？”

皇帝陛下语调缓慢，显得很有耐心，说：“人们有时刨根问底，是为了寻求公平正义，得到自己应得。你不一样，你现在已经拥有一切，再继续追问，不会让事情变得更好，这没有任何意义。”

命运最好的安排就在眼前。不能实现价值的追问，都是无用的。他想，如此简单的道理，程千仞竟然不懂。

程千仞思索片刻：“确实没意义。星空之下没有永垂不朽，再伟大的生命也渺小至极。此时此刻，站在这里的我，才是真正的我。是不是帝星，并不重要。”

皇帝陛下慈爱地笑笑：“对。你的登基大典，会很隆重。”

程千仞继续道：“是不是帝星不重要，是太子还是账房先生不重要，是山主还是捞尸工不重要，就算我是一个普通人，也有看见真实的权利。你做惯了皇帝，习惯制定规则，既然规则里否定我的追问，或许挑战规则本身就是意义。毕竟……”

他抬起头，天空如泼墨，像凝视人间的冷眼：

“毕竟，高峰当见不当攀啊。”

“你！”皇帝陛下喝道，“放肆！”

程千仞从袖中取出一张泛黄纸页。边缘不平整，像匆忙撕下来的书页，纸张极脆，在摘星台的冷风中哗哗作响。

他说：“旁门左道，移魂术，可以帮助他人夺舍。”

皇帝盯着那张纸，目光沉沉：“你再说下去，就回不了头了。”

“我不是你最疼爱的儿子，我不是天命所归的五皇子。我看见的宫墙很高，也很破旧。屋瓦上长满青苔和杂草，小院里有池塘和菜畦，足够自给自足。听温乐说，宫里不该出生的孩子就住在那里，分娩时天象不吉利，就当不存在……”程千仞承受着恐怖威压，身体微微颤抖，声音却很平静。

“你舍不得杀死末代帝星是真的，毕竟那是一颗帝星，注定不凡。你想为他改命，想瞒天过海，让天道以为他已经死了，甚至想以此改变王朝命运的糟糕预言。你算准天时，将五皇子的魂魄渡进我身体里，两道生魂厮杀争夺宿体。”

“但你们两父子，谁都没有想到，活下来的，会是我。而且末代帝星没有消失，一切成了无用功。”

“我猜得对吗？”

皇帝陛下脸色苍白，他好像太生气了，气得发抖，又像在害怕。

这不是权力斗争中父子相疑，最终反目的残忍故事，也不是忍痛割爱，送别亲子的慈父与漂泊多年，衣锦还乡的儿子的故事。虽然后者看起来很圆满，饱含人间真情。

人总是更愿意相信美好。

不忍相信只有光辉万丈、生来不凡的皇子才配改命，种菜锄草的普通人原本不配活下来。

程千仞见他不答，轻声道：“最后一点疑惑，谋局失败后，你为什么没有直接杀了我？是因为星象未变，所以期待他神魂尚存，有朝一日夺走身体吗？”

老人流下两行眼泪：“我一生逆天改命，唯独做过这一件错事。不是期望他回来，只是我杀过你一次，不忍心杀你第二次。毕竟你也是我的儿子，我也是你的父亲。你们本是双生子，却命运迥异。朕失去了两个儿子，这就是犯错的代价……”

程千仞似乎不为所动，目光扫过手中残缺书页：“还是不对。你受到反噬，修为倒退，寿元折损，有时神志不清，才是逆天而行，施展移魂术的代价。”

“如果你没有付出这些代价，现在还是精明强干、决断万事的君主，便不会有党争，或许不会有内乱，魔族打来，你再骑上战马打回去，像从前一样。”

为了逃脱末代帝星、王朝覆灭的预言，他所做的一切努力，反倒使其趋近预言。

皇帝表情痛苦扭曲，最终定格为暴怒："你为什么要说这些？安心当帝星不好吗？难道你不想做皇帝？！"

"因为我不是段暄虞，程千仞，就做程千仞的事。"

"程千仞做什么？"

他看着夜空，突然笑了。自己也很惊讶，此时居然笑得出来：

"算账、买菜、养孩子、救朋友。"

话才出口，身体忽轻，好像眼前重重迷雾散去，前所未有的轻松感涌上心头。

几乎同一时刻，漆黑苍穹下，层层阴云乍破，银色星光从天而降，落在他身上！

星辰大放光芒，程千仞气息暴涨！

他觉得自己变得很轻，随狂风离开摘星台，不受控制地，直直地向星辰大海飞去。他感受不到任何阻碍，眼前只有越来越近的瑰丽星云和横跨星河、五彩斑斓的光幔。

他在星辰间飘飞，掠过表面凹凸不平的巨大星体，或轻或重的气体，或大或小的尘埃……直到某一时刻，白光刺目，一切消失。

程千仞蓦然睁眼，他还在摘星台，维持着看天的姿势。

天上星河静静地流转，亘古不变。而他眼中的世界、世间万物，自这一刻起，已然完全不同。

云开月明，水到渠成。

他拾级而下。

皇帝怔怔地看着他："你去哪里？就算你能看清了又如何？世人各有命数，你谁也救不了。"

程千仞没有理会。

"等一下。当年你分明修为不如他，为什么争得过他？"

这个问题困扰皇帝许多年，不知道答案，死也不甘心。

程千仞回头："我看到过，这片星空之外。"

他的魂魄穿越两个世界，神魂力量更自然强大。

老人颓然坐下，不解其意，神色茫然。

人间灯火未灭，天际线微微泛白，程千仞在晨雾中走下摘星台。

他什么都想起来了。来到这个世界，童年密闭的废园，冷漠的宫人，诡秘的阴谋。

他被封印武脉，从空间通道送往东川。平静生活一段时间后，那场神魂厮杀留下的暗伤爆发，失去所有属于这具身体的记忆。他只记得穿越之前的事，便以为自己凭空来到东川。

想来那时满腔怨愤，天天咒天骂地，质问老天为什么让他来到这种鬼地方，无非是潜意识留下的不甘心、意难平。再然后，再然后没时间骂天了，忙着养孩子过日子。

漫长石阶将尽，晨雾散去，黎明好像在一瞬间降临大地。

程千仞看见朝歌阙站在高台下，虽然面无表情，但他知道对方在等他，并且很紧张。

相对无言，心事了然。

朝阳破云，霞光喷薄。

他背后是灰暗的过去，走过就放下。眼前是万里江山，明亮、美好的未来。

美好得像朝歌阙的笑容。

“我送你走空间通道。”

程千仞点点头道：“皇都，拜托你了。”

他在摘星台上突破，心念稍动，不卜自明，便看见黑塔外的渡鸦和菩提树，魔王遮天蔽日的羽翼。

他们并肩而行，晨风拂面。

程千仞觉得，这种意义特殊的时刻，至少该说些什么，表达真挚心意，感叹并肩战斗的友谊。

他想了想，握住对方的手：

“若我一去不回，欠你的钱，下辈子再还。”

程千仞郑重其事，表情决然。

朝歌阙垂眸，一时无语。今天是对方突破的好日子，修为水到渠成，心境豁然开朗，于是天象呈祥，天地间清风浩浩，云霞漫漫，灿烂若锦。

这种时候，对方说什么胡话他都不生气，只觉得好笑罢了。

所幸程千仞也没再胡说。

“今年南北两院复课之后，也要恢复秋闱。昨天有折子说，南海开出一条灵石脉矿。徐冉昨夜出城，让她去吧。别再回来就是。”

自古美人如名将。她既是美人，也是名将。程千仞心中叹息，对徐冉来说，皇都不是更大的天地，反倒像囚笼，挫伤一身锋锐。

夏末时节，极乐池莲花初凋落，莲叶依旧绿意盈盈，漫无边际。小舟在荷田间穿行，向湖心岛驶去。

程千仞想想，觉得该交代的都差不多了，放松地吹着湖风。

“原来空间通道在湖底。”

“下面还有一条去朝辞宫的暗道。”

程千仞点头，表示知道了。

朝歌阙只能无奈补充道：“你可以去找我。”

程千仞恍然大悟，说：“好，我会的！”

小舟临近湖心岛，水波轻柔荡漾，层层分开，露出通向湖底的石阶。

他们沿石阶一路向下，头顶水面合拢，两侧有无形屏障阻隔水流，光影交错，锦鲤成群游弋，好奇地看着两人。

阶梯到了尽头，阳光照不进的深水，四周漆黑而寂静。程千仞踩上湖底细软的白沙，沙粒便四散开来，露出前方坚硬光滑的石板。他放出神识感知空间波动，再往下是类似于地宫的建筑，暗道四通八达，如蛛网交织纵横。

摘星台通往天空，就要建复杂、庞大的升降机。到了湖底，纵深向下，便没有这种待遇，还要他们自己撑屏障。他想，或许这是出于隐蔽考虑，或许因为皇族也只喜欢面子工程。

地宫入口打开，黑魆魆深不可测，程千仞依然能感受到其中危险的空间游移。这样不见天日的湖底，最适合做些瞒天过海的事。

朝歌阙忽然出声：“跟紧我。”

程千仞笑了笑。

暗道狭长而曲折，恰容两人并行。朝歌阙带他走的这条路，冷风越来越大，比摘星台也不遑多让。

风是从哪里来的，他很快便知晓答案。

面前是三尺宽的气流旋涡，吸力澎湃，白色湍流回旋，像丝丝缕缕的棉絮。

他们停在一丈远处，衣袂翻飞，墨发飘扬。

程千仞：“这就是空间通道？它是怎么来的？”

“是空间缝隙，稍后我会打开它。你可以理解为，真仙破碎虚空，离开此方世界之前，为后人留下的‘遗产’。”

“有没有离开这个世界，却超越规则限制，再次回来的人，或者魔族？”

“传说故事中有。”

言下之意是有据可查的史书里不存在。但空间变幻莫测，发生什么都可能。

关于程千仞的来处，他们很默契地没有多说。

旋涡飞速扩大，几乎要将人吸进去。

程千仞回头：“你……多保重身体。好好休养，争取早点治愈精分。”

朝歌阙瞥他一眼，淡淡道：“你这辈子都没钱，下辈子，还得起吗？”

目光暗含忧虑。

程千仞微怔。

“你放心，再下辈子，下下辈子，只要我欠你，必然以生生世世偿还。”

圣者言灵，说出的话，自有天地感应。

何况他此时站在空间通道前，相当于面对三千世界立誓。

朝歌阙满意地笑了。

他想起那场荒唐无稽的玉虚观解签，对方念的第一支签文——

黄粱一梦，山水万重，人间总相逢。

徐冉一骑绝尘出了城门。神骏奔袭力竭，便放归山林，以轻身术飞掠，真元耗尽，又至驿站换马，如此循环往复。

从皇都走官道至白雪关，七十二道关卡，她一路闯关，披星戴月，昼夜不歇。

进入东境，从前每座阙楼都飘扬着火红的朱雀旗，如今已换上黑色的“顾”字旗。当熟悉的朔风白雪扑面而来，她竟然眼眶湿润。

“站住！什么人？”

徐冉抬头，朗声道：“你们不认得我了？”

“徐将军！徐将军回来了！”

城防营有她的旧部，当即欢呼雷动。

徐冉从前的副将下城楼迎接：“徐将军，你回来真的太好了。你的调任令呢？”

“我没有调任令。”

此言一出，气氛大变。众人神色戒备而不知所措。弓弩手不知该不该瞄准她。

“末将去通报白总参。”

徐冉正想说我来找人，没时间等，白闲鹤的声音先飘下来：“请徐将军入关。”

他还是文士打扮，一身墨蓝色仙鹤服，外披雪色大氅，立在城头风雪中。

徐冉见他这副模样，反倒略觉心安，一切和以前没有不同，白鸬鹚还是娘了吧唧的样子，晕血的总参事怎么带兵打仗，军中必有元帅镇守。

姓顾的一定没死。

果然，白闲鹤对她说："喝点水，歇口气，我带你去见他。"

徐冉摆摆手："走吧。"

她真元枯竭，全凭一口气撑着，一旦松懈，不知歇到什么时候。

白闲鹤拎了一坛酒。徐冉心想，伤患不得饮酒，只怕是故意带去馋顾雪绛。

黑云压城，朔风凛冽，细碎的雪片沾湿衣摆。

在她离开的这段时间，白雪关外发生了翻天覆地的变化。徐冉打量那些哨岗塔楼，一路听白闲鹤讲明处暗处的巡防线，皱眉道："这是军机要务，以我现在的身份，你不该告诉我。"

白闲鹤见她还什么都不知道，怜悯神色一闪即逝。

"那不说了，你刀鞘呢？"

徐冉耸耸肩道："送人了。"

"哪有送刀鞘的？"

"谁像你们这些公子，随身带着玉佩纸扇香囊，想送什么有什么。"

白闲鹤摇头："可惜邱北已经离开，不然还能帮你再打一只。"

他们聊着无关紧要的闲事，路却越走越荒，徐冉心想那人不会在哪个雪洞养伤吧。

忽听白闲鹤道："外面怎么说他？"

徐冉冷笑道："杀戮太重，触怒天罚。"

白闲鹤沉默。

徐冉道："难道你也信这套？将军阵前死，雪崩算狗屁死法。"

白闲鹤没有回答："到了。"

漫天白雪，苍茫荒野，一方石碑静立。

徐冉问："这是哪儿？"

"人族历史上，军队铁蹄所至最远处。"白闲鹤开封烈酒，低声道，"花间雪绛这辈子，大起大落，太辛苦了。若有来生，愿他做个普通的富贵公子，逍遥快活。我们为他立了衣冠冢，谥号未定，碑上还没有刻字。你也来敬他一杯酒吧。"

徐冉像是没听清他说什么，怔怔地看着石碑。

白闲鹤心生不忍，却不得不说下去："以他的修为，雪崩奈何不了他。生还者说，其实是整座雪山倒下来，地动山摇，混乱中看见一条逃生通路，后来才知道，是顾雪绛拔刀斩开的。"

"他确实和年轻时不一样了，江山既定，或许他已心生倦怠……他知道你那天没有走，只是不想来见他，有天晚上我们喝酒，他说如果以后，你再不愿与他相见，让我转告你一句话。"

半晌，徐冉僵硬地转头，问："什么话？"

许多画面在她脑海匆匆闪过，像命运呼啸奔涌的洪流。黑色战旗下，神情冷漠的顾雪绛；指点她刀术兵法，亦师亦友的顾雪绛；上课睡觉，瘫在椅子上的顾雪绛。

生死之前，天旋地转，一切分歧都变得微不足道。

白闲鹤缓缓道："与子为友，一生所幸。"

"啊——"

徐冉抽刀，仰天长啸，目眦欲裂：

"什么衣冠冢！坏蛋顾雪绛！他怎么可能死！他什么都懂，天大本事，死不了的！"

"你冷静点！"

白闲鹤召出红缨枪，劲风激荡，斩向石碑的刀势被阻隔。

真元冲撞，酒坛爆裂，冷香四溢。

徐冉日夜奔袭，精神、力量俱濒临极限。她跌退两步，跪在墓碑前，无鞘的斩金刀立在一旁。

"不可能，他没死……"

"我不想见他，以为要跟他置气一辈子，为什么一辈子这么短。"

平生万事，那堪回首。

深恩负尽，死生师友。(注：顾贞观《金缕曲》)

第11章 雪域浮屠 世界真相

雪域深处，白色冰山连绵起伏，天空湛蓝高远。四下里景致大同小异，很容易迷失方向。然而那座黑塔高耸入云，顶端笼罩着淡淡佛光彩晕，仿佛在为旅人指引道路。

程千仞一路出奇顺畅，没有任何阻碍地接近黑塔，这算不上好事，以魔王的境界，必然已经知道他要来。

他看见了那棵遮天蔽日的菩提树，因汲取魔力而疯狂生长，几乎独木成林，与黑塔同高。数不清的黑色渡鸦盘旋飞舞，凄厉嘶鸣。远远看去，诡异至极。

程千仞走近时，却觉得沐浴在一片宁静、祥和中。他便知晓林渡之果然被困此处，而且修为大有进益。纯净佛光普照，说不定哪天真的成佛去了。

今日是个晴天。

碧蓝天空万里无云，雪山反射着阳光熠熠生辉，菩提树绿意盎然。

树下置有茶席，一人坐着煮水，姿态闲散，好似在等邻居串门。

直到客人走近，他才抬头问："你找谁？"

少年肤色胜雪，生得一副妖异面容，浅金色瞳仁毫无温度，笑起来却有些天真。

程千仞也笑了笑道："魔族的神王，黑塔的主人，波旬。"

"我就是。"

两人对视片刻。

波旬皱眉："你什么表情，要我露出翅膀，你才相信？"

程千仞想起传说中魔王本相狰狞可怖，轻咳一声："不必了。"

"坐，喝水。"

雪山之巅的莲花露水，细火慢煎，暗香浮动。阳光穿过树叶缝隙，星星点点的光斑洒在他们身上。

"黎明时我对林渡之说，有一颗星星要来见我。他不理会，以为我是胡言。现在你果然来了，他的朋友，总是很有意思。"寒暄之后，魔王忽道，"你一直拿着剑，我会以为你想杀我。"

程千仞："习惯罢了。如果能做到，我已经出剑。"

摘星台入圣后，他可以一剑斩平脚下雪山，真元燃烧蒸干方圆十里的雪水，却是徒劳消耗，不足以杀死魔王。所以他们坐在这里，喝水聊天。

世人固有观念认为魔王永生不死，但总有修行者异于常人。至少在程千仞熟读的札记中，从秋暝的师父到秋暝本人，都没有放弃这方面设想。朝歌阙更是参考前人所有假设，并付诸实践。

波旬态度随和道："你真诚实。之前借天地之力杀我的那位，这次没来吗？"

"他有别的事要忙，我自己来就可以了。"

波旬"哦"了一声，好像不甚在意："你明知杀不死我，却想来带走林渡之？"

程千仞道："不只。我知道顾雪绛也在，他还活着。"

波旬摇头："人间帝星，并非万事无不可为。"

"确实很难，我总要试试。"程千仞想，对方允许他坐在这里，意味着还有商量余地。

对话开始到现在，两人一问一答，一直是波旬掌握发问。

程千仞的第一个问题很突兀："你见过这片天空之外吗？"

波旬笑意淡去："没有。"

人逃不开生老病死，真仙可以破碎虚空。魔王却只能用沉睡，打发看不到尽头的生命。其他时间，多半消磨在遇见转世佛子以及等待佛子转世这两件事上。

程千仞道："离开这个世界的人，受某些限制，不能再回来。千万年过去，你一直不清楚，外面是什么模样。"他顿了顿，"你知道，我与他们不同。不只我想见你，你也想见我。"

他临行前问朝歌阙那个问题，便是为了印证猜想。

波旬盯着他，身体前倾："你愿意讲给我听？"

"是。但我有条件。"

这需要冒很大风险。谁也不知道打破规则的后果。一旦被天道意志察觉，程千仞这缕异世游魂，或许会被直接绞杀。

对魔王而言，超越以往认知，全新的天地在眼前展开，只要捕捉到一点启发，说不定就是离开这个世界的契机。

生来知之，无所不能的漫长生命里，"未知"具有不可思议的吸引力。程千仞想赌一把。

波旬叹息道："在人间做帝星不好吗？何必来我这里搏命？万里江山，你舍得下？"

"江山不是某个人的，是天下人的江山。"程千仞放下琉璃茶盏，"昨天夜里，我看见那颗星星了。不大不小，确实很亮。因为它周围有许多星星，它们的光芒落在它身上，使它格外明亮。或许根本没有什么帝星。它只是一颗普通的，被其他星辰照亮的石头。"

"有趣的想法。"波旬笑了笑，目光转向黑塔，"不如我们玩点更有趣的。塔分十层，每层九百九十阶。林渡之宿在塔顶，顾雪绛宿在第一层，你我菩提树下饮水，做十日谈。"

"你谈天一日，顾雪绛夜里登塔一层。如果你能活到第十天清晨，他就能见到林渡之。"

程千仞问："然后呢？"

魔王情真意切地说："然后你们携手同行，从此海阔天空。"

程千仞："顾雪绛在一层，我现在见他，应该很方便。"

但他没想到，顾雪绛过得挺舒坦，有吃有喝，有烟抽有书看。

这间书房背阴，窗外天光黯淡，案上点着烛台，灯火幽微。

顾雪绛倚靠窗边长榻借光，一手翻经卷，一手擎烟枪，见人进门也不起身去迎，只懒怠地说："千仞，你来了。"

程千仞恨不得揍他一顿。

紧随其后的魔王显然更不满意，冷笑道："我真不明白。你哪里值得他惦记？"

顾雪绛放下书："我也不明白，你根本不像魔王，像深宅后院的妒妇。"

波旬冷冷看着他："口舌伶俐。我早该拔下你的舌头。"

顾雪绛不理会，笑道："伶俐才讨人喜欢，我昨天谱了首曲子，还未填词。"

他敲窗户打节拍唱起来：

"菩提不堪摘，风雪锁楼台……后两句写什么好？"

程千仞脑子一抽："大魔王你不懂爱，浮屠塔会倒下来。"

顾雪绛大笑："好好好，神来之笔！"

波旬神情复杂变幻，摔门而出。

书房只剩两个人。

程千仞道："我来时见塔顶佛光普照，说明他没有危险，你暂时不用担心。"

顾雪绛蹙眉："你不该来。"

程千仞："你再多说一句，我现在就揍你。我昨夜刚突破，控制不好力道。"

顾雪绛露出真实笑容，与他击掌撞肩。

便在此时，程千仞心头一动，出手如电，一把扣住他脉门道："怎么回事？！"

对方内息完全混乱，细究之下，原本筋骨武脉因受到重创全部断裂，冰雪寒气侵染肺腑，灌入的魔息维持他生命，使骨骼重新生长，却不断与自身残存真元冲撞。

情况一塌糊涂。

“魔王救人，不能指望他像林鹿，给你喝药施针吧？”顾雪绛轻轻挣开，平静地安慰道，“一回生二回熟。没事，我习惯了。”

从拥有一切，到一无所有。

程千仞想，这种事情，也是能习惯的吗？但对方似乎处于某种奇妙的状态里，神情安然，沐浴在黑塔佛光下，呈现出由内而外的宁和。

分明处境被动危险，顾雪绛却与世界和解了。

程千仞向他讲述登塔规则，忧心忡忡道：“黑塔每层九百九十阶，九天夜晚，你行不行？”

顾雪绛挑眉：“十个白天，你行不行？”

程千仞骂了句脏话，也笑起来。

这些年他们在各自的战场奔忙，聚散总匆匆。眼下也不是适合叙话的时候，魔王还在外面，林渡之还在塔上。

程千仞回到树下茶席，掸掸衣袍入座。

“开始吧。”

波旬：“请。”

程千仞决定讲故事。当然开端很困难，因为听众频繁发问。

“从前有一个……我们暂时称它‘理想国’。没有魔族和异兽，人是唯一的高等智慧生命。那里的人们从未停止向外寻找，宇宙无边无际，总有其他种族……”

波旬露出怀疑神色，问：“没有魔族？”

程千仞无奈道：“像你这种，是要被送去解剖研究的。那里的人有骨骼血管，没有武脉，天地间没有灵气。或者有灵气，但属于还未认知的暗物质，不能为人所用，所以大家都是普通人。没有修行者，没有异兽，没有魔族。”他见波旬蹙眉，补充道，“我尽力了，你试着理解吧。”

魔王本想问什么是暗物质，闻言仁慈地点点头。

“一个只有人族的理想国，有趣。”

程千仞感到意外，对方居然轻易地接受了这种设定。毕竟此方世界人魔对立，说血海深仇也不过分。

波旬知道他在想什么。

“其实最早的魔族，就像我一样，他们生命漫长，并不仇恨人族，反而喜欢你们的礼乐和绘画。”

程千仞沉默，没有史书记载人魔和平共处时期。

天气晴朗，时间充足，波旬谈兴忽起道：“但低等魔族需要进食血肉才能生存，雪域寒潮不规则，间隔三四十年或百年，那时魔族会感到饥饿。最寒冷时，雪原连雪鹿都不活一头，他们只好出去觅食，吃吃人。人根本不好吃，肉发酸，骨头也硬。没办法，已经很饿，不能挑食或追求口感。”

“不仅魔吃人，人也吃人啊，人还吃异兽，轮到自己被吃就受不了了？你们安乐太久，生存是很艰难的事，别觉得理所应当……或许在你的理想国里，它才理所应当。”

“不。战祸、侵略、疾病、贫穷，一样不少。”程千仞看向不远处雪山起伏线，“人的天性是征服，见海赶海，见山攀山。看见大陆，统一大陆，看见星空，走向星空。所以有人的地方就有争斗，争斗永不停歇。我很好奇，你为什么没有尝试称霸大陆？用人族的话说，御驾亲征，开疆拓土。”

“因为那太无聊。大陆之外有海，天空之外还有天空，三千世界，无边宇宙。我在这里统一天下，但在漫长时间与浩瀚宇宙中，和当了村长有什么区别？”魔王漫不经心道，“我生来拥有至高魔力，智慧生命都清楚这一点。我不需要依靠征服，去夸耀武力、享受敬畏。”

程千仞意有所指道：“或许还因为，你被限制。”

能力越大责任越大，在这个世界的规则下得换种说法，能力越大限制越大。他在摘星台突破后，对天地感应更加敏锐，与此同时，天地也时刻注视着他。

魔王再饮一杯，坦然承认：“对。上至伟大星空，下至弱小人族，都想方设法限制我。你们先贤在重要地域铺有阵法，除了防护，还可以自毁，整座城炸上天，大家同归于尽。”

程千仞：“我们好像跑题了。”

波旬：“抱歉，你继续说。”

程千仞接着讲：“故事主角程三，生活在一个和平城邦。家庭普通，自己也没有特殊才能，不好不坏……”

波旬：“我想听英雄做主角，起码也要是个国君吧。”

“没有那么多英雄和救世主，大部分都是普通人。”

波旬看着他眼睛：“你不是吗？每个人都说你是。”

“面对灾难、身处困境，人们需要精神寄托，没有我，也会有别人。”程千仞不得不再次提醒，“你不能再打断我。”

他们定下规则，当程千仞开始讲述，魔王不得发问。所有问题默记心中，日落时分统一提问，程千仞经一夜思考，第二天日出时作答。

“你能活几天尚不可知，或许下一刻就死了，那我的问题，难道永远没有答案？”

程千仞面无表情道：“让我们共同祈祷，祝我活得久一点。”

波旬举杯道：“长生不老，万寿无疆。”

日影西移，白色雪山金光闪耀，菩提树和黑塔的影子被无限拉长。以程三为主角，无聊透顶，波澜不起的理想国游历记接近尾声。

满腹心事的魔王，终于长舒一口气道：“我可以提问了。”

他的问题基本与主角经历无关。他更关心故事里的科技手段，比如人如何探索外太空，这使程千仞头疼，决定明天从基础物理讲起。

夕阳最后一抹金色余晖消失天际，他想，到了顾雪绛登塔的时候了。

魔王起身离席，向黑塔走去，一边舒展双臂，背后羽翼开心地冒出来：“恭喜你们，活过一天。”

天光渐暗，夜风呼啸。茶席小炉炭火熄灭，一点烟尘火光随风消逝。

程千仞走出菩提树的繁茂枝叶，只见闪亮星辰铺满苍穹，一直延伸到起伏的冰山线。雪域星空高远浩大，比摘星台上更震撼人心。

他看了半夜，又觉得没什么不同。

星空永远美丽、宽容、慈悲、冷漠，正如地上生命永远渺小、自私、挣扎求生。

哪里都一样。

前世今生的片段交织闪过，令他觉得极度荒谬。

自己竟然要在这里，给魔王讲基础物理。

接近黎明，塔里飘来一阵歌声：“菩提不堪摘，风雪锁楼台……”

顾雪绛拿烟枪敲窗户，打着拍子唱歌，庆祝第一夜登塔。

程千仞笑了笑。

高塔之上，烛火通明。

月光穿过琉璃顶落在白衣佛子身上，他站在窗边，视线却被菩提树遮挡。

一点皙白指尖触及窗边。

琉璃窗极细微颤动，比蝴蝶扇动翅膀更轻。

波旬从身后靠近他，低声道："你在想什么？"

林渡之神情安详，像树上栖息的鸽子，涉水而行的驯鹿。

"你不必让他们留下。"

波旬笑道："这是他们的选择，你不能代替别人做决定。"

他拿出为佛子写的第九世传记，翻到卷册最后一页，说："我发过宏愿，要你永生永世不得成佛。只要你成佛之心不死，我就不得安宁。"

林渡之垂眼看去，轻轻地说："你明知道没有用。总有那一天。"

波旬沉默，银色月光与黑暗阴影在他身上形成一道分隔线。

直到黎明降临，白昼驱散黑暗，明月光辉隐退。

他说："你看看那个登塔的人，双手沾满鲜血，滔天杀业缠身。如果他触碰你，就会像我一样，被你的佛光灼伤。"

寒夜里旅人贪恋火堆的光明、温暖，但若要拥抱火焰，只会被烫伤、烧死。

"起诸善法本是幻，造诸恶业亦是幻。"林渡之闭上眼，"我愿为他诵三万遍佛偈，以我功德，换他解脱。"

魔王笑起来：

"天地造万物，我生来就是魔王，这不是我的错。我知道他们都想让我死，或许连你也想让我死。'扫地莫伤蝼蚁命，爱惜飞蛾纱罩灯'，你的大慈悲，怎么没有一丝分给我？"

林渡之闭目不语。

波旬语气缓和，浅金色月牙眼弯弯：

"我听故事去了，晚上见。"

林渡之与波旬行走世间，治病救人，教他了解人间，而程千仞教魔王了解世界之外。

程千仞用整整六天时间，为魔王讲述理想国基础知识。

事实证明，大魔王除了"不懂爱"，其他方面倒有一通百通，无师自通的天赋。一旦接受某种设定，学习、掌握知识的速度远超人族，这使他们节约了很多时间。

程千仞将他比喻为超级计算机。

波旬不喜欢这个比喻："所以理想国的人，由类人猿，进化到人，再进化到机器，不断向更高等进化？”

“不，人使用机器，不会被它主宰或取代。”

波旬反问道：“你怎么知道不会？”

程千仞想了想：“我不知道。”

我已经来到这里，西出阳关无故人，故国也不再有。

波旬道：“从出生到死亡，为了适应所谓现代社会而拼命奔跑，这比起人，更像某种工具。”

程千仞：“一位先贤曾说，‘我们的一切发现和进步，似乎结果是使物质力量具有理智生命，而人的生命则化为愚钝的物质力量。’但我不这么认为。”

波旬笑笑：“任何征服天地得到的胜利，必将遭到天地的报复。我和它打交道这么多年，虽然它有许多规则限制我，但我从未把它看作敌人。不是敌人，就不能讲征服，要讲交情，讲平等。”

程千仞看看天色，说：“今天该结束了。请顾雪绛更上一层楼。”

他的叙述中，没有涉及任何科技异化的忧虑，魔王却提出类似问题。

程千仞隐隐意识到，对方与他想象中不一样，更加敬畏天道，敬畏宇宙。

波旬张开双翼，飞向高空，敲了敲黑塔楼梯边的窗户，通知登塔的可怜人。以往这个时候，他会穿过云层，继续向上飞，回到塔顶找林渡之，但今夜不一样。

他又出现在茶席。程千仞已走出菩提树遮蔽，抬头仰望星空。

夜风呼啸，天似穹庐。

一条横跨数百里的光幔，像轻纱，像飘带，瑰丽色彩变幻，在漫天星云间缓慢浮游。这等景色，只有极高寒的雪域可以清楚看到。波旬问：“你在想什么？”

程千仞：“想这个世界。”

波旬顺着他目光望去：“灵气带。”

“什么？”

“如果你有足够的真元，不停向高空飞去，会渐渐感受到压力。那是一层灵气屏障，像一只扣下的碗。灵气极度浓郁，几乎化为实体，便显现出斑斓色彩……”

程千仞怔怔听着。

“你若修得真仙，试图破碎虚空，或许就要突破这层灵气屏障，但我不行，它与我魔息相斥，使我肉身无法穿行。如果舍下这具法身……”

波旬没再说下去。程千仞敏锐地想到某些非同寻常的事。

灵气与魔息相斥，这是常识。比如顾雪绛体内两者兼有，便使其苦不堪言。但支撑这个世界的基石，头顶保护这个世界的屏障，是天地间无处不在的灵气，不是魔息。修行者吸收灵气修行，死后体内灵气重回天地，完成一个循环。魔族死后，难道魔息没有重回天地？它们去了哪里？

他看着波旬的面容，想起魔族对魔王极端的信仰，大军在白雪关的祈祷仪式。第一次感受到雪域寒冷，遍体生凉。

波旬一张少年脸，被夜空无比瑰丽的光幔照亮："就是你认为的那样。"

程千仞："原来如此。"

他是魔族生来力量的源头，也是魔族死后力量的归处。他即魔族天地。

程千仞白天与魔王对谈，晚上在菩提树下打坐，面对星空进行思考。

这几天他思考过的问题，比过去几十年总和都要多。同时他感到如芒在背的危机，好像星空化作一只冷漠的巨眼，时刻俯瞰着他。

后世记载中改变人族命运、整个天下命运的谈话，其实并不如何庄重严肃。有时它乏味无趣，有时充满低级冷笑话。

时至第八日黎明。程千仞与波旬很难继续遵守原先的日落提问规则。

魔王生而伟大，是一个种族的力量之源。程千仞生而普通，一路攀爬才站在高处。

截然不同的两者，即使同坐茶席，也注定产生分歧。他们对故事中理想国持有不同态度，对这个世界里，天道意志的感悟也各不相同。

天气并非日日晴朗，今天没有朝阳。厚重铅云下，星星点点的碎雪飘飞。

一场争执之后，程千仞道：

"我每天夜里，会想今天该讲什么，你会如何提问，我要如何作答。但在那之前，很多无关紧要的想法，会不可控制地冒出来……比如雪域风景虽好，但真的很冷啊，不知道这时候我弟弟在做什么，我想他了。

想一起吃饭泡温泉，然后钻进暖和的软被窝。大概他也会想我。"

波旬震惊地看着他，根本不明白他为什么说这些。

程千仞："我并非生来心怀天下，也缺少所谓的皇族使命感。我看不到人族，只看到我弟弟，我的朋友们，我的剑阁弟子、学院学生……看见他们，一个个活生生的人，希望他们能生活得更好一点，进而希望天下太平，万民幸福。"

"我不会再试图说服你，因为我们不一样。人是有感情需求的。至少对我来说，即使登临绝顶，也需要一个被窝。"

同一时刻，顾雪绛令魔王头大的歌声再次响起。他已接近塔顶，那声音就像从

天空飘下:

“大魔王你不懂爱……”

波旬神色冰冷。

就在程千仞以为对方即将发怒, 下意识握紧剑柄时, 波旬笑了。

“你们怎么知道我没有感情? 就因为我是魔王? ”他甚至用了昨天才学会的新词,“这算种族歧视。”

程千仞无奈道:“你将林渡之囚在高塔, 未必出于感情需求。佛子成佛后去往诸天, 你不确定那之后会发生什么。有光明就有黑暗, 有夜晚就有白天, 有魔王就有佛子, 如果这个世界没有了佛子, 魔王是否依然存在……”

波旬打断他:“说话要小心。你的猜测很可笑。漫长生命里, 我们互相陪伴。他第二世还送过我礼物, ‘观自在’琉璃宝镜听说过吗? ”

魔王探进广袖摸了摸, 茫然失落道:“哦, 已经被他打碎了。我忘了。”

“我们应该换个话题。”程千仞妥协道,“你不是对‘守恒定律’很感兴趣吗, 聊那个吧。”

波旬默默喝了点水, 恢复正常状态, 说道:

“你说的守恒, 其实这个世界, 也是守恒的。虽然万物无时无刻不在变化, 时间流逝, 我们头顶的菩提树叶, 这一刻与下一刻不一样, 即使是千分之一、万分之一的毫厘之差, 依然是不同。你此刻看到的叶子, 不是上一刻的叶子, 不是下一刻的叶子。

但根据我的经验, 你说的守恒,‘某种物理量的值恒定不变’, 在这个世界同样成立。比如天地灵气循环往复, 总量不变。”

程千仞:“你不是人, 不能吸收灵气, 对它的了解或许偏颇。人族学者们认为, 大陆灵气日渐凋敝, 所以修习五行法术的灵修越来越少, 用剑用刀的法修越来越多。灵气稀薄, 不足以支撑五行术法显露威力……”

“魔王道这不是灵气总量变少的问题, 我认为这是转化率降低, 你们自己的修行传承出了问题。”

程千仞一怔:“转化率? ”

“对, 从你那里学来的词。”

“……”

程千仞不得不佩服波旬。

十日谈接近尾声, 顾雪绛接近塔顶, 对方没有表现出急躁、忧虑, 依然保持着冷静的思维和高效的学习能力。

反观自身，经常感到不安和警兆。

他猜想这是因为被天道注视。虽然许多年前，自己在夜雨里破口大骂“为什么让我来这个世界？”，但那时他修为低微，尚且无法感应天地，自然不被天地所见。现在不同，他时刻提防天道意志制裁“异世游魂”，与魔王对谈中，泄露越多信息，意味着危险越大。

世外之人，或许是不该出现的意外，规则之外的变数。程千仞假托讲故事，在被制裁的边缘试探。

顾雪绛今夜没有唱歌。

程千仞有些担心他的身体状况，难道是筋疲力尽，唱不动了？还是打算省点力气，攀爬下一层？

林渡之是否已经完成自渡，由人性接近佛性？如果顾雪绛见到他，他却不愿离开，或者真的成佛去了，顾二能接受这个结局吗？

茫茫雪域，程千仞心意不宁。

然而该来的总会来——

时至第九天夜晚，帝星与魔王静坐通宵，一起等待黎明。

这段时间安静至极，程千仞觉得它既漫长，又短暂。

西天仍是冰蓝色，挂着一道浅淡月痕，转向东边渐渐泛鱼肚白。

朝阳好像是一瞬间冲出来的，千万只金光利箭穿透云翳，照亮黑塔、菩提树、白色雪山、整个世界。

波旬站起身，沐浴晨光，仔细整理衣襟袖摆，然后露出翅膀，转过去问：“你看我羽毛整齐吗？”

这情景有些滑稽。但魔王表情郑重，于是程千仞也没有笑。

他掸掸衣袍起身，象征性地为对方梳理了两下：“挺好的。”

魔王满意地点头。

程千仞：“我随你一道上去。”

如果顾雪绛力竭，我还能帮帮他。

波旬：“不必。我们就在这里告别。”

程千仞想了想：“不管以后如何，现在这一刻，谢谢你。”

“也谢谢你。但是没有以后了。”

魔王张开双翼。遮天蔽日如夜幕降临，卷起一阵狂风，直冲云霄。

程千仞静立原地，等待顾雪绛与林渡之下塔。

游戏终于结束。他们该回家了。

雪域的风，冷冽浩荡，一片绿叶悠悠飘落。

是菩提树的落叶。程千仞伸手去握，却听“咯吱”一声脆响，叶脉碎裂，整片叶子化为极细微的尘埃粉末。

尘埃随风飘逝，不留痕迹。

这棵树汲取魔王的魔力生存，如果波旬不愿意，它永远不会落叶。

程千仞看着这幅离奇画面，电光火石间，突然明白了一切。

“不！”

神鬼辟易斩开一条通路，他身形消失在树下。

程千仞借助剑势冲向塔顶，他已经快到极致，只需要万分之一刹那、一动念的时间。

几乎同时，千万片菩提树叶，雪崩般轰然落下，却在半空化为粉末流散。

程千仞一剑破开黑塔琉璃顶，闯入塔中。

还是迟了。

窗外，整棵巨树生机飞速流逝，如被烈火焚烧，灰飞烟灭。

顾雪绛倒在地上，脸色苍白，双目赤红，无比痛苦地挣扎。

他的刀刺入波旬胸膛，没有鲜血，四下里一片金光漫漫。

魔王手握刀刃，笑容妖异而超然：

“天地为证，请给我以自由，给你以新生！”

以二人为中心，万丈狂风凭地卷起，震碎屋顶和窗户，裹挟琉璃碎片、烛台、书卷桌椅，向天空冲去。

难以想象的澎湃魔息向顾雪绛奔涌，几乎使空间扭曲。黑塔根基被撼动，一切都在剧烈颤抖。

刀锋处，无数点金光飘扬，魔王身形以肉眼可见的速度溃散，化作金尘。那些微光落在顾雪绛身上，雪花般消融。

狂暴的风声，与顾雪绛的嘶吼交织，程千仞刚落地，一把拉住林渡之，撑起一道真元屏障抵御汹涌魔息。

波旬回头向他们看来。笑意浅淡，眼中似有泪光。

他说：“好奇怪，我又不是人，为什么有眼泪……”

话音未落，金光彻底消散。风暴平息，黑塔却依然在摇晃。

顾雪绛慢慢站起来。

巨大黑色羽翼，如垂天之云，于他身后霍然展开！

程千仞护着林渡之退后两步。

波旬曾说：“这个世界也是守恒的。”

普通魔族死去，体内本源力量回归魔王，完成生死循环，如落叶归根。

魔王死去，他的力量将去向何方？

天地间总要有魔王，你不喜欢，试图改变，但他依然存在。

杀死魔王，继承魔力，成为新的魔王。

程千仞喊道：“顾二！你还清醒吗？”

林渡之一步步向顾雪绛走去，程千仞皱眉，握紧长剑。

顾雪绛突然抬头：“还行吧，就是有点头疼。”

一瞬间，程千仞彻底放松，想哭又想笑。

“幸好你还是一个人。”

顾雪绛收起羽翼：“难道我会变成一条狗吗？”

随他气息收敛，摇晃的黑塔渐渐平静。

程千仞看着满地狼藉，心情复杂，很想打人。

“我们先离开这里。”

林渡之已经站在顾雪绛面前。

西南战场一别，物换星移，寒暑易节。他们第一次重逢，谁知竟是这种情境。

程千仞想，虽然太过荒唐，但也值得一个拥抱。

顾雪绛向后退了两步，道：“就到这里吧。”

林渡之轻声问：“我的佛光弄疼你了？我收起来。”

“功德圆满，诸事了断，魔王再不能阻拦你。时机已至，莫添纠缠，你走吧。”

他负手而立，神色冷淡。

气氛一时沉默。

林渡之道：“我将回到蓬莱寺，正式受戒。”他转向程千仞，“千仞，多保重。”

这一天大起大落，程千仞头脑发懵，怔在原地，想不明白顾雪绛在搞什么。

九天九夜，八千九百一十级台阶，堪比九九八十一难，只为说句“诸事了断，莫添纠缠”？

琉璃顶早已整块破碎，朝阳明丽的霞光照进黑塔，林渡之白衣猎猎。

佛光普照中，他随风浮起，向更远天空飞去。

魔王依旧在，规则之下总要有魔王。浮屠塔没有倒，也不会再成为囚笼。

直到天际佛光消散，顾雪绛才抬眼望去。

程千仞："走吧。"

顾雪绛："让我缓缓。"

程千仞想，是该缓缓，他拂开地上破碎砖石和琉璃，两人并肩而坐。

这十天发生的所有事，像一场噩梦，又像一个童话。

勇士闯过刀山火海，来到恶龙的藏宝洞，拔出宝剑浴血奋战。他站在恶龙的尸体边，看见那些无穷无尽的无主珍宝，心生贪婪，于是长出翅膀生出利爪，变成恶龙。

波旬不是恶龙，黑塔也没有珍宝，只有一个林渡之。

杀死魔王的顾雪绛看见林渡之，不想让他成佛，私心一起，依然会选择将佛子困在黑塔。但顾雪绛没有这样做。

他们都是魔王的棋子。

程千仞想起那些对话。

"你若修得真仙，试图破碎虚空，或许就要突破这层灵气屏障，但我不行，它与我魔息相斥，使我肉身无法穿行。如果舍下这具法身……"

谁知道魔王说舍就舍，追求自由，探寻生命新的可能性去了。

这片天地，来过见过，离开时落一滴泪做告别，化作漫天金光，不带走一片云彩。

只留下他们，不得不收拾残局。面对无数选择以及未知的明天。

有朝一日破碎虚空，一定要找到波旬打一场，这事不能聊天闲扯解决。打不过也要打。

顾雪绛喑哑的声音响起：

"我从前说过，放过他了。我说过的话，永不反悔。"

让林渡之去做想做的事，去成为想成为的人。

世间再没有任何人或魔，或任何事情，可以威胁到他。

程千仞："好吧，一起迎接种族关系新纪元。"他情绪其实极不稳定，张嘴胡说八道，"雪域自然资源管理，真抓实干民风民俗建设，脱贫扫盲，人魔建交，任重道远。"

"听不懂。"顾雪绛摸出烟枪，"我得先抽两口。"

便在此时，天际飓风再起，云层之上，巨大黑暗阴影遮挡日光。

来者气势汹汹，顾雪绛脸上笑容瞬间凝固了。

程千仞对他表示同情。

——我的朋友，是位盖世打手，总有一天她会开着军用云船，背负双刀来打我。

徐冉跳下船头，一手提刀柄，对顾雪绛劈头盖脸一顿抽。

“死了？谁说你死了？！哪个笨蛋说你死了？！”

顾雪绛象征性挡了两下，等她差不多消气，慢悠悠地说：“其实你现在动手，白浪费力气，我也不疼……”

程千仞拦住她：“老徐，算了算了。”

顾二平静道：“因为我，成了魔王。”

徐冉眼前一黑。

她不知道发生了什么，看见东边黑塔的佛光，直觉不对劲。原本是准备来打架的，却远远望见两位朋友坐着闲聊，还惬意地抽烟抖腿，当即气血翻涌。

听程千仞三言两句讲完前因后果，徐冉茫然地看着顾雪绛。

“等等，我脑子慢，让我想一会儿。”

打了一辈子魔族，自己成了魔族；爬了九夜黑塔，只和林渡之说了一句话。

现在要鹿没鹿，要啥没啥。

她认真地想了一会儿：“还行吧，没死就好，不用给你扫墓。以后也要惜命，活着最重要。走，上船。”

许多年后，程千仞回忆这一天，非常感谢徐冉及时出现，仿佛神兵天降。他和顾雪绛当时状态都不对劲，看似平静接受命运，内心却处于爆发临界点，继续在气氛压抑的黑塔呆下去，谁也不知道会干出什么事。

碧蓝天空下，巨船穿行云海，飞过一座座白色雪山。

经历这一遭大变故，三人反倒看开了，放下过去的沉重包袱，坐在甲板上看风景。

离开程府之后，再没有这样的好时候。

徐冉问顾雪绛：“你真的希望林鹿去成佛？你这种舍己为人，成全人间大善的品格……”

顾雪绛摆手：“没那么高尚。如果他历经诸世苦难，却求不来一个结果，他所承受的磨难，便没有意义。”

徐冉：“有没有结果很重要吗？成佛又不是成功，你当考试啊？”

“还有一个原因，我实在舍不得他难过。”顾雪绛笑了笑，“愿他拥有世间一切喜乐，无忧无惧，得到大自在，大解脱。”

登高塔杀魔王，不是为了带走他，只是为了他。

“那你自己怎么办，以后有什么打算？”

“我们可以讨论一下。”

程千仞较为沉默，一直听他们聊天，此刻突然道：“没得讨论。”

顾雪绛稍怔：“什么？”

“镇东军你回不去，人间容不下你。就算你不是魔王，是顾将军，功高震主，封无可封，要么联姻，要么赐死。王朝适龄的公主，只有温乐……”

徐冉：“你要把温乐嫁给这个混蛋？你还是人吗？”

程千仞：“听我说完，我不可能把温乐嫁给你，所以你要是回来，我就赐死你。”

顾雪绛一头雾水，道：“这都什么乱七八糟的？”

他知道程千仞根本不是这样想的，但为什么要这样说？

程千仞继续道：“所以隐藏魔息，重回人间行不通。作为魔王，你暂时也无法接受住在黑塔吧？肯定得一段时间适应，这段时间我不希望你在雪域任何地方。天下久经战火，需要休养生息。魔族被你打得损失惨重，没二三十年缓不过来，雪域寒潮也过去了，吃饭不成问题。至于王朝，孤的国库实在没钱，孤还欠了几百万外债，不知哪辈子能还上。让农民回到田地，让学生回到学院，总之恢复秩序，富国为先……世间太平无战，你也没事情做啊。”

“所以你只有一个选择。”程千仞拍拍顾雪绛肩膀，“天地虽大，无处容身，远走海外，投奔旧友。这些就是我为你设计的卖惨思路，去吧！”

顾雪绛总算明白过来，霍然起身道：“……你想让我去蓬莱岛。”

“怎么吓成这副样子，蓬莱岛又不是十八层地狱，难道去不得？”

顾雪绛不答，闷头抽烟。

程千仞停顿片刻，缓缓道：“波旬把一切都算清了，设计让你杀他，让你成了魔王。即使你放林渡之离开，林鹿心里也挂念你，见你承受命运苦厄，阴差阳错成为魔王，如何安心？心思不宁，如何圆满？”

“你觉得……他挂念我？”

“否则他不会告诉你，他要去哪里，转头就走更省事。”

顾雪绛在甲板上来回走动，疯狂抽烟。

“你至少该去见他一面，把话说清楚。”徐冉忍不下去，“别走了，刀山火海你敢闯，却连看他一眼都不敢，你还是男人吗？你们是好兄弟！”

顾雪绛就像没听见。

云海重重，一闪即逝。

程千仞忽然撤下防风屏障，高空中，凛冽无比的寒风迎面呼啸，将甲板上桌椅通通掀飞。

徐冉：“天啊！”

“你干什么？”顾雪绛怒吼道。

“老子也很烦！根本不知道明天怎么办！但老子不怕！”程千仞嘶吼道，“你吹吹脑子清醒一下，敢不敢干这票？”

冷气如刀，风声怒号，三人在云船甲板狂骂脏话。

骂自己，骂对方，骂过去的时光。

顾雪绛：“干干干！调转方向，往蓬莱岛开！”

徐冉：“你有翅膀，比这快多了！”

顾雪绛迎风飞翔的背影消失在云海间。

程千仞撑起防风屏障，耳边立刻清净了。

徐冉感叹道：“会飞真好。”

程千仞回到皇都后，察觉弟弟在朝辞宫，便想先去见一面，以慰思念。这一见就住下了，一住就没挪窝。

即使对方如今表现朝歌阙人格，他也觉得亲近。

每天泡泡温泉、喝喝茶，就像年末大考结束后，撕书扔笔、放飞自我的书院学生。

除了暂时不想回宫面对老皇帝，还有一个原因——有问题要请教朝歌阙。

秋高气爽，夜凉如水。

晚风中树影婆娑，程千仞舒服地瘫在椅子上，讲雪域见闻，末了问朝歌阙：“如果当年，你杀魔王成功，自己变作魔王，怎么办？”

朝歌阙略作思索：“……接受现实。在其位谋其政。”

程千仞：“你真要当魔王？”

朝歌阙笑笑：“你替顾雪绛问？”

“算是吧。你会怎么做？”

“先让我的子民吃饱。”

程千仞坐起身给他倒茶道："请说。"

低等魔族需要进食血肉，雪域寒潮时捕食艰难，种族特性却决定他们无法在过于炎热的地方生存。

如何让魔族告别蒙昧，难道要像原始人类走出森林一样，播种耕种驯化六畜？

"由捕猎变为畜养牲畜，然后与人族语言相通，两族结盟，互通有无，文化融合，此为千秋之计。时不至百年，难见成效。说来话长，我明天写篇文章，你拿给顾雪绛看。"

程千仞听罢低下头道："你真好。我又麻烦你帮忙，却没什么帮得上你，还欠你的钱……"

无论何种情境，对方都是他最后的底牌。

朝歌阙倒茶递给他道："有个方法，钱可以不还。"

"亲兄弟还明算账，怎么能不还？"

朝歌阙笑了笑。

程千仞客居朝辞宫第三日，皇都落了第一场秋雨。

潇潇雨声中，温乐公主寻上门拜访。程千仞请她吃点心。

"唔唔，好吃。"

"都是我自己做的。"

温乐吃得两颊鼓鼓，差点就被程千仞忽悠出门，忘了自己来干吗。

"哥，皇姐希望你能回宫，父皇重病卧床，恐时日无多，国不可一日无君。"

程千仞笑道："有什么不行，听过'君主立宪制'吗？"

温乐懵道："什么？"

程千仞一番论述，将她绕的晕头转向："你看，大人的事你又听不懂。安国想见我，让她自己来。"

温乐心想，皇兄奇怪想法真多。换了安国在这里，就能搞清什么"立宪"，什么"主权在民"了吗？

程千仞以为她还想问徐冉："除了这事，再没别的？"

温乐说："有，你突然消失十几天，我担心你呀。所以来看看你。"

程千仞一怔，忽然问道："为什么？你一直觉得我对你好，哪里好？"

温乐吃完一盘点心。

"我四岁那年，去看你们打马球，趁女官不注意，跑到球场上。大家都忙着抢球，我还不如马腿高，害怕得不敢哭。只有你弯腰把我抱起来，策马出场。那场球你输了，但我知道你对我最好。你忘了没关系，我一直记着。”

差点被马踢飞的恐惧，简直童年阴影。

程千仞：“……原来如此。”

他感到释然。

段暄虞不喜欢打马球，每次找他换上衣服替打。程千仞那时觉得无所谓，就当出门放风了。

陈年旧事，不想也罢，他笑道：“还吃吗？”

温乐摇头：“吃撑了，我走了。你……你有空回宫看看父皇吧。”

程千仞应了一声。

秋雨之后，气候转凉，梧桐叶落满地。

皇都天高云淡，空气清凉，风檐下银铃摇晃。

对程千仞而言，这段时间很美好，因为许多事情重要而不紧急，可以认真地慢慢做。

他白天与访客见面，偶尔陪朝歌阙批改奏折。到了晚上，逐流掌控法身，有时打开小世界。

程千仞大感欣慰，两个人格从前互相捅刀争抢，现在主动昼夜交接，距离融合又近一步。

第十天黄昏时，平静生活被打破。

安国终于来了。

她神色严肃：“父皇昏沉卧床多日，口不能言，方才忽然来了精神……恐怕，只在今夜。”

程千仞没有说话，走到廊下，遥望天边夕阳。

逐流说：“我陪你进宫。”

暮色四合，马车辚辚，向巍峨宫城驶去。他想起重回皇都第一日，进的也是这道宫门。

侍从推开寝殿大门，秋风灌入，殿里灯火明灭。

外殿站满百官，气氛安静而紧张，见到二人纷纷行礼，让出一条通路。

帐幔之后，温乐坐在床榻边，想起童年时光，忍不住低声啜泣。

老人竟然精神不错，轻抚她发顶，说：“不要哭。你哥哥来了，我和他说句话。”

温乐起身退至一旁。程千仞上前两步，握住老人干瘦的手。

“朕前半生很快乐，如今这日子也过够了。朕死之后，不要奏丧乐，不要禁歌舞，不要全城举丧戴孝。大家都开开心心，庆祝朕得以解脱。”

程千仞：“我记住了。”

史官提笔记录。

老皇帝声音微弱：“摘星台上，话说尽了，到这时候，不剩什么可说。”

他摸出一物，塞进程千仞手里道：“这是皇宫大阵的阵枢，当年我从父亲手里抢过来。这座阵法历代加固，它最重要的功用，是诛杀叛军，保护我皇族血脉，永坐江山。现在交给你了。”

“这个天下，交给你了。”

程千仞垂眼看去，是一方小小竹牌，原应是老人手里的竹杖。

手握皇宫大阵，心念稍动，异姓血脉生杀予夺。

生死大事之前，巍巍江山之前，一切私人恩怨，早该放下。

老皇帝露出微笑，终于阖上眼帘。

内侍长：“圣上晏驾——”

殿外百官潮水般跪倒叩拜。

程千仞跨出殿门，秋夜清朗，凉风扑面。逐流陪在他身边。

这里坐北朝南，地势颇高，近处是重楼峨殿的延绵阴影，宫墙之外，远方夜市已开，那些灯河像是流淌的火焰。

好个烟火人间。

他握紧竹牌，说：“我想做一件事。”

安国扶着温乐追出来道：“你现在是新帝，做什么都可以。”

“天下不是我的，是天下人的。民心拜服，四海升平；民心思变，留一座别人进不来的皇宫，有什么用？”

程千仞张开双臂，笑道：“千古帝业，能者居之！”

一刹那，覆盖皇宫上空，万千交织的灵气线大放光华。

“轰——”

一处交叉结点爆炸，密不透风的阵法破开缺口，宫城绚亮如白昼。

爆炸声接连响起。所有人仰头看天。

殿内的百官、市井的商贩、窗边看书的学生、床上抱孩子的妇人、深山打坐的修行者，人们推开窗户，奔出家门，站满长街。

半个大陆仰望夜空。

“那是……宫里在放烟花？”

“我的天，好美！”

程千仞站在逐流的旁边。

所有灵气线交点爆炸，如漫天烟火在他们头顶绽放，金色流光灿若锦霞，轰鸣声震彻天地。

天下事没完没了，未来会怎样，谁也不知道。

星空在上，天意莫测。但是管他呢。

我来到这里，拼命奔跑、不停战斗，从来没怕过。

程千仞笑道：“江山如此多娇。”

——第二卷《人世间》完——

番外

蓬莱此去

无多鹿

顾雪绛飞过碧波荡漾的大海，落在云雾缭绕的蓬莱岛。

他已然冷静下来，仿佛近乡情怯，立在原地吹风。

海滩边玩耍的一众孩童看见他，好奇地走上前。

“你为什么有翅膀？佛经里说，黑色翅膀是魔王。你是魔王吗？”

顾雪绛退后两步，怕伤到他们：“客观地说，是的。”

孩童大喊一声：“大家快来看魔王啊！居然是真的！”

一瞬间，捕鱼的不捕鱼、织网的不织网，几十号人扔下手中活计，将他团团围住。

“哇，他的翅膀好威风，能摸吗？”

“这在屋里多不方便，八成要把房梁打下来。”

顾雪绛听得懂蓬莱话，勉强维持微笑。

他将羽翼收回去道：“我是来找林渡之的。”

蓬莱岛常年不见生人，更别说生魔，大家盲目乐观，热情高涨：“林鹿几是吧？我们带你去！”

顾雪绛没想到如此轻易：“对对，林鹿几。”

日暮时分，炊烟升起。一行人簇拥着魔王唱着歌，穿过山林、走过田埂和农舍。

宝华寺是一座青瓦小院。

“到了！你进去吧！”

众人却舍不得走，仍聚在门口看热闹。

院门没有关，庭中七八个和尚正在吃饭，听见动静，赶忙放下碗筷。

顾雪绛刚脱离村民包围，又被和尚们围住打量。整个魔不方便动作，弱小可怜又无助。

为首的和尚清清嗓子：“阿弥陀佛，这位施主来见林师弟，自称是他旧识，可有凭证？”

顾雪绛想了想，摸出一张药方道：“这是他为我写的，字迹你们应该认得。”

几个和尚凑在一起看，窃窃私语：

“真的是他！那个顾雪绛！怎么办？”

“咱去请师父吧。”

顾雪绛紧张地等在饭桌边，不多时，一位袈裟老者从佛堂中走出。

“顾施主。”

“原来是大师。”

顾雪绛俯身行礼，却被一道力量扶起，大师双掌合十：

“进了庙门不要拜我，不如去拜佛，等你成了佛，我还得来拜你。”

“你是林渡之的师父，我才拜你。”顾雪绛挑眉，“难道我这种人，去拜佛也能成佛？”

大师宝相庄严：“施主，放下屠刀，立地成佛。”

“为什么林渡之成佛，需历经千重磨难，渡尽天下苍生；我成佛，只用放下屠刀？”

大师慈悲微笑，念念有词。语速太快，又是蓬莱话，顾雪绛没听清，以为是极深奥的佛偈，便没有追问。

许多年后，当他的蓬莱方言比本地人都流利，才明白那句话的意思——就你破事儿多。

“我要见林渡之。”

“林渡之就在那里，见或不见，执着成空。”大师伸手指向孤山，“由你去吧。”

旁边和尚小声提示：“藏经洞。”

顾雪绛展开羽翼飞去。

他心情复杂，直到隐约感知林渡之的气息，依然不敢相信，竟这般容易。难道自己来迟了，那人已经受戒，所以不怕他见？

孤山云烟笼罩，曲径通幽，虫鸟争鸣。山洞漆黑，滴答水声回响。顾雪绛顺着一点光明指引，一步步向深处走。

他看见了那道人影。洞顶有一道缝隙，天光自上而下流泻，照在林渡之身上。

四下里伸手不见五指，只有林渡之静坐光明，像一轮素白的月亮。

“渡之。”

林渡之闻言，缓缓起身，回头笑道：“你来了。”

顾雪绛知道自己向来与“上天垂怜”“命运眷顾”无关，于是警惕地想，这不会是幻境吧？是林渡之师父为了阻拦他，或者林鹿本人不愿见他，而编织的美梦。他快步上前，一把握住对方的手。

“嗤！”

对方五指纤长柔韧，覆着淡淡光华，顾雪绛被佛光灼伤掌心，剧痛入骨，却笑起来："是真的。"

林渡之看着他焦黑渗血的伤口，竟落下泪来。

顾雪绛手忙脚乱："怎么哭了，你不高兴见我，我走就是了。你莫难过。"

林渡之泪光闪烁，轻声道："说来就来，说走就走，你走得了吗？"

顾雪绛怔然："我在这里，耽误你修行。"

"如果只图自己功德圆满，佛祖何必普度众生？如果不能渡化你，我怎么成佛？"

顾雪绛哑口无言。

林渡之继续道："你若真心为我好，就留下来，听我念诵佛经。等你哪天不怕我的佛光，我再放你离开。"

这话一出口，顾雪绛高兴得没个正经样子："你念什么我都喜欢听。"

林渡之微微脸红。

顾雪绛越想越开心："好，就这么办，这世界少了谁都可以。咱们先过一段快活日子！"他张开双臂，"好兄弟，来抱抱。"

林渡之笑骂道："去，真不要命！"

顾雪绛心想，还是这样好，你沾点人间烟火气，才不像冷冰冰的神像。

自此，魔王在蓬莱岛宝华寺住下，就住佛子隔壁。岛上不分春秋四季，气候温暖湿润。人们种植粮食果树，上山下海捕猎，自给自足。

宝华寺也是座学堂，僧人教孩童识字读书。常有背书篓的小孩向佛堂里好奇张望。

"那个魔王一直没走，每天都在听经，据说是为了洗刷恶业……什么是'恶业'？"

"可是，他长得真好看啊，看上去也不像坏魔。"

"还给我们摸翅膀了……"

顾雪绛在这里，一身刀法无用武之地，幸好他懂医术，又博学广识，精通天文地理，可以帮寺里和尚出诊看病，也能给岛上孩童讲课。没人叫他顾将军，没人怕他恨他。那些世事恩怨，就像上辈子的事。

蓬莱岛起夜雾，看不见星星。只有每月十五，能望见银盘似的月亮。顾雪绛与林渡之出海赏月。两人躺在小舟上，海风拂面，随波摇晃。

第二天顾雪绛回到寺里，清早教新诗："夜长不得眠，明月何灼灼。"

一群孩童跟着他摇头晃脑地念："侬作北辰星，千年无转移……"

林渡之听见了，气他教坏小孩。可是大家都喜欢顾雪绛。

如果不是收到程千仞的信，两人几乎忘记岛外世界。天下太平，程千仞已卸下重担，请他们去剑阁小聚。

微风吹落信纸，两人一齐去捡，指尖相触，却没有佛光和青烟。

林渡之惊道："你不疼？"

顾雪绛一怔，满眼笑意："不疼。"

他戾气尽消，不再畏惧佛光，便要与林渡之启程离岛。宝华寺的僧人们前来送行，学堂孩童围着魔王转圈，依依不舍，问他还会不会回来。顾雪绛去拜访林渡之的师父，谢他收留接纳之恩。

大师身披晨光，缓步走出佛堂，依然拈花微笑道："万法皆空，因果不空。这是你的造化，不必来谢我，不如谢我佛慈悲。"

"鹿儿。"他看向爱徒，慈爱地嘱咐一段蓬莱方言。

顾雪绛略觉尴尬："大师，我能听懂。"

——吃饭少、干活多，手脚勤快又老实，让他没事常回来，别耽误春种秋收。

气氛一时沉默。

林渡之怕师父尴尬下不来台，赶忙道："弟子该走了。"

老僧清咳一声："去吧。船已备妥。"

众僧微笑，齐声念道："阿弥陀佛。"

番外

选剑

傅克己与程千仞对坐西亭，两柄长剑摆在石案上。

一柄山河崩摧，一柄克己剑。剑藏鞘中，光泽内敛，锐意不发。

烟岚云岫，松风水月。

傅克己道："我要选一把剑。"

两剑震动，隐隐显出针锋相对之势，嗡鸣声如骤雨，直欲离鞘而出。

程千仞轻声叹气："何至于此？"

不知他是问剑，还是问对面的人。

剑鸣声渐歇，亭外松涛依旧。

傅克己道："做人不能三心二意，用剑也要从一而终。"

程千仞沉默片刻，知他心意已决，并不多劝："也罢。"

傅克己少年入道，便用克己剑，后来出山游历，将山河崩摧带在身边。当年双院斗法，被程千仞打落兵器，山河崩摧破匣护主，才愿为他所用。

傅山主选剑的消息，暂时只有程千仞与几位朋友知道。

程千仞："他最大的问题，就在于他有两把剑。还是到了这一步，必须做出选择的时候。"

道法之论，其实无甚意义，因为每个人的道都是不一样的。

徐冉不明白，说："这算什么问题。我也有两把刀。他那般境界，大可自创一套双剑剑诀，何必拘泥于单双。"

"你很有想法啊。"顾雪绛笑道，"但对傅克己来说，两把剑都用，就像同时娶两个妻子，他过不去心里那道坎，你说难不难受？"

徐冉："娶两个？舒服死他。"

顾雪绛一时语塞，转身找鹿去了。

徐冉摊手，一脸无辜道："千仞，你说这有什么可选，当然选厉害的那把。神鬼辟易、山河崩摧，剑阁山主用镇山神兵，天经地义的事情。"

程千仞想，顾二的比喻并非毫无道理。

用剑者若是英雄，剑便是知己，士为知己者死。以诚相待，必有回报。

克己剑是炉边灶头糟糠之妻，一路颠簸扶持；山河崩摧是九天之上月宫仙子，倏忽从天而降。享齐人之福谁不乐意。

傅克己不乐意。

他说做人不能三心二意。

程千仞笑了笑："你觉得他会选山河崩摧，我看未必，打赌吗？"

"赌就赌。"

"来点彩头，我赌一片蛟龙鳞、一支青鸾翎羽、一朵雪山冰晶，再加灵石三千。"

徐冉翻兜，也想找点奇珍异宝押注，兜比脸干净，一时赧然无语。

程千仞："我记得你月俸很高啊。"

"……买酒了。"

"酒这么贵？"

"花酒。"

程千仞："没钱，就拿刀鞘抵债。"

"行吧。"

"另一把，斩金刀的刀鞘。"

徐冉涨红了脸道："哼，送人的东西！怎么能要回来？"

程千仞冷笑道："趁早要回来，断了她念想。是你说要赌，大丈夫一言九鼎，又拿不出彩头？"

徐冉："你别拿话激我，好像自己赢定了一样！"

"既然老傅下定决心，明早便见分晓。"

两人对赌，当然要请其他人做见证。

顾雪绛寻到林渡之时，后者正在与逐流下棋，三人便一起过来，见证一场荒唐赌局。

逐流低声问程千仞："钱够吗？"

程千仞小声道："我不是有你吗？"

逐流便笑了，颇为自得。

第二日黎明时分，山间晨雾茫茫，一行人来到西亭对面的吊桥边，等待傅克己。

徐冉来得最早，兴奋难抑。林渡之还不甚清醒，脸颊红润，眼神懵懂含着水光，任由顾雪绛牵着慢慢走。

顾雪绛总哄他，说到了雪域之后事情很多，一定很忙，再没有这样闲适散漫的时候。于是午饭后带鹿午睡，晚上催鹿上床。林渡之被他哄着，这几日养成了睡觉的习惯。

深秋潮气重，寒露沾湿衣摆。朝阳在崇山与云朵之后，隐隐流泻出金光。

不多时，一道人影从雾中缓步走来。

他身穿剑阁白袍，挺拔如松，手中提着长剑。

程千仞想，相识多年，论剑亦多年，关于这人的第一印象依然深刻清晰——少年傅克己乘夜风落在露台上，克己剑星火迸溅。

顾雪绛唏嘘一声"初心不改"，转头便对徐冉嘲讽一笑。

程千仞迎上前，握着傅克己双手摇晃："老傅，谢谢！"

顾雪绛："恭喜恭喜！从此你们同生死共进退。"

徐冉勉强扯出微笑："祝你们永结同心，白首不离。"

克己剑嗡鸣一声，好似欢欣。

傅克己微微皱眉，深感莫名其妙。

番外

少年双璧

宋觉非拜师那年，剑阁如日中天，数万人聚集山下，参加外门考核。所谓茫茫仙途，万里挑一，候选者介于孩童与少年之间，正是喜欢做梦、向往仙山的时候。小宋觉非瘦骨嶙峋，灰头土脸，混在锦衣华服、神采飞扬的人群里，最不起眼。

山道崎岖泥泞，登山者踌躇满志，半天后叫苦不迭，只剩踌躇。宋觉非硬气地一声不吭，咬牙攀爬。

遴选弟子是大日子，各峰长老在观云崖等候，目光穿过云雾，居高临下地考量孩童表现。不多时，两位山主也来了，众人纷纷起身见礼。澹山山主笑呵呵地打招呼，烟山山主面无表情地点头。

宋觉非看不到这些，他正在半山腰，刚闯过第三道山门。眼前天梯没入云间，冷风呼啸，直要将人掀飞，稍有不慎便会落入悬崖绝壁。

澹山山主笑道："我看此子心性坚韧，根骨不俗，是个好苗子。不如让他拜入我门下，与复还做伴。复还年纪尚轻，没有玩伴难免无聊。"

烟山山主掐指一算，宋觉非的前尘往事俱在眼前——父母早亡，亲戚强占家财，幼年寄人篱下遭受虐待，前些天不堪欺辱暴起伤人，一路被追杀到剑阁山下。别人选不上，回家照旧过日子，宋觉非选不上，下山之后恐怕凶多吉少。

他沉思片刻，摇头道："天赋是好，但他性情偏激，若心存怨恨，练我派剑法更添凶煞，以后容易误入歧途。你有惜才之心，不如写封荐信，送他去蓬莱寺学佛法？"

"性子可以改嘛。"

"江山易改，本性难移。"

"他有慧根，谁诚心待他，他一定感觉得到。"

澹山山主平日不喜与人争辩，万事随缘，今天却难得坚持。

烟山山主无奈道："再看看吧。"

日影西移，山风愈发寒冷，脚下道路仿佛没有尽头。黎明时数万人浩浩荡荡登山，气势恢宏如海潮拍岸，日暮时分只剩百余人，稀稀拉拉地挣扎在山谷各处。

宋觉非浑身酸痛，眼前阵阵发黑，忽然数道流光划破云雾，从他眼前一闪即逝，便听见不远处传来骚动。

“好孩子，李长老看中你了，我们走。”

“跟我来，张长老说你与他有缘。”

一道流光，两道流光。还在坚持的登山者陆续被执事接走。他们登上飞剑，倏忽消失天边，只有中选孩童激动的欢呼声回响山谷。

“我入门了！”

“我也要做仙人了！”

夕阳最后余晖消散，夜幕低垂，冷风刺骨，松涛阵阵。入夜后的剑阁并非全然寂静，兽吼、虫鸣、群鸦拍打翅膀的声音此起彼伏，只是再不闻人声。

月照群山，天地间只剩下他孤零零一个。

宋觉非想，考核结束了吗？人们或许去吃饭了，不，传说仙人不用吃饭，那就是回洞府修行了吧。他抿着唇，继续在黑暗中摸索攀爬。他最终能爬到哪里，没有人在意。很久之前他就习惯了。好东西都是别人的，好运气永远轮不上自己，却不肯因此绝望。

天亮之后总会有人看到他，只要能拜入剑阁，留在仙山，哪怕不做弟子，做个洒扫童子也好。宋觉非如是想到。

他终于看见山道尽头，攀着铁索登上山顶，却被吓得差点跌下去。悬崖边一道清瘦人影负手而立，广袖翻涌如云。漫天星辰在他身后闪烁，像一颗颗明亮宝石。

那人回头，双目神光湛然。

“你来了。”

宋觉非不由自主地屏息，问：“你……您是谁？”

中年道人笑容亲切，如清风朗月，他说：“我是澹山山主，道号秋暝。我在这里等你。”

“等……等我？”

“对，如果你愿意，可以拜入我门下，学我的道法，继承我的衣钵。”

秋暝真人一点山主架子也没有道：“咱们澹山人少，除了我，你还有一位师兄。虽然人数比不上隔壁山头，但绝不会让你吃亏。今年你师兄在宗门大比中夺魁，年轻弟子都以他为首，他肯定能照顾好你，就像哥哥照顾弟弟。”

宋觉非想，这位仙长在说什么，我是在做梦吗？还是因为爬山太累，坠入悬崖，临死前产生幻觉了？

秋暝耐心地等了半晌，笑问："怎么不说话，不愿意吗？"

宋觉非如梦方醒，不可思议地瞪大眼睛，俯身便拜："我愿意，弟子愿意、弟子愿意！"

秋暝真人弯腰扶住他肩膀，大笑道："不用跪。做我的徒弟，此生不必跪人。"

他取出一颗丹药喂小弟子吃下。宋觉非犹自愣怔，只觉一道暖流从紫府升起，瞬间传遍四肢百骸，疲惫一扫而空，伤口也不疼了，手心被铁索磨破的血泡竟在结痂。他想，师父对我真好，这是修行者的灵丹妙药，还是仙法？以后我也能这样厉害吗？

秋暝真人抬手，一道流光破风而至。

"这是我的剑。"

飞剑静静地停在悬崖边，光华闪烁，好像在与宋觉非打招呼。

秋暝向前一步，踏上剑身，将小弟子护在怀里："你以后会有自己的剑。"

宋觉非低呼一声："我们飞了！"

他们飞过瀑布，飞过金色殿顶。他好奇又紧张，抱着师父的手臂张望。剑阁全貌尽收眼底，青山如黛，密林如海，殿宇楼阁星罗棋布。忽听一声悠扬清鸣，云雾后冲来三只白鹤，双翼大张，长喙锋利，宋觉非下意识闭上眼，脸颊却被鹤顶绒毛轻轻磨蹭。仙鹤回环起舞，啼鸣不止。

秋暝笑道："它们很喜欢你。"

宋觉非眼睛亮亮的："师父，这是您的鹤吗？"

"这是隔壁山头的。"秋暝不想小弟子失望，补充道，"我们澹山养了其他厉害飞禽，可不止三只。"

澹山野鸡，成群结队，高飞能上树，捉虫猛如鹰。

宋觉非惊叹道："真好。"

秋暝又随口说了些剑阁的事、澹山的事、宁复还的事。宋觉非认真地听，生怕错过什么。

飞剑降落在执事堂前空地，秋暝对依依不舍的小弟子道："你师兄已经学会御剑，以后让他带你玩。今天先到这里，你明天还有课业，好好休息。"

中选孩童出身各异，有的自幼熟读道经，为修行打基础，有的却还不识字。剑阁便安排他们暂居执事堂，由执事们教导门规戒律，顺便读书认字。三个月后，再被各峰长老接走，正式举行拜师礼。这三月也算是第二次考核，每年总有一两个品行不端、屡教不改的小孩被送下山。

宋觉非被秋暝交到执事长手里，很快有人为他安排住处。房间素净简单，该有的东西却一样不少。宋觉非从没睡过这么舒服的床，辗转反侧不敢闭眼，好像天亮之后事情就变了，师父是假的，飞剑是假的，仙鹤是假的，一切都是他的痴梦。

直到第二日，他和其他中选者聚集在剑阁执事堂听课，才对周遭世界有了些许真实感。和蔼的师长，活泼的同窗，剑阁真的太好了，何况我会有师父，还有师兄，宋觉非开心地想。日子一天天过，他学习勤勉，完成课业不成问题，与人交际却差些，其他同山或同峰的新弟子已经三五成群，每天结伴打饭、上课，他还是孤零零一个。

有人与他搭讪："是哪位长老选中你啊？"

"秋暝真人。"

"……山主啊！"

"嗯。"

宋觉非点头，不再多说。来搭讪的人默默地走了，都以为他高傲或孤僻。其实他只是不擅长和人打交道。别人相约玩乐的时候，他依然用功，早晨起得最早，去广场练习基础剑式，晚上迟迟不吹烛，孤灯下一遍遍背道经启蒙。

执事长感到十分欣慰："不愧是山主的弟子。你们都要向宋觉非学习！"

这话自然有人不服，无论新弟子们如何天资优秀，都还是少年心性，忿忿不平表现在脸上，半分隐藏也不会。宋觉非第二天早晨去练剑，被人拦在半路。

"你哪里比我强？你敢和我比试吗？"

宋觉非低头绕开："不比。"

那人招呼同伴帮忙道："拦住他！我今天就要和他比。"

五个小少年分头追堵，宋觉非脱身不得，使出基础剑式还手。六柄桃木剑叮叮当当打在一起，确实有点剑修过招的模样，执事闻讯赶来时，木剑不知所踪，六人在地上打滚扑腾，互相扔沙土丢小石子。围观人群一哄而散，大喊道：

"别打了，执事来了！快跑！"

当然一个都没跑脱，全被摁在执事堂。严厉训诫下，只有宋觉非没哭，其他人边抹眼泪边写悔过书，遇到不认识的字去问他，他也耐心解惑。众人一起挨过罚，倒成了同甘共苦的朋友。

方才拦路的小弟子感叹道："其实宋觉非人挺好，平时不爱说话而已。我再也不说他装模作样了，他确实比我厉害。"

收完悔过书，执事长单独留下宋觉非道："今天打架你没尽全力，是不想跟他们一般见识？"

宋觉非摇头："他们没有恶意，我不想欺负人。"

"为什么？"

宋觉非想了想，说："因为我知道那不好受。"

执事长摆手让他走了，转身对其他执事道："不被善待，反而知善良之可贵，难得！"

"这里该教的他都学会了，再留下也是浪费时间，不如早点送上山学正经剑法吧。"

众人议论一番，便送信去澹山，请宁复还择日来接人。

宁复还听师父提过小师弟，心里好奇，第二天迫不及待地来了。

执事长与他打趣："你未来师弟很厉害的，昨天还一打五，你可要小心。"

宁复还哈哈一笑："正好逗逗他。"

宋觉非打开门，便见一位身穿素色道袍，剑眉星目的英气少年。

"你是谁？"

宁复还严肃道："我是执法堂弟子，你昨天打架犯了门规，按律逐出剑阁，我来送你下山。"

宋觉非一怔，脸色霎时白了。他沉默片刻，没有争辩追问，咬牙道："下山的路我认得，要走自己走，不用你送！"

"挺有骨气哦。"

宁复还觉得好玩，想摸摸他发顶，只见对方双目通红："你还想干什么？"

宁复还讪讪笑道："刚才骗你的，恭喜你通过考核，我接你上山。"

但他在宋觉非心里，已经是满口谎话的骗子了。

"我不信。师父说我师兄会来接我。你现在骗我，我师兄一定不会放过你！"

宁复还："……"

宁复还："这么厉害，敢问你师兄何方人物啊？"

宋觉非高声道："我师兄乃澹山大弟子宁复还，你惹不起的。"

宁复还憋笑，问："你见过他吗？"

宋觉非轻哼一声："当然，我是他未来的师弟，师父让他照顾我，他对我好得很。"

"怎么个好法，说出来让我长长见识。"

宋觉非绞尽脑汁地编瞎话道："他教我看书习字，教我练剑！"

宁复还："小事而已，别人家师兄都会做。"

宋觉非涨红了脸："他还带我去吃饭，吃鸡腿！谁欺负我，他就去欺负谁，替我出气……"

宁复还心想，这是哪里来的活宝啊。

后来他才知道，宋觉非身世坎坷，小小年纪吃尽苦头，没人对他好过，所以幻想中天下最好的师兄，只需要一点小恩小惠的施舍。

"不逗你了，我就是宁复还。"

"谁信你鬼话！"

"喏，你看看这个。"

宋觉非冷笑，一把甩开他的手，宁复还没想到他反应这么大，一时疏于防备，手里玉佩划过一道弧线高高飞出，当啷一声磕在墙上。

宁复还匆忙捡起，大喊糟糕。

恰逢屋外响起一道声音："复还啊，还没走呢……你拿'山主令'做什么？"

原来是执事长担心宁复还玩得过头，把人逗哭了，顺道过来看一眼。

宁复还收起磕破一角的山主令，笑道："没干吗，让未来师弟开开眼。您忙，我们这就走了。"

宋觉非目瞪口呆，望着执事长离开的背影发愣。

宁复还："别慌，我有办法。咱们现在下山。"

宋觉非："你还是要送我下山？！"

宁复还："小师弟，你搞清楚状况，我们现在是什么，是一条船上的人，一根绳上的蚂蚱，是共犯，是同伙！能互相出卖吗？"

宋觉非茫然摇头。

宁复还："今天的事，不怪你，也不怪我，只能怪它不结实。这么不结实的东西，本来就容易磕破，今天不破，明天也会破，对吧？"

宋觉非原本聪慧，此时却无法正常思考，满脑子只有一个念头——这骗子原来真是我师兄。

宁复还带他抄小道下山，市坊寻了一家古玩玉器店，三两银子买块染玉，让雕刻师傅照着做。宋觉非还不明白"山主令"的意义，就莫名其妙上了师兄的贼船。

从此这块染玉玉佩，一直由宁复还保管，很长一段时间没造成可怕后果，却在多年后，坑惨了面馆伙计程千仞。可见前人栽树，后人乘凉，前人挖坑，后人遭殃。

一切因缘际会，冥冥中早有定数。

两人回到澹山时，秋暝已经很没架子地准备好拜师茶，宋觉非行过礼，至此正式入门，成为秋暝真人第二位亲传弟子。

宁复还："真羡慕你，有我这么好的师兄。"

宋觉非不想搭理他。

宁复还召出长剑："师兄带你飞啊。"

宋觉非想起翱翔天地，纵览剑阁的美好回忆。只听宁复还大喝一声"走！"，飞剑猛然启动，直冲云霄，宋觉非心脏差点跳出来。一路疾停急转，极限俯冲，狂风扑面睁不开眼，等他终于落地，已经面无血色。

宁复还："哈哈哈哈，刺激吧？过瘾吧？哎，你脸色不大好……"

宋觉非一张口，"哇"一声吐了他满身。

宁复还："……我去！"

秋暝养徒弟就像养鸡，基本放养，于是宁复还与宋觉非同在一个屋檐下，一边互相伤害，一边练剑修行。澹山一脉，最刻苦努力的要数年纪最小、修为最浅的宋觉非。他好像憋着一口气，每天拼命练剑。

宁复还想，如果被晚入门的师弟超过，师兄的脸面往哪儿搁，是故发奋努力，勤修不辍。两人你追我赶，澹山稳稳占据宗门大比榜首，同时期年轻弟子都活在他们阴影之下。

其他长老羡慕秋暝，收徒水平高，放养出奇迹，当面夸奖宋觉非"假以时日，必成大器"，背后却嘀咕宁复还挺倒霉：平白无故多一人竞争山主之位，一枝独秀变花开两朵，他一定不喜欢他的师弟。

可是宁复还不明白，当山主能如何，就像师父，每天还是打牌下棋种菜养鸡，过着和他一样的日子。他觉得这就挺好，除了每年站在大树下比身高。

秋暝真人笑眯眯地说："哦，小非又长高了，快赶上复还了。"

"今年真的比复还高了一点。"

宋觉非挺胸抬头，不动声色地得意着。

宁复还："嘁。"

师父偏心都偏到观云崖了，明显是我俯视你。但是做师兄的，不跟师弟一般计较。

秋暝真人喜欢打牌下棋。牌是六十四卦牌，一种脱胎于易经八卦的游戏。他打遍剑阁无敌手，别的长老输怕了，都不乐意跟他打。

棋不是黑白围杀，是小孩子玩的斗兽棋，豺狼虎豹老鼠大象。别的长老嫌跌份，也不愿意玩。

他只好找徒弟玩，遭到宋觉非坚定拒绝。

“剑道未成，弟子不可松懈。”

秋暝笑道：“长身体的时候，别那么辛苦，吃好睡好，一辈子长着呢……会放风筝吗？”

“以前看别人放过。”

“走，为师和你师兄教你。”

宋觉非的自制力与好奇心作斗争：“练剑……”

秋暝语重心长道：“抓紧时间玩啊，等你学会腾云驾雾，坐上飞行法器，再玩就没意思了。退一步讲，我想玩，你不陪我，是不孝顺，哎呀，我怎么有个不孝的徒弟。”

宁复还记忆里，那段日子清闲又缓慢，好像一天有四十八个时辰，怎么也过不完。春天放风筝，夏天打弹弓，秋天斗蟋蟀，冬天吃蘑菇炖鸡。秋暝为宋觉非弥补了正常小孩的幸福童年。许多年后宁复还回头思索，才明白师父用心良苦。修行界从来不温柔，弱肉强食争资源，刀光剑影争对错，他们有师父遮风挡雨，才无忧无虑地清闲度日。

但人总是身在福中不知福，宁复还自幼上山，没遭过大罪，还是洒脱的少年人心性。连续几年宗门人比无敌手，便觉得山上日子单调。

那些话本故事里，路见不平拔刀相助的游侠，义薄云天力挽狂澜的大英雄，都在山下的花花世界里。眼泪欢笑、恩怨情仇，都令人向往。

练得一身好剑法，不能只用来杀鸡吧。

宋觉非剑道初成那年，有了自己的“凛霜剑”，宁复还对他说：“我想下山，你去吗？”

“下山做什么？”

“我要做个大英雄，顶天立地，四海扬名！你呢？”

宋觉非：“……我，我还没想好。”

他刚入门时，拼命练剑，确实想过报仇。可师父希望他心境宽和，走人间正道。怎么忍心让师父失望？山上日子顺遂，修为进境迅速，再看过去仇家，好像草里蹦跶的蚂蚱，踩或不踩，都没什么意思。原以为刻骨铭心的屈辱，不知不觉间也就淡了、放下了。

宁复还见他犹豫不决，朗笑道："不用多想，以后别人介绍我们，咳，这位是上天入地无所不能宁大侠，旁边这位是他罩着的师弟。"

宋觉非抄起剑鞘，狠狠给了他一记。

宁复还大喊"造反啊你"，伸手去夺他的剑，两人打得鸡飞狗跳，从山坡上一路滚下去，压坏了秋暝的竹篱笆。

秋暝真人访友归来，只见原本长势喜人的小青菜一片狼藉，心痛得滴血。罢了，徒大不中留，放下山祸害别人去吧。

弟子出山游历之前，秋暝起卦占卜吉凶。两位俊俏少年恭敬地等他解卦。

秋暝一皱眉头，潇洒摆手："最近流年不利，打牌十赌九输，卦也不准，不解也罢。"

两人习惯了他不着四六，笑着与师父道别。

秋暝喃喃自语："天命无常，一线生机。"

这后来发生的事情，就是程千仞知道的故事了。剑阁双璧意气风发，声名远播，受人敬仰。谁知命运弄人，宋觉非走火入魔失手杀师，宁复还替他背锅。两人反目成仇，亡命天涯。剑阁澹山就此沉寂，神鬼辟易在南央城面馆等待新的主人。

秋暝真人是个怪人，活着的时候平平淡淡，死后留下很多札记、很多野鸡。札记使程千仞修行、处事获得莫大益处，野鸡更厉害，为人魔两族发展新型关系做出了伟大贡献。

宁复还不是没恨过宋觉非——反正师父死了，我杀你再自杀，大家一起死个干净。但他下不去手。

宋觉非双目失明，双腿残废之后，生活中诸多不便，脾气也变得暴躁，轻则骂人，重则摔碗。宁复还改名换姓照顾他起居，作为师兄，不跟他一般见识。

程千仞养伤期间，在崖底竹楼看这二人相处，总担心宋觉非发现真相，师兄弟再度反目，修行界又起腥风血雨。

可直到很多年后，也没有类似消息传出。

宁复还与宋觉非一直过着普通人的生活，世上再没有剑阁双璧。

番外

少年傅克己

傅克己剑道小成那年，师父让他去人间走一走。

“去何处？”

“皇都，北澜学院。”

“学什么？”

“诗书琴棋骰子牌九，谈天处事做人交友，剑法之外的一切。”

傅克己是个好徒弟，阳春三月天，抱剑上皇都。

皇都是个好地方，春雨如酒柳如烟，车如流水马如龙。

关于剑阁大弟子入学这件事，北澜学院方面压力很大。

院长冷笑道：“剑阁有这样的少年天才，不拿出来显摆会憋死。”

剑术课教习先生们长吁短叹：“不敢教，教不了，告辞！”

他们心里清楚，傅克己未来要做山主，不是修为高强、不问世事的长老，只懂剑道不行，此次北澜求学，功夫在剑外。

于是教习先生慈爱地对傅克己笑道：“没时间上课不要紧，多交朋友多读书，记得参加年末考试。”

不用按时上课的特殊待遇，并非傅克己独享。与他同班的还有青州原氏小少爷，原上求。原上求精神异于常人，虽然没人规定疯子不得学剑，但给疯子讲课也是一件压力很大的事。何况原上求入院之前，青雨快剑已经闯出名头——闹市杀人，无人能见。

北澜学舍环境好，两人一座小院，卧房独立，共用书房和客厅。原上求却独占一院，自在快活。因为除了他弟弟原下索，没人愿意与他同住，但原下索是石渠阁弟子，正经读书人，原上求是大秋林的武修，两边学舍不在同一区域，当然住不到一起。傅克己入学后，执事长想，反正这俩人都不好相处，干脆安排一块，省得吓到其他学生。

傅克己推开“大秋林天字壹号”院门，原上求正对着一头驴说话：“大花你看，拿剑的傻子来了。”

小毛驴呆呆地吃草。傅克己目不斜视地走过去，“哐当”一声关上自己房门。

原上求：“拿剑的傻子又走了，大花你看到没？”

这一天，傅克己向剑阁传信报平安："已至北澜学院，师长懒得教我，同窗多半有病。勿惦念。"

半个月后师父回信："甚好，为师欣慰。"

虽然原上求脑子有病，但他弟弟原下索知书达理，风度翩翩。第二天与朋友登门拜访傅克己，带着不少礼物，说了许多好话。

"剑阁不愧是第一宗门，傅兄果然气度不凡，真是百闻不如一见。"

傅克己："嗯。"

原下索："这位是我舍友，邱北。他师从皇宫铸造师梅先生。我们住在'石渠阁玄字三十八号'。傅兄空闲时，可以来喝茶谈天。"

傅克己转向邱北，点头示意。

邱北慢吞吞道："……你……好……"

原下索笑道："愚兄性情顽劣，若有得罪之处，我替他赔礼。傅兄万不要跟他一般见识，就当他是顽童，不如让着点他。"

他性格温和，很容易让人心生好感。而且思虑周全，听说傅克己少言，便多带一个朋友。两人对坐或许尴尬，三人则更像朋友小聚的气氛。

傅克己显然没想那么多，只淡淡道："性情顽劣要改，怎么能让？"

原下索："呃，傅兄说的是。还有愚弟的驴，如果打扰到傅兄……"

"不打扰。"

"谢谢……"

傅克己打断他道："剑阁澹山有野鸡，有时候跑到烟山来，被我烟山弟子捉住，就宰了熬汤。"

原下索一怔，欲哭无泪，心想好强的领地意识，如果驴跑到你房间，你就要宰了它吃肉吗？

傅克己见他许久不说话，轻咳一声："我在说笑。"

原下索努力牵动嘴角："哈哈，傅兄真幽默。"

傅克己点头，心想与人谈天如此简单，师父竟让我专程下山来学，又是何必呢？

原下索："不打扰傅兄了。"

邱北："再……见……"

傅克己送两位客人出门，恰逢原上求外出归来，四人在"大秋林天字壹号"院门前相遇。

原下索见兄长身穿骑装，笑道：“又去跟他们打马球了？”

皇都盛行马球，遍地马场，王孙公子们呼朋引伴，骑马挥杆较量高下。原上求来到北澜学院后，也迷上这种危险刺激，充满对抗的运动。

“今天花间雪绛没来，别人都打不过我，玩得没意思。”原上求骄傲地说。

傅克己视他如无物，正要转身进门，却听原上求道：“你会打吗？来一局？”

傅克己：“不会。”

原上求：“那你会什么？”

“一无所长，除了剑道。”

原上求轻笑道：“剑有何难，我也使剑。”

傅克己：“谁都可以使剑。这不等于会剑道。”

“好大口气，让我长长见识？”

傅克己毫不谦虚道：“没问题。”

原上求挑眉：“挑个时间？”

“随时。”

“现在怎么样？”

“可以。”

“请——”

原下索忍无可忍道：“等等！”

两人一齐转头看他，目光如剑。

原下索小声道：“我是说，等一下，这太仓促了。今天大家还没吃饭，明天吧，明天天气好。”

附近都是学舍，来往学生络绎不绝，四人又是名人，此时已有许多人停下脚步，隔着一段距离打量议论他们。原下索想关门，却听原上求高声道：“明日我与傅克己约战淮金湖，你们来看吗？”

哗然四起。众人热情地欢呼鼓掌。

“原少威武，不战不是真男人！”

“来，我下注一百两买原少赢，有人与我对赌吗？”

“我赌二百两傅少赢！傅少看我，我支持你！”

“对赌有什么意思，我们选一人做庄，攒个大局啊。”

北澜学生非富即贵，谈笑间豪掷千百两。傅克己第一次切身体会这种热烈氛围，心想大家真热情，我要好好打。

原上求大笑："好啊，我也三千两买自己赢！走，我请客喝酒。"

原上求走了，傅克己关上院门。原下索依然站在门口，愁云惨淡。

邱北慢慢道："你怎么了？"

"如果我不来，傅克己就不会送我们出门，如果他不送，就不会遇见我弟弟，如果他们没遇见，就不会约战淮金湖。我何苦来这一趟？！"

邱北："所以我们现在……买谁赢？"

傅克己和原下索谁会赢？是青雨剑更迅疾，还是克己剑更锋利？这个问题在春日开学之初，风一般传遍学院，进而席卷皇都。原氏兄弟更早进入学院，扬名也早。傅克己刚下山不久，名望上略输一筹。但他毕竟是剑阁大弟子，没人敢轻视他。众人呼朋唤友，准备亲眼见证这场比试。好事的学生请花间湖主参赌局，那位却只传回来一句话："要打换地方打，别在湖上撒野，吓着我的姑娘们。"这种语气，不知道的还以为他是花船老板。

湖主不是老板，也不是北澜学生，他本名花间雪绛，是京畿禁卫军副统领，有公职在身。皇都贵人云集，王孙公子与天才少年就像野草野花，遍地招展，生机勃勃。年轻人多半喜欢出风头，但是自花间雪绛成名，没有人的风头能盖过他。论天资修为，论人品才貌，他都是一等一的人物。现在这人物开口说一句话，像一瓢凉水从天而降，大家被浇得透心凉，知道明天的热闹看不成了。

"原少，我听花间湖主刚才说……"传话的学生很不好意思，"要不然算了吧，咱们换个地方？"

原上求听罢怒道："他还真当那是他的湖？这事归他管吗？"

原下索劝道："这真的归他管，你忘了他是禁卫军副统领？他负责皇都治安，其中包括约束修行者比武。"

原上求冷笑："哦，你们都觉得我怕他？"

原下索郁闷叹气。众人连连摆手，顷刻作鸟兽散。

原上求想，说好的约战，因为花间雪绛一句话改地方，未免太跌面子，以后怎么在皇都混。转身就叫上傅克己，说要去找花间雪绛谈谈。傅克己来皇都不久，独来独往，消息闭塞，只听说那位湖主马球水平冠绝皇都，至于到底多厉害，他没亲眼见识过，对马球也不感兴趣，却对那柄名作"春水三分"的腰刀有些好奇。

想找花间雪绛很容易，他不当值的时候，淮金湖每个姑娘都知道他今夜去了哪座画舫。两人跟在美人身后，穿过莺歌燕舞的厅堂，转入幽静走廊。傅克己一路目不斜视，直到美人分开珠帘，掩嘴笑道："湖主，你朋友找你呀。"

这房里不知点着什么香，烟云迷蒙，熏风浮动，傅克己微微蹙眉，下意识别开视线，以免看到某些不雅场面。是个轻浮荒唐的人，他想。

原上求却好像不知避嫌，或者已经见怪不怪，快步走上前探看："还没忙完？"

青烟背后传来一句"稍等"，声音平静清淡。傅克己这才进门，心知自己误会了。房里确实有位盛装美人，但美人衣衫整齐地端坐着。案前三只香炉徐徐燃烧，青烟将她笼罩。桌案后，一位神仙模样的紫衣公子低头作画，表情认真严肃。

两位客人喝了半盏茶，紫衣公子方才搁笔，轻舒一口气。

原上求凑过去："这幅叫什么，'美人如花隔云端'？"

花间雪绛笑着摇头，换一支细笔，题字"雾里看花"，然后落下印章，用真元催干潮湿墨迹，对那位姑娘道："好了。"

盛装美人轻呼一声，上前捧起画卷，怔怔看了片刻，双颊飞霞，俯身便拜："谢谢公子。"

"不客气。珠冠很重，小心。"

花间雪绛用折扇轻抬她手腕，拦下这一拜，并微微躬身还礼，态度亲近而尊重，没有多余的触碰。

"妾身不打扰了。公子早点歇息。"

花间雪绛："你也是。"

傅克己默默地看，心生不解。

美人带走画卷和香炉，花间雪绛推开窗户，清凉的湖风涌进来，瞬间吹散烟气。最后半点旖旎气氛也彻底消散，傅克己环顾四周，房间整洁清雅，如果不是夜风中飘渺的丝竹歌声，他会以为自己在北澜学院某间书房。

夜夜宿在花船，却是独居吗？傅克己想，是个莫名其妙的人。

"我知道你们为什么来。"花间雪绛一边收拾画具，一边对原上求道，"人家初来乍到，你不发展同窗友谊，帮助新舍友就算了，还上赶着找人打架，这事影响皇都治安和风气，我不答应。"

"你觉得我仗势欺人，所以不答应？"原上求冷笑。

画笔颜料归置整齐，花间雪绛才抬头，看了一眼傅克己，笑道："你打不过他，只有被欺负的份。”

原上求压着火气挑眉：“难道你们认识？”

“不认识，初次见面，自我介绍一下，我叫花间雪绛。本来不该管北澜学院鸡毛蒜皮的同窗纠纷，无奈公职在身，请多多理解配合。”

傅克己微怔，今晚第一次开口说话：“初次见面。我叫……”

原上求终于忍无可忍：“够了！”

花间雪绛坐下倒茶，还是那副散漫模样道：“生什么气。我知道你俩同在一个屋檐下，抬头不见低头见，性格不合，难免相看两厌。其实很简单，只要你们其中一位搬出‘大秋林天字壹号’，彼此眼不见心不烦，问题不就解决了吗？何必非得动刀动剑。原上兄，你让着点新生嘛。客栈也好，酒馆也好，哪里不能住？实在找不到地方，我可以好心收留你。”

“凭什么我搬，他来之前，我和大花住得好好的，不对，这根本不是搬不搬的问题！”原上求气道，“这是代表少年剑客尊严、荣誉的战斗。花间雪绛你胡扯什么呢？”

“那算了。”花间雪绛转向傅克己，“他不愿意搬，你考虑下？我这里绝对比北澜学舍舒服。”

不得不说傅克己下山不久，缺乏社会经验，面对花间雪绛漫天胡扯，竟然认真解释道：“我不能住花船。这会影响剑阁声誉。”

花间雪绛感叹道：“啧，你失去了一项人生乐趣。”

傅克己：“我不需要这种乐趣。练剑使人脱离低级趣味。”

花间雪绛一怔，不知想到什么，表情变得有些奇怪，说道：“年纪轻轻，长得一表人才，可惜……”

此时随便换一个皇都风月场上老手，面对这种欲言又止的无耻调笑，必然飙出一串脏话。只有老实人傅克己不懂世间险恶，平静地说：“没事，不可惜。”

花间雪绛沉痛点头：“我不会歧视你。”

傅克己不明所以，迟疑道：“……谢谢。”

原上求：“够了，说正事。”他打断并非出于善良，只是不想看花间雪绛得意。

花间雪绛道：“你们必须打这一场？”

“是。你可以在一旁掠阵，为我们做见证。”

“那好吧。”

原上求：“你同意了？”

花间雪绛无所谓道："反正要打，不如就在淮金湖。这里有我看着，你们也翻不出浪花。"

傅克己皱眉。他发现比起青雨快剑，自己现在更想看看春水三分。到底是什么样的刀法，使此人这般狂傲自信？

原上求心想，果然还是花间雪绛更讨厌。不，花间雪绛最讨厌，没有之一！

花间雪绛："你们还等什么，去吧。"

傅克己："约定是明晚。"

"择日不如撞日。明天有人围观，放不开手脚。我看今夜月亮很美，适合切磋。"

花间雪绛走到窗边，纵身一跃，紫袍飞扬。傅克己起身去看，只见他立在一片莲叶微卷的边缘，莲叶如被夜风吹拂，轻轻晃动两下，便纹丝不动了。漂亮的轻身术，傅克己想。

原上求与傅克己不甘示弱，先后跳下画舫，踏水如履平地，相隔一丈远站定。

不远处花间雪绛喊道："打啊。"

被他这样打岔，两人觉得不对劲，气氛或者战意，哪里都不对。但架势已经拉开，箭在弦上不得不发，原上求霍然拔剑，湖水波澜四起。

雪亮剑光划破湖中月影，两剑相击，铮鸣急促，却听花间雪绛道："原上兄剑势慢了，傅兄后发先至啊。"

"不错，这一剑厉害！"

"砍他砍他！"

风声水声剑声，还有花间雪绛的胡扯声。

原上求心烦意乱，长剑险些脱手道："我忍你很久了！"

"我现在是场边裁决，你疯起来裁决都打？"

"打的就是你！"

原上求一通快剑含怒出手，莲叶炸裂，湖水飞溅如雨。花间雪绛纹丝不动，身前忽然闪过一道银色光芒。银光飞掠，惊破春水。

这次不是月光，是刀光——春水三分出鞘的光。

傅克己如愿以偿地看见这把刀，片刻之后，战意燃烧。

花间雪绛挽了个刀花，笑道："你也想试试？"

这一晚，淮金湖畔桃树倾颓，满湖莲叶尽碎。"夜战淮金湖"的故事自此流传，故事里有两位天才少年剑客，点荷轻掠，剑影交织。虽然没几个人亲眼看见，当事人也不愿提起战斗过程或最终胜负，但这是剑阁大弟子入世第一战，能在淮金湖打出声势，本身就是实力的证明。毕竟不是谁都敢在花间雪绛的湖上打架，除了疯子，就是高手。傅克己不愧为剑阁大弟子，第一战便有高手风姿。

此战之后，傅克己与原上求的关系竟然慢慢融洽起来。人们说这叫“不打不相识，英雄惜英雄”。后来徐冉在南央酒楼听说书，还蛮喜欢听这段，如果不认识顾雪绛，永远不会知道某些残酷真相——

“他俩觉得我更讨厌，所以同仇敌忾成了朋友，就这样呗。”顾雪绛一脸无所谓地说。